유수流水 역사 판타지 장편소설

WISHBOOKS HISTORICAL FANTASY STORY

업어 키운 여포 4

유수流水 역사 판타지 장편소설

초판 1쇄 찍은 날 | 2020년 5월 12일
초판 1쇄 펴낸 날 | 2020년 5월 19일

지은이 | 유수流水
펴낸이 | 권태완 우천제

기획 | 위시북스
편집책임 | 한준만
편집 | 위시북스

펴낸곳 | ㈜케이더블유북스
등록번호 | 제25100-2015-43호
등록일자 | 2015. 5. 4
KFN | 제2-32호

주소 | 서울시 구로구 디지털로31길 38-9, 401호
전화 | 070-8892-7937 팩스 | 02-866-4627
E-mail | fantasy@kwbooks.co.kr

ISBN 979-11-293-5538-6 04810
        979-11-293-5042-8 (set)

Wish Books
업어 키운 여포
4
유수流水 역사 판타지 장편소설
WISHBOOKS HISTORICAL FANTASY STORY

목차

1장 이거 완전……　　　　　　　7

2장 장난하냐?　　　　　　　33

3장 다음 시간에　　　　　　　63

4장 희망이…… 있어!　　　　　　　93

5장 아오……　　　　　　　134

6장 안 돼. 돌아가. 안 바꿔줘　　　　148

7장 오늘이다　　　　　　　175

8장 이미 준비를 해놨거든요　　　　216

9장 협상?　　　　　　　244

10장 예, 예? 제가요?　　　　　　　271

1장
이거 완전……

두두두두두두두-!

"장비! 네놈을 따르던 부장도 죽었고, 병사도 다 죽었다. 네놈 하나만 남았는데 추잡스럽게 어딜 그렇게 도망가느냐!"

"멈춰라, 장비! 지금이라도 항복한다면 네 무기만은 오래오래 살 수 있도록 잘 보살펴 주마!"

저 뒤에서 자신을 추격해 오며 되지도 않을 소리를 떠들어대는 원술군 병사들의 외침에 장비가 이를 악물었다.

다각, 다각.

그가 탄 말이 쉴 새 없이 달린다. 엉덩이에 화살을 세 발이나 맞고, 피를 줄줄 흘리면서도 정말 있는 힘을 다해 달리고 달리며 또 달렸다.

하지만 그도 이제 한계에 다다른 상태.

"조금만 더 힘을 내거라. 조금만 더!"

애끓는 목소리로 장비가 소리쳤지만, 속도는 점점 더 줄어들었다.

그렇게 얼마 지나지 않아 말이 힘을 잃고서 픽 쓰러졌다. 장비는 간신히 균형을 잡으며 땅에 내려앉았지만, 그가 타고 있던 말은 거친 숨을 한 번 내쉬더니 그대로 숨을 멈췄다. 절명해 버린 것이었다.

"여기까지인 모양이로군."

죽은 말의 머리를 쓰다듬어 준 직후, 장비는 장팔사모를 쥐고 서서 자신을 추격해 오던 원술군 장수와 병사들의 모습을 응시했다.

족히 이천 명은 되어 보이는 숫자. 하나같이 말을 타고 창과 검, 활로 무장한 놈들이었다.

"흐흐."

그런 와중에 원술군 장수, 동청은 기분 좋게 웃고 있었다.

"나 동청이 여기에서 장비를 잡는구나! 여기에서 장비를 잡고, 나아가 관우도 잡고서 언제고 위속까지 이 손으로 처단한다면 대장군이 될 수도 있을 터!"

"장군. 그렇게 되면 저흴 잊으시면 안 됩니다. 아시죠?"

"맞습니다! 저희가 장군을 얼마나 열심히 따랐는데요."

"한 자리 꼭 부탁드립니다, 장군. 흐흐흐."

주변에서 들려오는 병사들의 목소리에 동청은 더없이 기분 좋게 웃었다.

"놀고들 있군."

싸늘하기 그지없는 장비의 목소리가 들려왔지만, 동청은 신경 쓰지 않았다. 장비는 곧 죽을 놈이고, 자신은 오늘의 공을 발판으로 저 높은 곳까지 올라가게 될 테니까.

"장비! 먼저 저승에 가서 기다려라. 이 동청 님께서 곧 관우와 위속을 보내 네놈과 만나게 해줄 것이니."

동청이 그렇게 말하며 손을 들어 올리자, 활을 들고 있던 병사들이 화살을 시위에 메기며 잡아당기기 시작했다.

장비가 사납기 그지없는 얼굴로 동청을, 병사들을 노려보고 있었다.

"미래의 대장군에게 유언으로 남길 말은 없느냐?"

"내 죽더라도 네놈만은 꼭 죽이고 죽을 것이다."

더없이 서늘한, 살기마저 깃든 목소리로 장비가 말했다.

그리고 그와 동시에.

다각, 다각, 다각.

저 뒤, 자그마한 둔덕 너머에서 말발굽 소리가 들려오기 시작했다.

동청이 자신도 모르게 고개를 돌려 뒤를 쳐다봤다.

햇빛을 반사하며 번쩍이는 검날이 시야에 들어왔는데, 다시보니 그 모양새가 어째 익숙하다. 그것을 들고서 나타난 사람역시 마찬가지.

"붉은 얼굴에 긴 수염…… 기다란 언월도면……. 관우?"

둔덕 위에서 홀로 모습을 드러낸 그 모습을 보고서 동청이 씩 미소 지었다.

"오늘은 참 운수 좋은 날이로군. 대어가 한 방에 두 마리나 나타나다니."

정말로 대장군이 될 수 있으려나 보다.

"관우의 목을 누가 베어보겠느냐?"

창끝으로 관우를 가리키며 동청이 말했을 때, 그 시야에 또 다른 장수의 모습이 들어왔다. 딱히 특색이랄 게 없는, 몹시 평범한 얼굴이다. 든 것도 흔히 볼 수 있는, 누구나 들고 다니는 평범한 창이고.

"장군! 소인이 관우의 목을 베어 오겠습니다!"

"오냐. 그래도 혹시 모르니까 알지? 화살로 일단 고슴도치를 만들어야 한다는 거."

"에이, 여부가 있겠……."

"장비 형님! 위속이 여기 왔습니다!"

오백인장 수하가 두근거리는 심장을 억지로 진정시키며 그렇게 말했을 때, 두 번째로 나타난 장수가 쩌렁쩌렁한 목소리로 소리쳤다.

동청의 눈이 당장에라도 튀어나올 것처럼 동그랗게 커지고 있었다.

"위, 위, 위, 위속? 위속이 왔다고? 관우와 함께 위속이?"

동청의 몸이 부르르 떨리기 시작했다.

그리고.

다그닥, 다그닥, 다그닥!

갑옷 따위 없이 창만 한 자루 덩그러니 든 남자가 관우와 함께 말을 달리며 질주해 오기 시작했다.

그 뒤로 오백 명 남짓한 기병이 함께 따르고 있었다.

"얘가 진짜로 그랬단 말이죠?"

"그렇다니까? 나와 운장 형님, 거기에 문숙 자네를 잡고서 대장군이 되겠다더군. 내 참 어이가 없어서."

"그러게요. 진짜 어이가 없네."

마초와 관우가 돌격해서 단박에 격파당한 적장, 동청이 무릎을 꿇고서 손을 든 채로 내 앞에 있다.

"아오, 그냥 이걸 확 생으로 묻어버려? 뭐 개나 소나 다 날 잡겠다고 그래?"

"아우가 참게. 이게 다 아우가 잘나서인데 누굴 탓하겠어?"

장비가 껄껄 웃으며 말했다. 관우와 다시 만난 직후, 서로 끌어안고서 한참이나 웃는 건지 우는 건지 모를 소리를 내더니 이제는 아예 그냥 입에서 미소가 떠나질 않고 있었다.

"위속 장군 덕분에 아우도 이렇게 찾게 되었으니 이 은혜를 어찌 또 갚아야 할지……."

"에이, 은혜랄 게 뭐 있겠습니까? 당연히 해야 할 일을 하는 건데요."

며칠 겪어보니 관우의 캐릭터가 대충 머릿속에 그려진다.

내가 잘해주면 잘해줄수록 그 은혜를 갚아야만 마음이 편한 스타일이다. 은혜를 갚을 기회를 주지 않으면 관우는 계속 내게 쩔쩔매며 보답할 기회만을 노릴 거다.

그러다가 더는 버틸 수 없을 정도로 은혜가 쌓이게 되면…… 내가 원하는 그림이 그려질 수도 있지 않을까?

"위속 장군의 은혜는 정말 말로 표현할 수가 없을 정돕니다. 이 관 모, 오늘도 감탄하고 또 감탄할 뿐입니다."

"아니, 형님. 갑자기 왜 그러시오?"

깍듯하기 그지없는 모습으로 내게 포권하는 관우의 모습을 보고서 장비가 황당하다는 듯 반문했다.

'인마, 내가 느그 형 관우랑 어? 다 했어!'

문득 떠오른 그 드립을 치고 싶지만 참아야 한다. 참아야 하느니라.

그렇게 생각하며 꾹 입을 다물고 있는데 관우가 말했다.

"비록 나보다 나이는 어리나 위속 장군의 심계가 참으로 깊고도 깊으니 스승처럼 존경하며 따를 만하다는 생각이 들었다."

"허. 형님께서 그렇게 말씀하실 정도요? 하긴, 우리 문숙이가 좀 잘났어야지. 문숙이 네가 올해 몇 살이지? 서른둘? 셋인가?"

갑자기 나이는 왜?

"서른다섯인데요."

내가 위속이 된 지 얼마 지나지 않았을 때 후성이 그랬었다. 위속의 나이는 서른셋이라고. 그때가 재작년 겨울이었으니 이젠 서른다섯이다. 위속이 되기 이전의 내 나이와도 같아서 확실히 기억하고 있었다.

그랬는데.

"서, 서른다섯?"

죽기 직전의 와중에서도 당당하기 그지없던 장비다. 그런 그가 당황해하고 있다.

그 옆의 관우 역시 마찬가지.

뭐지?

"형님은 몇 살인데요?"

"나? 에이, 너보다 나이 많은 사람의 나이를 묻는 건 실례다. 그것도 모르느냐?"

뭐야, 이거. 갑자기 왜 이렇게 수상해?

이거 완전…….

"그래서 몇 살인데요?"

"어허, 그런 건 묻는 게 아니라니까?"

"관우 장군. 장비 형님, 몇 살입니까?"

"익덕. 네가 말하지 않으면 내가 말하마."

"아니, 형님! 그걸 왜 형님이 나서서 그러는 거요?"

"얼른 얘기하라니까요?"

당장에라도 말해 버릴 것 같은 얼굴로 있는 관우의 모습에 장비가 인상을 찌푸리더니 고개를 픽 숙이며 말했다.

"……이오."

"뭐라고요?"

"……이라고."

"아 좀, 제대로 말해봐요. 안 들리잖아."

"서른넷이라고!"

서른넷?

"그럼 나보다 한 살 어린 거잖아? 아냐? 일부러 속인 거냐?"

황당해서 장비를 쳐다보고 있는데 녀석이 평소의 근엄하기 그지없는 얼굴로 애써 표정을 갈무리하고 있었다.

"그런 게 아니오. 나이란 본디 숫자에 불과한……."

"떽! 어딜 한 살이나 어린놈이."

"아니, 형님이 그때 나한테 나이 안 물어봤잖아요. 자기가 그냥 형님으로 모시겠다고 해놓고서……."

"그때 너나, 나나 둘 다 술이 좀 과해서 그랬기는 한데. 그래도 한번 확인은 했어야지. 아오. 그래, 내 실수다. 내가 실수한 거로 치자."

"그러면 앞으로 이렇게 서로 공대하면서……."

"떽! 어딜 형한테 맞먹으려고. 내가 인마, 너 태어나기도 전부터 밥 몇백 그릇은 더 먹었어."

"끄응……."

뭐라 할 말이 없다는 듯 장비가 앓는 얼굴을 하고 있다. 그런 장비의 옆에서 관우가 난감하다는 듯 날 쳐다보고 있는데……. 그래, 이쯤에서 그냥 호형호제하는 것도 나쁘지 않지.

"관 장군은 이제부터 형님이시고, 장비 넌 동생이다. 우리 호적 정리 깔끔하게 한 거야. 오케이?"

"마음대로 하쇼, 쳇. 한 살 더 먹은 거로 유세는."

"형님 소리 듣고 싶어서 다짜고짜 동생이라며 말씀하셨던 분이 어디 계신 누구시더라?"

"에잇, 그땐 술에 취해서 그랬던 거라고 내 말하지 않았소!"

"야. 너 그러다가 형 한 대 때리겠다?"

"하, 정말. 딱 일 년만 먼저 태어날 것을. 나이로 서열을 정하는 꼰대 같으니라고."

조금 약 올리니 장비가 확 삐져선 중얼거린다.

처음엔 조각 미남에 똑똑하고 잘 싸우기까지 해서 대하기가 어렵기만 했는데 이렇게 보니 귀엽기가 그지없다.

"그나저나 장비야. 첫째 형님께서는? 어디로 가셨느냐? 아는 게 있느냐?"

"낭야로 갈 것이라 하셨소. 헌데 지금은 낭야도 점령을 당했을 테니 연주로 향하는 중이시겠지."

관우의 반문에 장비가 고개를 들어 저 서쪽에 있는 옹이산을 가리켰다.

"저 산을 넘으실 거요. 서주가 무너진다면 의지할 건 연주뿐인데 그리로 갈 수 있는 가장 빠른 길이 바로 저 산의 골짜기를 지나는 거니까."

"그럴 것 같냐?"

"그럼 아니오?"

내가 반문하니 장비가 그게 무슨 뚱딴지같은 소리냐는 듯 받아친다.

"생각을 해봐. 최단 거리라고 하면 당연히 주유도 저쪽을 집중적으로 공략하면서 유비 장군을 찾으려고 할 거 아냐."

"그렇다고 해도 딱히 방법이 없잖소. 적들이 가로막기 전에 최대한 서둘러서 움직여야지."

"원술 하나만 있으면 인정. 그러면 그 말이 맞지. 그런데 지금은 원소 아들놈도 병력을 끌고 내려와서 서주를 들쑤시고 있잖아. 연주 쪽도 마찬가지고."

"여, 연주도 공격받고 있단 말이오?"

전혀 몰랐던 모양이다. 장비가 황당하다는 얼굴로 날 쳐다본다. 관우 형 역시 마찬가지.

"말씀 편하게 하십쇼, 형님. 장비가 이제 제 동생이잖습니까. 장비의 형님은 제게도 형님이시라고요."

"아니, 지금 그게 중요한 게 아니잖소이까! 그대는 정말로 연주가 공격당하는 와중에서도 신의를 지키기 위해 서주로 온 것이오?"

관우가 떨리는 목소리로 말하며 다가오더니 내 손을 덥석 붙잡는다.

'이거, 점수 더 딸 각인데?'

내가 최대한 침울한 얼굴을 연기하며 고개를 끄덕였다.

"원소의 이십만, 어쩌면 삼십만 이상 될 병력이 연주를 북쪽에서부터 공격하며 밀고 내려오는 중입니다."

"그러면 연주 역시 위태로운 상황이 아니오."

"그렇기는 합니다만 이쪽이 더 급하니까요."

"이 은혜는 정말……."

관우가 말을 더 잇질 못한다. 고맙다 못해 감격하고 있기까지 하지만 지금은 은혜를 잊지 않겠다, 무슨 수를 써서라도 갚겠다 말하는 것 이외엔 할 수 있는 게 없으니까.

흐흐. 좋은 현상이다. 은혜야 나중에 몸으로 때우면 되는 거잖아?

"그러면…… 위속 장군이 보기엔 형님께서 어디로 가셨을 것 같소?"

"말씀 편하게 하시라니까요."

"알았네."

"어쨌든 유 장군은 남쪽으로 가셨습니다. 서주성에 이어 그 북쪽의 낭야까지 점령되었다면 주유가 이끄는 원술군은 주로 북쪽에 포진되어 있다는 의미이니, 방향을 틀어 주유가 예상하지 못한 방향으로 가야겠다고 생각하셨겠죠."

"남쪽이면 팽성을 말하는 것인가? 확실히 일리가 있는 이야기일세. 비록 주둔하고 있는 병력은 얼마 되지 않으나 팽성은 아직 적들에게 점령당하지 않았을 테니까."

"아뇨. 점령당했습니다."

"저, 정말인가?"

"예, 그래서 유 장군은 팽성 북쪽의 남사호라는 호숫가 주변의 작은 산들을 끼고 움직일 겁니다. 거기에선 주유의 시선을 피하기도 용이하니까요."

"그런 방식이라면…… 확실히 안전하겠군. 자네는 어떻게 이런 것을 들은 자리에서 다 알아차리는 건가?"

당연히 무릉도원에서 본 거지. 내가 유비 머릿속에 들어갔다가 나온 것도 아닌데 어떻게 알겠어.

다만 이런 걸 말로 표현할 수는 없으니 마치 나는 원래부터 대현자라도 되는 것처럼 여유롭게 미소 지으며 웃어 보일 뿐이다.

"우리 형님께도 자네와 같이 현명한 이가 있었더라면 이렇게 맥없이 당하지는 않았을 터인데. 이거 참……."

"그러면 서둘러 움직여야겠네요. 조금만 있으면 삭이에요."

"삭? 삭이면……."

"칠 일 정도 남았어요. 나흘 정도면 그믐달이 될 테니 유 사군께서는 그때부터 본격적으로 움직이기 시작하시겠죠. 사해호와 가장 가까운 부양현에서부터 패국까지는 사흘 정도가 걸리니까요. 우리도 서둘러야 해요."

제갈영이 그렇게 말하며 날 쳐다본다.

보름달과 반대되는 개념이 바로 삭이다. 사실상 달이 없는 것처럼 보이는 것이나 마찬가지.

"달빛까지는 생각지도 못했는데……. 그러고 보니 저 소저는 누구요? 처음 보는 소저인데?"

장비가 제갈영을 신기하다는 듯 쳐다보고 있다.

확실히 신기한 여자이긴 하다. 나 역시 무릉도원을 보지 않았으면 삭 같은 건 떠올리지 못했을 거다. 이건 순수하게 제갈영 개인의 응용력이다. 뇌 회전이 나보다 몇 배는 더 빠른 것 같단 생각마저 들 정도.

"확실히 제갈씨는 다들 뭐 하나씩은 있는 모양입니다. 내가 만나보는 제갈씨 중 누구 하나 범상치 않은 이가 없으니."

감탄스러운 그 마음을 잔뜩 담아 말하는데 제갈영이 작게 웃으며 고개를 저었다.

"총군사와 만나는 제갈씨 모두가 총군사께 감탄하고 있는 걸요. 세상에서 자기가 가장 똑똑한 줄 알던 공명이 총군사님을 하늘처럼 떠받드는 이유가 뭔지 저 역시 매일같이 깨닫고 있어요."

"하, 하하……."

"자, 가실까요? 제때에 맞춰서 도착하려면 서둘러야 해요."

제갈영이 다시 말 위에 오르며 말했다.

맞는 말이다. 서둘러야지.

"갑시다."

남사호 남쪽, 단향산이란 이름이 붙은 자그마한 산중에서 주유는 병마를 이끌고 울창하기 그지없는 수림 사이에 매복해 있었다.

"유비가 정말 이쪽으로 온단 말이지?"

그런 주유의 옆에서 손책이 말했다.

"확실하게 온다. 유비가 지나갈 곳이라곤 여기밖에 없으니까.

내가 몇 번이나 말했잖아. 도대체 그동안 뭘 들은 거냐?”

“이틀이나 기다렸는데 아직도 안 오니까 하는 소리잖아. 적 병력이 이동한다는 소식도 없고.”

“조금만 기다려 봐. 이제 곧 삭이니 아무리 늦어도 내일 밤에는 도착할 것이니. 이곳에서 유비만 잡으면 서주는 완전히 무너져. 내가 뭣 때문에 위속 그 자식의 계책을 활용해 가면서까지 이리로 왔는데?”

생각하는 것만으로도 열이 오른다는 듯, 주유가 인상을 찌푸리며 말했다. 그 옆에서 손책이 자신도 동의한다는 듯 고개를 끄덕이고 있었다.

“보급 마차에 지붕을 씌우고 그 안에 병사들을 숨기는 거, 확실히 기발한 계책이기는 했지.”

“백부.”

“적장이지만 진짜 존경스럽다니까. 옛날에 장량이나 한신, 악의 같은 장수를 상대하던 사람들도 이런 느낌이었…… 고, 공근?”

손책의 눈이 동그랗게 커졌다. 주유가 더없이 험악하게 일그러진 얼굴로 이를 악문 채 자신을 쳐다보고 있다. 그런 주유의 눈동자가 마치 불타오르기라도 하는 것 같다.

“내가 내 앞에서 그 자식 칭찬하지 말라고 말을 했을 텐데?”

“하, 하하…… 진정하게, 공근. 화내면 건강에 안 좋다고 의원들이 말했잖아. 위속 그자가 대단하기는 하지만…….”

스르륵-!

계속해서 이어지는 손책의 그 목소리에 주유가 검을 뽑아 들었다.

손책이 화들짝 놀라며 뒤로 물러섰다.

"공근, 공근! 진정, 진정하라니까!"

"그게 아니야."

"아니, 내가 미안하다니까! 야!"

"백부. 뒤를 보라고."

"으, 으응? 뒤 보라고 해놓고 등에다가 칼 꽂으려는 거 아니지?"

빠득!

"알았어, 알았다고."

주유의 이 갈리는 소리에 손책이 살짝 뒤로 물러서며 고개를 돌려 뒤를 쳐다봤다. 삭에 가까운 그믐달인 데다 구름까지 짙게 껴서 어둡기 그지없는 저 멀리서 거무스름한 형체들이 움직이는 게 시야에 들어온다.

그것들이 슬금슬금, 둔덕을 따라 움직이고 있다. 중간중간에 히히힝- 하고 말 우는 소리까지 들려오고 있었고.

"온 거야?"

"왔다."

"공근. 내가 처음부터 일말의 의심도 없이 믿고 있었던 거 알지?"

이어지는 손책의 목소리에 주유가 못 말리겠다는 듯 피식 웃으며 고개를 절레절레 저었다. 손책 역시 스르릉 검을 뽑아 들고 있었다.

"공격하라!"

"와아아아아아아-!"

주유의 명령과 함께 병사들이 함성을 내지르며 우르르 달리기 시작했다. 사방에서 횃불이 솟아오르고, 어둡기 그지없던 밤하늘 아래가 밝아지기 시작했다.

그리고.

"어? 어? 어어어?"

말 위에 올라 저 아래에서 은밀히 이동하던 유비군을 향해 질주하려던 주유가 기괴한 소리를 내기 시작했다.

분명 저 아래에 있어야 하는 건 유(劉)의 깃발이다. 유비가 몇 안 되는 수하들과 함께 초라하기 그지없는 행색으로 도망치는 것이어야 한다.

그랬는데 지금 저 아래에서 보이는 건 유(劉)뿐만 아니라 장(張), 관(關)이다. 그리고 거기에 더 해서 위(魏)까지.

"아, 왜! 왜 하필이면 저놈이 또 여기에서! 왜!"

조건 반사에 가까운, 그 분노에 가득 찬 목소리를 내뱉음과 동시에 주유는 자신의 온몸을 집어삼키는 싸한 느낌에 이를 악물었다.

"설마…… 아니겠지?"

"흐흐."

주유, 손책 저것들이 날 보고서 얼마나 당황해하고 있을지 상상하는 것만으로도 웃음이 나온다.

"장군. 어떻게 할까요? 슥 돌아서 한번 잡아볼까요? 주유랑 손책이면 저쪽에서도 제일 잘난 놈 중 하나니까 성과급? 그거 많이 주실 거죠?"

당장에라도 밑으로 치고 내려올 것처럼 굴던 주(周)의 깃발을 쳐다보고 있는데 감녕이 다가왔다.

"야. 주유랑 손책이 어디 애 이름인 줄 아냐?"

"예?"

"손책은 원공로 휘하에서 가장 강력한 무위를 지닌 맹장 중의 맹장이오. 주유는 지략이 강한 것으로만 회자되나 실제로는 어지간한 장수는 감히 나서지 못할 무위를 지니기도 했고. 위속 장군의 말처럼 쉽지 않을 것이외다."

아슬아슬하게 이 근처에서 합류하게 된 유비가 점잖은 어조로 말하자 감녕이 아쉽다는 듯 입맛을 다신다.

"그럼 부장 같은 놈들이라도 좀 잡아 올 테니 그 고과라는 것에 반영해 주십쇼. 그 정돈해도 되잖아요?"

"야. 부장 그런 애들 잡아서 뭐 하려고? 전투에서 이겨야지. 쟤네 삼만 명이라고."

"그게 뭐 어때서 그럽니까? 우리도 삼만에 가깝잖아요? 이만 팔천이나 되는데. 관우, 장비 두 장군에 저 괴물 같은 놈까지 있으면서 무슨 걱정을 해요."

감녕의 시선이 우리 옆에서 자신들은 뭘 하면 되느냐는 얼굴로 쳐다보고 있는 관우와 장비 그리고 마초를 향했다.

뭐, 그렇기는 하지.

"형님. 할 거면 얼른얼른합시다. 저것들 슬슬 냄새 맡은 것
같소."

장비가 장팔사모를 들어 둔덕 위의 원술군을 가리킨다.

주유도 그렇고, 손책도 그렇고 멈칫하다 못해 이제는 아예
공격을 포기한 상태로 방진을 준비하고 있었다.

"그래야지. 익덕 너는 병사 일만을 이끌고 적의 좌익을 돌파
해라."

"알았소."

"마초. 너는 우익이다. 병사 일만을 데리고 가. 뭘 해야 하는
지 알지?"

"알겠습니다."

"그럼 난 뭘 하면 되는가?"

관우 형이 날 쳐다본다. 그 옆에서 유비가, 감녕이 같은 궁
금증을 가득 담은 눈으로 날 쳐다보고 있었다.

"뭘 하긴요. 같이 돌격해야지. 우린 정면으로 갑니다."

저것들을 싹 쓸어버릴 시간이다.

두두두두두-!

장비는 위속이 데리고 온 예주병 중 일만을 이끌고서 둔덕

위에서 방진을 펼친 채 공격에 대비하고 있는 원술군을 향해 질주했다.

하늘에서 빛 한 점 찾아보기 어려운 어두운 밤임에도 불구하고 원술군 병사들이 방진을 준비한 덕택에 어디에 어떤 병력이 얼마나 있는지를 훤히 알아볼 수 있었다.

"드디어 복수를 할 수 있겠어."

장팔사모를 쥔 손에 힘을 더하며 장비가 뒤를 돌아보았다. 얼굴도 모르고, 이름도 모르는 낯선 병사들이지만 위속과 함께하고 있다는 점 하나만으로 사기가 하늘을 찌를 듯하다. 용기백배한 병사들이 장비의 뒤를 바짝 따라오고 있었다.

"얘들아! 원술의 개들을 모조리 쓸어버리자!"

"와아아아아아아!"

조금 전, 원술군이 외쳤던 것과는 비교도 되지 않을 힘찬 외침과 함께 장비를 비롯한 선두가 적 방진을 향해 파고들었다.

"크아아악!"

거칠게 휘둘러지는 장팔사모에 창 뒷부분을 땅에 대고서 고슴도치처럼 방어를 준비하던 병사들이 서넛씩 나가떨어진다.

그렇게 생겨난 틈으로 장비가, 선두의 기병들이 파고 들어가고 자그맣기 그지없던 균열은 눈덩이 구르듯 빠르게 확대됐다.

그 클라이맥스는 뒤에서 따라오던 보병들이 완전히 무너져버린 방진의 한 부분을 뚫고 들어와 그 구멍을 더욱더 확대하면서였다.

"막아라! 죽을힘을 다해서 막아! 무조건 막아야 한다!"

"흐흐. 누가 우릴 막을 수 있단 말이냐! 위속 위문숙이 예 있다! 우리 형님들이 여기에 계시다고!"

쩌렁쩌렁하기 그지없는 목소리로 외치며 장비가 장팔사모를 휘두른다. 그럴 때마다 원술군 병사들이 두셋씩 쓰러지고 있다. 그 모습에 장비의 뒤를 따르는 병사들의 창이, 검이 더욱 더 거세고 과감히 움직이고 있었다.

그 순간.

두두두두두두-!

또 다른 말발굽 소리가 들려왔다. 저 멀리, 동쪽에서 돌진할 것을 명받았던 마초일 터다. 그 병사들이 점점 더 가까워지고 있다. 정면에서 돌격할 것이라며 밀고 올라오던 위속과 감녕, 관우가 이끄는 병사들 역시 마찬가지였다.

스스스스스-!

이윽고 약간의 시간이 더 지났을 때, 붉은 횃불에 비치는 백의만을 입은 마초의 모습이 장비의 시야에 들어왔다.

멀리에서는 제대로 보기도 어려울 정도로 빠른 마초의 창이 한 번 움직일 때마다 원술군 병사가 한 번에 두 명, 세 명씩 쓰러지고 있었다.

"누군지 이름도 못 들어본 놈한테 밀릴 순 없지. 더욱더 거세게 밀어붙여라! 이랴!"

'추풍낙엽이구나, 완전.'

삼국지를 잘 모르던 나조차도 알고 있는, 무(武)의 대명사나 마찬가지인 관우와 장비가 한 자리에 있다. 거기에 마초와 감녕까지 있고.

네 명이 선두에서 미친 듯이 적병을 쓰러뜨리니 전투가 시작된 지 얼마 지나지도 않았는데 손책과 주유가 이끄는 병사가 힘없이 무너진다.

'이대로 있으면 완전히 쓸어버리는 것도 가능하겠는데?'

내가 그렇게 생각하고 있을 때, 저 앞에서 주유의 장군기가 움직이는 게 시야에 들어왔다. 그 바로 옆에서 손(孫)의 깃발이 휘날리는 게 손책도 주유와 함께 있는 모양.

"주유! 잘 보이지 않냐? 승기가 이미 기울었다! 항복해라!"

저 멀리 앞을 향해 내가 소리쳤다.

들리건 안 들리건 상관없다. 지금쯤 사기가 땅에 처박히고 있을 월술군 병사들의 전의를 완전히 꺾어버리는 것으로 충분하니까.

그랬는데.

"고작 해봐야 한 번 전투에서 승기를 잡았을 뿐이거늘, 전쟁에서 이긴 것으로 생각하는 것이냐? 위속!"

저 멀리에서 언젠가 한 번쯤 들어본 것 같은 목소리가 들려왔다.

"뭐야, 주유냐? 야! 관우, 장비, 마초, 감녕이야! 너희가 버틸 수 있을 것 같아?"

"강남의 자제들을 무시하는 것이냐! 곧 원군이 올 것이다! 그때까지 충분히 버틸 수 있다!"

오, 시발. 그랬지, 참.

후방에서 원담이 직접 이끄는 대군이 이동해 오고 있다고 했었다. 그걸 얘기하는 모양이긴 한데 글쎄, 지금 같은 상황이면 주유를 먼저 쓸어버리고 원담하고 싸워도 승산은 충분할 것 같다.

뿌우우우우우우우-

내가 그렇게 생각하며 어느덧 우리의 근처까지 다가온 장비, 마초와 합류해 주유와 손책, 그리고 그 주변에서 만반의 준비를 하는 적들을 향해 돌격하고자 했을 때 저 뒤에서 뿔나팔 소리가 들려왔다.

고개를 돌려서 보니 저 뒤로 횃불이 한가득. 마치 횃불의 해일이 밀려오기라도 하는 것처럼, 온 사방이 횃불이다. 그 사이에서 깃발에 쓰인 원(袁)이 희미하게나마 보이는 것 같았다.

"위속 장군."

유비의 목소리가 들려왔다.

자칫 잘못하면 위험할 수도 있다는 거겠지. 주유를 완전히 끝장낸 다음이면 또 모를까, 아직 멀쩡하게 버티는 와중에서 앞뒤로 공격을 당하는 건 또 다른 얘기니까.

"쓰읍, 아깝게 됐구만. 신호를 보내라!"

두둥, 두둥, 두둥-!

우리 쪽에서 북소리가 울려 퍼지자 계속해서 돌파해 나가려던 장비와 마초가 말 머리를 돌려 돌아오기 시작했다.

주유가 호위 병력과 함께 방진에서 나와 살짝 앞으로 걸어 나오고 있었다.

"위속! 안심하지 마라! 우리는 한 번 전투에서 패했을 뿐이다! 우리에겐 아직도 사십만에 달하는 대군이 남아 있고 서주를 정복했으니 다음은 네놈들의 근거지인 연주와 예주가 불타오를 것이다!"

그러면서 그렇게 소리치는데 뭐랄까, 느낌이 좀 묘하다. 여기에서 이렇게 역으로 패하게 돼서 엄청 분한데 분하지 않은 척하는 것 같은 느낌이랄까?

한번 해봐야겠다. 통하면 좋고, 아님 말고지 뭐.

"야, 주유! 너 지금 열 받으면서 혼자 화 안 난 척하는 거지?"

"있는 그대로 말하는 것이다! 여포가 있고, 유관장 삼 형제가 있다고 해도 전쟁은 장수 몇몇이 아니라 군대와 책략으로 하는 것이다! 네놈들에겐 승산이 없음을 알아야 할 것이니라!"

"너 그렇게 입으로 너희가 유리한 것처럼 떠들지만, 여기서 성공 못 한 것 때문에 가슴은 부글부글 끓잖아. 그러면서 아닌 척하는 게 전문 용어로 뭔지 아냐? 그게 정신 승리라는 거야."

"정신 승리라니?"

멀찌감치 그게 무슨 소리냐는 듯 인상을 찌푸리며 반문하는 주유의 얼굴이 시야에 들어온다.

흐흐. 걸려들었구만.

"현실은 시궁창이고 열 받아서 미치겠는데 정신으로만 승리하는 거지. 네 머릿속으로만. 여기서 나한테 걸린 것 때문에 개똥도 이렇게 심각한 개똥을 싸버린 똥쟁이가 된 게 아무것도 아닌 척하면서."

"크윽!"

저놈 지금 욱하는 거 참은 것 같다. 쪼끔만 더 열 받게 하면 되겠어.

"헛소리하지 마라. 위속 네놈이 전투에서 승리했다고 한들, 서주는 우리의 손아귀에 넘어왔다. 유비의 병력도 전멸하다시피 했지. 너흰 전투에서 이겼어도 물러날 수밖에 없지 않으냐!"

"뭐, 그건 그래. 서주에선 우리가 졌지. 근데 이번 싸움에서 너희가, 특히 네가 나한테 져서 우리 유비 장군이랑 관우 형이랑 장비가 다 살았네? 야, 똥쟁이야. 후환이 그대로 남았는데 짜증 나지? 안 나냐? 나잖아?"

"어디 말도 안 되는 소리를!"

"네 다음 정신 승리. 세양에서도 똥 싸고, 곽공네서도 똥 싸더니 여기에선 진짜 또 푸짐하게 싸는구나. 너 혹시 장래 희망이 똥쟁이세요?"

주유가 이를 악문다.

아, 아직 좀 모자란 것 같은데. 뭘 더 끼얹어야 저놈이 피를 토하지?

"아, 맞다. 주유야! 손책한테 좀 전해줘! 지금은 연주에 가 있기는 한데, 손권이 나랑 같이 지낸다? 걔가 너 같은 똥쟁이 한테는 안 간대. 내 제자 됐거든. 크크, 내가 잘 가르칠게!"

"뭐, 권이가 위속 네놈의 제자가 됐다고?"

악물고 있던 주유가 생각지도 못했다는 듯 반문한다. 멀리에서도 놈이 당황했다는 게 한눈에 보일 정도였다.

"지난번에 손권이가 너희 부하 돌로 머리 찍었잖아. 그게 왜 그런 거겠냐? 만날 똥이나 싸대는 놈보단 그래도 싸울 때마다 이기는 나한테 배우는 게 더 나으니까 그런 거 아니겠어?"

"크으으윽!"

횃불 때문일까? 아니면 진짜로 빡쳐서 피를 토하기 직전까지 간 것일까. 주유의 얼굴이 시뻘겋다. 놈의 몸이 부들부들 떨리기까지 하고 있었다.

"장군."

감녕이의 목소리가 들려왔다. 원소군이 가까워지고 있다는 얘기겠지.

"알았어. 이거 한마디만 더 하고 가자. 주유! 손권이 잘 가르쳐서 너네 때려잡으러 보낼 테니까 그때까진 더 똥 싸지 말고 아껴놔! 내 제자가 그동안 안 싸고 아껴놨던 거 한 방에 해결해 줄 거니까. 내가 가르친 거라서 너 절대 손권이 못 이길 거다. 크크크."

"이, 이 호래자식아! 개새끼야! 네가 그러고도 사람이냐!"

울분에 가득 찬 주유의 목소리가 들려온다. 완전히 이성을 잃은 것 같다.

여기까지 몰아붙인 건 나름 성과라면 성과인데 좀 아쉽네. 피를 토하거나 쓰러지는 액션은 없구만. 쩝.

"장군. 진짜로 그 녀석을 전장으로 내보내실 겁니까? 저 녀석들을 상대하는 거로요?"

내가 아쉬워하는데 감녕이 조심스럽게 반문했다.

"야. 내가 미쳤냐? 나도 사람인데 그렇게 하겠어? 그냥 쟤 열 받으라고 하는 소리잖아."

"그렇죠? 그런 거죠?"

"어. 그런 거야. 어쨌든 가자. 더 늦으면 쟤네한테 붙잡히겠다."

"알겠습니다. 퇴각하라!"

"예주로 돌아간다! 퇴각하라!"

2장
장난하냐?

"어처구니가 없군."

냉랭하기 그지없는 목소리로 원소가 말했다. 그런 원소의 앞에서 모여 있던 이들의 얼굴이 굳어지고 있었다.

"주유와 손책이라면 원술 놈의 휘하에 있는 장수 중, 가장 능력이 뛰어난 편이다. 그런데도 위속 놈이 나타나기가 무섭게 격파당해서 목숨만 간신히 건졌다니. 이 무슨……."

딱딱하기 그지없는 얼굴을 하고 있던 원소의 눈빛이 더욱더 차갑게 식는다.

평소라면 앙숙이나 마찬가지인 원술의 패배에 즐거워했을 원소다. 하지만 지금은 철천지원수이자 생사대적이나 마찬가지인 여포를 공동으로 상대하는, 못 미더워도 믿어야 하는 아군이 바로 원술이었다.

"주공. 다른 이도 아닌 위속을, 그것도 유관장 삼 형제가 함께하는 상태에서 상대한 것입니다. 냉정하게 본다면 손책과 주유라 한들 견뎌내기가 버거웠을 것입니다."

전풍이 조심스레 앞으로 나오며 말했다. 원소가 그런 전풍을 노려보고 있었다.

"그대에겐 위속이 두려운 존재이니 그렇게 생각할 수도 있겠지. 이미 몇 번이고 패배했으니 더더욱 그럴 터."

"주공. 소인은 그런 뜻이 아니라……."

"그런 뜻이 아니면? 위속이 나왔으니 어쩔 수 없고, 여포와 허저 같은 자가 있으니 어쩔 수 없으며, 관우와 장비가 그 옆에 붙었다고 당연한 패배라 받아들이고 체념하는 것과 무엇이 다르단 말인가!"

싸늘하기만 하던 원소의 얼굴이 조금씩 벌겋게 달아오른다. 그런 원소가 노기 가득한 눈으로 주변을 돌아보더니 말을 이었다.

"위속을, 여포를 잡겠다고 삼십만 대군을 일으킨 게 벌써 두 번째다. 군량을 끌어모으느라 곳간에 모인 재물을 탈탈 털기까지 했는데 뭐가 어쩌고 어째? 위속 놈이 유관장과 함께 있으니 당해내기가 버거웠을 것이라고?"

완전히 열이 뻗친 모습. 쩌렁쩌렁하게 외치는 원소의 그 목소리에 전풍이 깊이 허리를 굽힌 채 조심스레 뒤로 물러났다.

원소가 허리춤의 검을 부여잡은 채 전풍을 노려보고 있었다.

"주공께서 어떤 마음이신지는 알겠으나 지금은 분노하실

때가 아닙니다. 고정하십시오, 주공."

당당하기 그지없는 얼굴로 성큼성큼 걸어 나오며 방통이 말했다. 원소의 얼굴이 험악하게 일그러지고 있었다.

"내가 지금 진정할 수가 있을 것 같은가!"

"승패는 병가지상사라 하였습니다. 훌륭한 적장에게 패했다고 해서 장수를, 책사를 윽박지르기만 해서는 좋은 결과가 나오지 않는 법입니다. 오히려 군주의 진노를 두려워하며 위축될 것이고, 전황은 더욱 악화될 뿐이지요."

정론이다. 틀린 말도 아니고, 반론을 제기할 수도 없다. 그래서 더 화가 치민다.

원소가 이를 악물고 있을 때, 방통이 말을 이었다.

"무릇 군주란 진노할 때에도 냉철한 이성을 유지해야 합니다. 순간의 분노로 대업을 그르친 선례가 수도 없이 많음을 주공께서는 기억해 주십시오. 그리고 말씀드렸다시피 위속의 목을 벨 방법이 없는 것도 아니질 않습니까."

'위속의 목을 벤다'는 말이 나오기가 무섭게 원소의 표정이 달라졌다. 당장에라도 폭발할 화산처럼 벌겋던 그 얼굴이 부처가 살아 돌아오기라도 한 것처럼 평온하게 변해간다. 위속의 목을 벤다는 그 말을 듣는 것만으로도 기분이 좋아진다는 것처럼.

그런 원소의 모습을 응시하며 방통이 자신 넘치는 목소리로 말을 잇고 있었다.

"위속은 어디까지나 한 명일 뿐입니다. 그러니 그가 있는 전장에서는 굳건히 지키는 것에 전념하고, 그가 없는 곳에서 맹렬하게 공격해 적을 깨뜨리면 될 것입니다. 서주에서 그랬고, 북연주에서 그랬던 것처럼 말이지요."

자신감 넘치는 그 목소리로 말하며 방통이 주먹을 움켜쥐어 보였다.

"이번 전쟁에서 여포와 위속은 목이 베이게 될 것입니다."

🔲

"흐음……."

산양성의 태수부로 돌아왔는데 분위기가 무척이나 침울하다.

형님과 진궁, 공명과 제갈근에 제갈영 그리고 유관장 삼 형제와 나까지 모일 사람들은 전부 다 모였다. 이렇게 오랜만에 다들 함께 만나면 반갑기도 한 마음에 와자지껄 떠들게 마련이건만, 외당의 분위기는 내핵까지 파고들어 가라앉은 상태였다.

형님과 공명, 진궁과 제갈영은 무표정한 얼굴로 바닥에 깔려 있는 지도만 뚫어지라 쳐다보는 중이다.

제갈근은 자신으로선 뭘 어떻게 해야 할지 감도 잡히질 않는다는 듯 혼란스러운 기색을 내비치는 중이고 유관장 삼 형제는 근거지도 잃었고 휘하 병사도 거의 다 잃은 셈이니 아무런 말도 하지 않는다. 그냥 가만히 앉아서 우리가 뭔가 물을 때에나 답하겠다는 듯, 망부석처럼 있을 뿐이었다.

"하긴, 다들 멀쩡하게 있을 상황이 아니기는 하지."

내가 그렇게 중얼거리는데 진궁이 고개를 들어 올린다. 그 시선이 지도에서 날 향해 옮겨지고 있었다.

"장군은, 아니지. 총군사는 어찌 생각하시오?"

"예?"

"북쪽에서 원소가 삼십만, 남쪽에서 원술이 십오만이오. 차라리 적이 한곳에 모여서 사십오만의 대군으로 우릴 공격한다면 뭐라도 할 수가 있을 것 같은데…… 그렇지도 않아서 내 머릿속이 녹아내릴 것만 같소."

지금 보니 진궁의 얼굴에 피로감이 가득하다. 뇌를 혹사하다 못해 아예 학대해 버린 모양. 눈 밑에 퀭하니 지금껏 본적 없는 진한 다크서클이 생겨 있었다.

"누가 되었건 방법을 좀 만들어주었으면 좋겠소. 그게 너무나 절실하외다. 총군사, 그리고 유 사군께서도 아시는지는 모르겠으나 이미 원소의 삼십만 대군이 북연주 일대를 장악한 지 한참입니다. 얼마 남지도 않았던 조맹덕의 병마는 제대로 싸워보지도 않고 모조리 퇴각했고 말입니다."

"……그러면 지금 원소의 대군은 이곳으로 내려오고 있는 것입니까?"

나지막한 유비의 반문에 진궁이 한숨을 푹 내쉬며 고개를 끄덕였다.

"이 사람이 못난 탓입니다. 사전에 주유의 계략을 간파해야 했는데 그러질 못한 탓에……."

"지나간 일로 누굴 탓할 때가 아닙니다, 사군. 지금은 이 상황을 어찌 타개해야 할지, 그 방책을 만드는 게 급선무지요. 안 그렇습니까? 총군사."

"예, 그렇죠."

"그러니 말씀을 해보시오. 방책이 있겠소이까? 저들은 총군사가 없는 곳에서 승리를 거둘 작정이오. 아무리 생각을 해보아도 저들의 전략은 그게 전부라고 해도 과언이 아니외다."

"그 말씀대로의 상황이긴 합니다. 지난번처럼 수성전을 하며 버티기만 해서 될 게 아니죠. 오히려 지금은 빠르게 이곳저곳을 오가며 적들을 격퇴하는, 극도로 불리한 와중에서 기동전을 해야 할 상황에 가까우니 말입니다."

무릉도원에서도 봤던 내용이다. 사십오만이라는 그 숫자도 분명 위협적이긴 하지만 그보다 더 위험한 것은 주유와 방통이 내가 없는 곳에서 승리하기로 서로 약속했다는 점이다.

내가 남쪽으로 가면 남쪽에선 방어를 굳건히 하며 싸움을 회피하고, 북쪽에서 맹공을 퍼붓는다. 또 내가 북쪽으로 가면 북쪽에선 방어를 굳건히 하며 싸움을 회피하고 남쪽에서 맹공을 퍼붓는 것이고.

시속 200㎞로 달릴 수 있는 자동차가 있고, 잘 깔린 도로망이라도 있으면 또 모르겠다. 아니면 나하고 진궁, 혹은 공명이랑 직통으로 언제든 통화할 수 있는 핸드폰이라도 있거나. 하지만 그것도 아닌 만큼, 지금은 이 시대의 자원을 활용해 싸워야 한다.

"후우……."

1,402개의 댓글 중 하나. 그 방법을 사용해야 할 때다. 가망이 없긴 하지만, 역설적으로 그게 유일한 가능성이다.

"총군사."

진궁이 재차 날 부른다. 그가 간절하기 그지없는 눈으로 날 쳐다보고 있다.

살짝 멘탈이 깨진 것 같은 공명이가 그렇고, 자긴 전혀 모르겠다는 제갈근과 제갈영이 그러하다. 실낱같은 희망이 담긴 눈의 유관장이 그러하며, 의외로 진지하기 그지없는 얼굴의 형님 역시 그러했다.

"서주로 갈 겁니다."

"서주로?"

"정녕 서주로 간단 말입니까?"

진궁이, 유비가 반문했다.

진궁은 황당하다는 어조고, 유비는 예상치도 못한 그 이름에 반가워하고 있었다.

"서주의 백성들은 유 장군께서 베푼 선정을 기억하고 있습니다. 서주를 탈환한다면 그곳에서 흩어졌던 병력을 다시 끌어모을 수 있을 것이고, 원소와 원술 사이의 연결을 끊을 수 있으니 승산이 없지만은 않을 겁니다."

"흠."

내 설명이 끝나니 진궁이 이마를 부여잡은 채 고민하기 시작했다. 공명이나 제갈영 역시 마찬가지. 형님은 이번에도 아무런 말이 없다. 아까와 같이 그저 근엄하기 그지없는 얼굴로 체통을 지키고 있을 뿐이다.

평소 같으면 이십만지적, 삼십만지적 같은 걸 얘기했을 텐데. 상황이 상황이다 보니 형님도 그런 걸 신경 쓸 여유가 없는 거겠지?

"스승님. 그 말씀대로 서주를 수복하러 가면 산양과 제음, 임성, 진류는 어느 정도 버틸 겁니다만 예주가 문제입니다. 버티기 힘들 것 같아요."

"예주가?"

"예."

"공명의 말이 참으로 옳소. 곽공이 자신의 영역을 가져다 바친 지 얼마 지나지 않은 시점이외다. 아직 우리는 곽공의 사람들을 대체하지 못했소. 곽공을 따르던 이들이 어떤 마음을 가졌는지조차 알지 못하지."

진궁이 그렇게 말하며 지도를 손으로 가리켰다.

"여기, 남쪽의 관문이라 할 수 있는 수춘과 곽공의 영역이었던 곳을 확실히 지킬 수만 있다면 유벽 측의 영역은 안전이 보장되오. 하나 그곳이 뚫리고 나면."

진궁의 손가락이 연주의 남쪽을 가리키고 있다. 내가 유비와 함께 서주를 수복하는 동안 곽공의 옛 부하들이 원술 쪽으로 항복해서 넘어가기라도 하면 연주가 완전히 무너진다는 의미겠지.

"괜찮습니다. 그쪽은 절대로 항복할 일 없으니까."

"확신할 수 있나?"

"예, 그쪽은 제가 아주 잘 압니다."

⟨곽공이 위속한테 은혜 갚겠다고 은퇴했다가 돌아와서 도와줬었음. 결국엔 중과부적이라 같이 망하기는 했지만 나름 의리남. ○○ 죽을 때 와이프랑 같이 절절하게 시 남긴 거, 그거 교과서에도 나오잖슴.⟩

내가, 형님이 망해서 죽게 될 거라는 논조로 쓰였던 1,401개의 댓글 중 하나다.

"곽공의 부하들은 절대로 배신하지 않습니다. 곽공이 나선다면요."

"그 곽공이 다시 나서려 할까요? 물러난 뒤로 양국 외곽에서 한가롭게 신선놀음을 하면서 지낸다는데요. 애초에 그는 조조의 사람이기도 하잖아요?"

이번엔 제갈영이 말했다.

지금껏 한마디도 않던 그녀다. 자리가 자리인 만큼, 공식적인 직함이 없으니 말하는 걸 자제하던 것인데 곽공에 대한 건에서는 도저히 말을 안 하고서는 넘어갈 수가 없는 모양.

"제갈 소저. 소저도 알고 있죠? 예전에 내가 곽공의 죽어가던 아내를 치료해 준 적이 있다는 거."

"들어봤어요."

"곽공이 첩 하나 없이 정실부인 한 명만을 바라보며 평생을 살아온 애처가라는 건?"

"거기까진……."

"난 알고 있네. 하지만 그것만으로는 근거가 약하질 않은가. 저들에게 항복한다면 편안한 노후를 보장받을 수 있지만, 일단 맞서고 나면 자신뿐만 아니라 그 사랑하는 아내의 목숨까지 위협받을 상황일세. 그리고 냉정하게 말해 승리할 가능성은 우리보단 원소와 원술 측이 더 크고. 과연 그가 이 모든 위험을 감수하면서까지 나서고자 하겠는가?"

"예. 제가 본 곽공이라면 확실히 그러합니다."

"스승님께서 그렇게 말씀하신다면 확실히 그렇겠죠."

"공명."

날 돕겠다는 듯 공명이가 나서며 말하자 제갈근이 얼굴을 굳히며 제지한다. 주제넘은 짓을 하지 말라는 거겠지.

진궁은 미간을 찌푸린 채 한참을 고민하더니 한숨을 푹 내쉬고 있었다.

"다른 사람이 그리 이야기했다면 내 절대 믿지 않았을 걸세. 하나 총군사의 말이니 믿지 않을 수가 없겠군. 주공께서는 어찌 생각하십니까?"

"그걸 왜 나한테 물어? 내가 언제 우리 문숙이가 하는 말을 반대하는 거 본 적 있어?"

"하, 하하……."

자기가 잠깐 잊고 있었다는 듯, 진궁이 어색하게 웃는다.

"이러면 적들을 어떻게 상대할지 그 방책은 결정이 된 건가?"

"예, 형님."

"좋아. 그러면 나는 이곳에서 원소가 이끄는 이십오만을 막으며 수성전을 진행하마. 문숙 너는 주유와 원담이 이끄는 이십만을 상대하며 서주를 수복해라. 병력은 얼마나 줘야 할 것 같아?"

"아무래도 오만 명 정도는 있어야 할 것 같습니다."

내가 그렇게 말하니 옆에서 흐흡- 하고 숨 들이켜는 소리가 들려왔다. 뭔가 싶어서 보니 장비가 그게 무슨 말도 안 되는 소리냐는 듯 놀란 얼굴로 날 쳐다보고 있었다.

"오만이면 되겠어? 너무 적지 않아? 이십만인데 그래도 한 칠만, 팔만은 있어야지?"

걱정스럽다는 듯 형님이 반문했다. 그러면서 평소와 같은, 자신감 넘치는 얼굴로 뭔가를 말하려다가 입을 다물었다. 그런 형님의 시선이 유비 쪽을 향해 있었다.

'아, 이런 거였어?'

평소 같으면 뭔가 이상한 얘기를 하고도 남을 타이밍이겠다 싶었는데. 유비를 의식해서 그냥 점잖게 있었던 모양이다.

흐흐.

"오만 명이면 충분합니다."

"그래, 좋다. 그러면 그렇게 해라."

형님이 탕! 소리가 나게 자신의 앞에 놓인 책상을 주먹으로 치며 자리에서 일어났다.

"적병이 오십만이든, 백만이든 상관없다. 모두 격파해 버리면 그뿐. 그렇지 않으냐? 문숙."

"하, 하하. 그렇죠."

형님이 만족스러운 얼굴로 고개를 끄덕이며 외당을 나섰다.

이제 우리도 움직여야 할 시간이다.

"장군, 장군! 적들이 몰려오고 있습니다!"

원술군이 새로이 점령한 하비성. 그곳의 태수부로 부장 하나가 헐레벌떡 달려와 말했다.

하비성의 태수 대행, 악취가 인상을 찌푸리며 자리에서 일어났다.

"몰려오긴 누가? 여포군이 이리로 쳐들어왔다는 것이냐?"

"예, 장군! 그것도 위속이 오고 있답니다!"

"위속? 그 작자가?"

가소롭다는 듯, 악취가 피식 웃음을 터뜨렸다.

"병력은 얼마나 되더냐?"

"병력은 확실하게 파악되지 않았으나 칠만을 넘기지는 못할 것이라 하였습니다."

"웃기지도 않는 놈이로군. 이 악취 님께서 일만이나 되는 병력으로 철통같이 지키고 있는 하비성을 칠만도 안 되는 병력으로 점령할 수 있다고 여겼다고? 위속 그자가 아무래도 상황이 급박하다 보니 실성을 한 모양이야."

"자, 장군. 그럼 어떻게 하시겠습니까?"

"어쩌긴 뭘 어떻게 해? 전투를 준비하라 이르거라."

악취는 그렇게 말하며 위속이 밀고 온다는 서쪽 성벽 위로 올라갔다.

그리로 가서 보니 부장이 보고한 것처럼 위(魏)와 함께 유(劉), 관(關), 장(張)에 마(馬), 감(甘), 심지어는 제갈(諸葛)까지. 온갖 깃발들이 잔뜩 휘날리고 있었다.

"뭐야?"

"왜, 왜 그러십니까?"

"야. 병력이 넌 저게 칠만이 안 되는 수준으로 보이냐?"

"예?"

"야. 딱 봐도 저거 오만 정도밖에 안 되잖아, 오만밖에. 하, 나 진짜. 어처구니가 없네. 겨우 오만으로 여길 점령하겠다고? 쟤들이? 지금 뭐 장난하냐?"

그랬는데.

쾅! 쾅! 쾅!

성문 바로 앞에서 충각 소리가 들려온다. 충각의 거대한 나무 추가 성문을 들이받을 때마다 굉음이 울려 퍼지며 성문이 요동치고 있다.

성벽 위쪽으론 여포군 병사들이 사다리를 타고 끊임없이 올라오는 중이고, 이미 몇몇 부분에서는 성벽이 점령당하기까지 한 상태.

"하, 진짜. 장난하냐! 어떻게 이걸 하루 만에!"

정말 어이가 없다는 듯, 악취가 그렇게 외침과 동시에.

쾅!

버팀목이 부러지며 성문이 활짝 열리기 시작하고, 그 성문 사이로 여포군이 우르르 밀려 들어오기 시작했다.

그런 여포군의 사이에 있는 것은.

"원술의 개들만 골라서 잡아라!"

"백성들에게 피해를 끼쳐서는 안 될 것이다!"

관우와 장비. 그리고 그 뒤에서 유비가 위속과 함께 달려 들어오고 있었다.

📱

"와아아아! 유 사군이시다!"

"유 사군 만세! 유 사군께서 돌아오셨다!"

"유비! 유비! 유비! 유비!"

성문을 뚫고 안쪽으로 조금 들어오니 원술군에게 동원되어 억지로 수성전을 돕던 하비의 백성들이 유비를 알아보고선 그 이름을 연호하고 있다.

유비는 복잡하기 그지없는 얼굴로 그런 백성들의 환호에 답하고 있었다.

"역시. 민충 200이란 말이 괜한 게 아니었어."

이 정도로 백성들을 휘어잡을 수 있으니까 유비가 황제까지 올라간 거겠지.

내가 그렇게 생각하면서 유비와 함께 병사들을 데리고 성안으로 달려가는데 어딘가에서 익숙한 목소리가 들려왔다.

"장군! 장군!"

감녕이가 환하게 웃으며 손을 흔들고 있다. 그런 녀석의 앞으로 장군의 복장을 한 놈 하나가 넋이 나간 얼굴을 하고서 내 앞으로 끌려오고 있었다.

"뭐냐? 그건."

"얘, 장군입니다. 여기 성을 책임지던 놈이요."

감녕이 그놈을 내 앞에 무릎 꿇리는데 멘탈이 제대로 박살 난 모양이다. 얘가 혼자 이건 악몽이라며 중얼거리고 있었다.

"뭐, 상태가 좀 안 좋아 보이긴 합니다만 어쨌든 태수를 잡았으니까 성과급 주실 거죠?"

"이름 있는 놈을 잡아 와야지. 얘 이름이 뭔데?"

"악취라는데요?"

"악취? 이름이 악취라고?"

감녕이 고개를 끄덕인다.

'처음 들어보는 이름인데 이런 장군도 있었나?'

내가 고민하고 있는데 감녕이가 초롱초롱한 눈빛으로 날 쳐다본다.

'이걸 줘, 말아?'

"에이, 까짓거 기분이다. 기억해 둬. 전투가 끝나고 나면 확실하게 정산해 줄 테니까."

"감쌉니다, 장군!"

감녕이가 싱글벙글 웃으며 꾸벅 고개를 숙인다.

그래. 많이 많이 좋아하고 열심히 싸우렴. 그거면 된단다.

📱

"흠."

하비성을 점령한 다음 날, 말을 몰아 병사들을 이끌고 성을 나섰다. 한시라도 빠르게 서주를 수복해서 유비의 세력을 복구해야 전황이 우리 측에게 유리해질 테니까.

"그 양반, 좀 얼빵해 보이던데. 혼자서도 잘할 수 있을까요?"

정탐병을 사방으로 뿌려놓고서 말을 몰아 본대의 선두에서 움직이던 내게 감녕이 다가와 말했다. 녀석이 아무리 생각해 봐도 못 미덥다는 얼굴로 날 쳐다보고 있었다.

"얼빵이라니?"

"그, 유비 장군 말입니다."

주변에 들리지 않을 자그마한 목소리로 녀석이 속삭인다. 저 뒤에서 관형과 장비가 각각 청룡언월도와 장팔사모를 들고 움직이는 중인데 이 자식, 진짜 간덩이가 배 밖으로 나온 건가?

"야, 감녕. 너 지금 죽을 뻔한 거 알지?"

"예? 제가요? 제가 왜 죽을 뻔합니까?"

"관우, 장비가 바로 저 뒤에 있잖아. 자기네 큰형님이고 군주인 유비를 욕하는 데 가만히 있겠어?"

내가 손을 들어 목을 긋는 시늉을 해 보이자 감녕이 손사래를 친다.

"에헤이, 왜 그러십니까? 장군. 뒤에서는 나라님도 욕한다는데 저 사람들만 못 들으면 되는 거잖습니까."

"그러면 내가 못 듣는 곳에선 내 욕도 하고?"

"예? 하, 하하……. 그게 그렇게 되는 겁니까?"

"너 성과급 하나 깐다?"

"아닙니다. 그러지 마십쇼. 주둥이를 바늘로 콱 꿰매 버리겠습니다."

그러면서 진짜로 꿰매기라도 하는 것처럼 바느질을 하는 시늉을 해가며 입을 다물고 있다.

"확실히 자낳괴라니까."

"자낳괴? 그게 뭐죠?"

옆에서 나와 말 머리를 나란히 하고 있던 제갈영이 반문했다.

이걸 설명한다고 해서 알아들을 수 있을까 모르겠다.

"자본주의가 낳은 괴물, 뭐 그런 건데. 이게 뭐냐 하면……."

"재물이 근본이 되는 사상이 낳은 괴물이라. 이해했어요."

"이렇게 간단하게?"

"어려울 게 있나요?"

그러면서 제갈영이 말을 몰아 저 앞으로 나아갔다. 그다지 좋지만은 않은 표정으로 감녕을 빤히 쳐다보면서.

녀석은 그 시선을 받으며 살짝 몸을 움츠렸다.

"장군. 저 찍힌 겁니까?"

"그런 거 같은데?"

"이럴 수가. 최고 실권자의 아내에게……."

쟤가 지금 뭐라는 거야? 최고 권력자의 아내라니?

"도대체 누가 최고 실권자고 누가 아내라는 거냐?"

"장군. 제가 진짜 열심히 할 테니까요, 부인께 굴하시면 안됩니다. 아시죠? 제가 얼마나 유능하고 성실한 인재인지?"

그러면서 감녕이 말을 몰아 저 앞으로 달려가는데 제갈영이 그런 녀석의 옆을 지나 내게로 다가온다. 제갈영의 얼굴이 싸늘하게 굳어져 있었다.

"뭐야, 왜 그래요?"

"삼십 리 밖에 손책이 있다고 해요. 휘하 병력 오만 명과 함께요."

정탐 결과인 모양이다.

"우릴 기다리고 있던 겁니까?"

"그건 아닌 것 같아요. 군량이며 병장기며 하는 것들을 잔뜩 옮기는 중이었다더군요. 아무래도 강남과 광릉군의 물자를 모아서 서주성으로 호송해 가는 모양이에요."

"물자를 옮긴다 이거지?"

"장군. 제가 제일 잘할 수 있습니다. 이 감녕에게 맡겨만 주십쇼."

그러면서 감녕이 제 가슴을 탕탕 두드린다. 마치 자기만 믿으라는 것처럼.

이건 확실히 감녕의 전문 분야이긴 하다.

"야. 잘할 수 있지?"

"하, 장군. 이 감녕이가 누굽니까? 전투의 와중에서도 적진을 제집 드나들 듯 다닐 수 있는 게 바로 저 아니겠습니까? 애들 데리고 확실하게 가서 챙겨 나오겠습니다."

"좋아."

"이제 가는 겁니까?"

감녕이며 마초며 하는 녀석들의 기세에 눌려서 지금까지 나와 함께 오면서도 말 한마디 제대로 못 꺼내고 있던 후성이가 다가왔다. 위월 역시 마찬가지.

내가 고개를 끄덕였다.

"총출동이야. 장비랑 관우 형님, 마초까지 다 불러. 지원이 오기 전에 미리 가서 친다. 서주성 근처니까 언제 다른 놈들이 더 올지 모른다."

"참으로 여유롭군."

술수라는, 청주에서 발원해 서주 남쪽으로 흐르는 강변을 따라 병사들과 함께 서주성을 향해 나아가던 손책이 만족스럽기 그지없는 목소리로 말했다. 그런 손책의 뒤로 오만 명이나 되는 원술군 병사들이 수도 없이 많은 수레를 끌고, 보호하고 있다.

이것들 모두가 서주에서 활동하며 유비의 잔당을 소탕하고 있는, 얼마 지나지 않아 연주의 남쪽으로 치고 올라갈 원술군을 위한 물자다. 군량과 활, 화살, 창과 검, 심지어는 군복과 갑옷까지. 이것만 서주성에 옮겨놓고 나면 다가올 겨울은 물론이고 내년 봄까지도 여유롭게 서주의 점령을 공고히 하며 활동할 수 있을 터.

"내년 여름이면 예주를, 겨울이면 연주를 통째로 끝장낼 수도 있겠지."

그냥 그 미래를 머릿속으로 그려보는 것만으로도 기분이 좋아진다. 지금껏 자신을 몇 차례나 엿 먹인 위속이, 여포가 완전히 패망해 목숨을 잃게 될 터. 그 현장에서 자신 역시 위속을 조리돌리는 것에 참가할 수 있으리라.

손책이 히죽 웃고 있었다.

그랬는데.

다각, 다각, 다각―!

"자, 장군! 장구우우우우운!"

말발굽 소리와 함께 다급하기 그지없는 외침이 들려오고, 기마 한 기가 정말 다급하게 이쪽을 향해 달려오고 있었다.

"응?"

의아하다는 듯, 손책이 고개를 갸웃거렸다.

'무슨 일이지? 딱히 여기에선 문제될 게 없는데? 이상하다?'

손책이 그렇게 생각하고 있을 때.

"자, 장군. 장군! 위, 위, 위, 위위위, 위속, 그, 그자가!"

"응? 위속이라고?"

"위속이 오고 있습니다!"

"뭐라고?"

당황스럽다. 위속이 갑자기? 여기를? 어떻게?

온갖 생각들이 머릿속에서 떠올랐다.

"말도 안 된다. 여긴 서주성에서 남쪽으로 팔십 리 떨어진 곳이다. 하비성이 멀쩡하게 버티고 있는데 위속이 어떻게 이곳에서 나타난단 말이냐?"

손책의 옆에서 그를 수행하던 부장이 황당하다는 듯 말했다.

하지만 병사는 답답하다는 듯 소리치고 있었다.

"제 눈으로 똑똑히 보고 돌아오는 길이란 말입니다! 적들이 바로 코앞까지 다가왔다고요!"

그와 동시에.

두두두두두-

저 멀리에서 희미하게나마 말발굽 소리가 들려오기 시작했다.

손책의 얼굴이 딱딱하게 굳어졌다. 그 옆에 있던 부장 역시 마찬가지.

"야. 이거 설마……."

"지, 지금 장군께서 생각하시는 그것이 맞는 것 같습니다."

"젠장! 전투 준비! 적들이 다가오고 있다! 전투를 준비하라!"

"전투를 준비하라! 위속이 온다! 위속이 오고 있다고!"

둥- 둥- 둥- 둥- 뿌우우우우우우우우우우-!

사방에서 북소리와 함께 뿔 나팔 소리가 울려 퍼지기 시작했다. 수레를 보호하며 움직이던 손책 휘하의 병사들이 수레를 중심으로 방진을 펼치기 시작했다.

그런 와중에서 손책은 조금 전의 그 병사를 손으로 툭툭 건드리고 있었다.

"야. 위속 병력은? 그거 얼마나 되는지 파악했어?"

"저, 적지 않았습니다. 아무리 적어도 삼만 이상은 되는 것으로 보였습니다."

"삼만?"

인상을 찌푸리던 손책이 말에서 내려 쭈그리고 앉아 땅에 손을 가져다 댔다.

진동이 느껴진다. 수도 없이 많은 말들이 전력으로 달려오는, 그 진동이 대지를 통해 전해져 온다. 정신을 집중하지 않으면 느낄 수 없는, 그러나 수도 없이 많은 진동이 극히 짧은 주기로 대지를 울리고 있다.

수천? 그 정도로는 택도 없는 수준이다. 오랜 세월 전장을 전전하며 온갖 것들을 보고 느끼며 경험을 쌓아온 손책은 알 수 있었다. 수천 명 정도로는 이런 진동을 낼 수 없다. 못 해도 수만이다.

"돌겠군."

자신도 모르게 손책이 이를 악물고 있을 때, 흙먼지를 흩날리며 질주해 오는 기병대가 시야에 들어왔다. 뿌옇기 그지없는 그 먼지의 사이에서 위(魏)의 깃발이 흩날린다. 위속이다.

"위속 놈과 부장들만 온 건가?"

만약 그렇다면 해볼 만하다.

손책이 검을 뽑아 들었다.

그런 손책의 시야에 또 다른 장수의 모습이 들어왔다. 익숙한 놈이다. 멀리에서 보기로도 갑옷 하나 없이, 새하얀 옷 하나만을 걸친 채 창을 들고 있다. 지난번, 유비를 포위했을 때 그 위력을 질리도록 봤던 장수다.

"장군. 어떻게 할까요? 마초까지 왔습니다."

"야. 괜찮아, 괜찮아. 위속에 마초 둘밖에 없는 거잖아? 내가 저 정도는 충분히 잡고도 남는다. 나 모르냐? 나 손책이야, 손책. 그러니까 저거…… 어?"

자신만만한 목소리로 부장을, 병사들을 독려하려던 손책의 시야에 또 다른 모습이 시야에 들어오기 시작했다.

그 광경을 목격한 손책의 얼굴이 기묘하게 일그러졌다.

"어, 어라?"

익숙하기 그지없는 무기다. 유비를 떠올리면 떼놓을 수 없는 두 장수가 들고 다닌다는, 청룡언월도와 장팔사모. 그게 뿌옇기 그지없는 모래 먼지 사이에서 그 형태를 드러낸다. 제일 왼쪽에서부터 관우가, 위속이, 마초가, 장비가 말을 몰아 앞으로 나오고 있었다.

"이거 이러면 나가린데?"

그 장수들을 쳐다보던 손책이 고개를 돌려 뒤를 쳐다봤다.

서주성으로 나르던 물자다. 저걸 지키려면 위속 그리고 그 주변에 있는 저 괴물 같은 장수들과 싸워 이겨야 한다. 그래야 하는데 답이 보이질 않는다.

손책의 머릿속에서 유비를 공격하기 위해 단향산에 매복

했다가 역으로 당하던 때의 기억들이 떠오르기 시작했다.

관우와 장비 그리고 마초가 보였던 그 압도적인 무위. 위속이 선보였던 신출귀몰한 군략. 그에 더해서 무슨 일이 있어도 위속과 직접 맞붙어서는 안 된다는 주유의 신신당부까지.

"장군! 어서 결정하셔야 합니다!"

두두두두두-!

말발굽 소리가 점점 더 가까워지고 있다.

"에이 씨. 안 되겠다."

"에?"

"보급품에 불 질러라! 퇴각한다!"

"지, 진짭니까?"

부장의 눈이 동그랗게 커졌다. 그는 이해하기 어렵다는 듯, 손책을, 보급품을 번갈아 쳐다보고 있었다.

"야! 어차피 지금 우리가 무슨 계책을 준비한 것도 아닌데 위속이랑 싸워서 어떻게 이겨? 저거 지키겠다고 너희랑 여기에서 전멸할 바엔 차라리 깔끔하게 포기하고 병력이라도 보존하는 게 나아!"

"하, 하지만."

"야! 너만 열 받냐? 나도 화나! 열 받는다고! 위속 저 새끼한테 지금까지 당한 게 얼만데 또 당해야 하는 내 마음은 오죽하겠냐, 엉? 다들 못 들었냐? 보급품에 불 지르고 뒤도 보지 말고 서주성으로 뛰어라!"

손책의 그 명령과 함께 휘하 병사들이 수레에 불을 지르고선 미친 듯이 질주하며 달리기 시작했다.

"아오! 진짜! 하늘은 왜 저딴 놈을 태어나게 해서는!"

그 와중에서 손책의 분노에 가득 찬, 그 공허한 외침과 함께 보급품을 태워 들어가는 불꽃의 그 소리만이 허공에 흩뿌려질 뿐이었다.

"와, 이걸 그냥 두고 도망치네?"

좀 당황스럽다. 아무리 연합군 애들이 나와 싸우는 걸 회피하려는 상황이어도 그렇지, 이렇게 많은 보급품을 그냥 두고 도망가? 이게 말이 돼?

"장군. 보급품의 양이 무지막지하게 많습니다. 노획한 우마차만 이천 대가 넘고요."

"그렇게 많아?"

"예, 장군. 대박을 친 것 같습니다."

후성이 자기가 생각하기에도 말이 안 되는 결과라는 듯, 헛웃음을 머금은 얼굴로 말했다. 그 옆에서 있던 위월이 역시 마찬가지였다.

"아오, 이 아까운걸. 조금만 빨리 왔으면 손실 없이 깔끔하게 다 살릴 수 있었는데."

그런 와중에서 감녕이 아까워 죽겠다는 듯 반쯤 타다가 만 수레를 쳐다보며 중얼거리고 있다.

이천 대가 넘는 수레를 노획하기는 했지만 멀쩡한 건 손에 꼽을 정도다. 완전히 타버린 것도 없지 않게 있다. 반쯤 타다가 만 것도 수백 대고.

"반절 정도는 군량인 것 같습니다. 나머지는 원술군의 군복과 갑옷, 창칼과 화살 같은 소모품이고요."

약간의 시간이 지나자 병사들과 함께 분주히 움직이던 제갈영이 내게 다가와 말했다.

"군량과 화살은 챙기고 나머지는 하비에서 확보하도록 하는 게 좋을 것 같은데 총군사께선 어떻게 생각하시나요?"

"형님!"

제갈영의 말이 끝나기가 무섭게 장비가 다가왔다.

"내게 병사를 만 명만 빌려주시오. 내가 하비로 가서 큰형님께 드리고 돌아오리다."

"이걸?"

"큰형님께 드리면 병마를 복구하는 것에 큰 도움이 될 거요. 그러니까 부탁 좀 합시다."

"뭐 하러 그래? 그냥 사람만 보내서 여기에 있다고 알려놓기만 해둬. 어차피 지키는 놈이 아무도 없어도 주유는 그거 못 건드릴 테니까."

"주유가? 이것을 말이오?"

"나한테 벌써 몇 번을 당했는데 주유가 움직이려고 하겠어? 이것도 함정이라고 생각하고 가만히 구경이나 하겠지. 혹시 도적 떼가 올지도 모르니까 한 오백 명 정도 남겨서 그것만 막으면 돼."

"흠…… 듣고 보니 또 그렇구려. 그럼 내 병사만 하나 하비성으로 보내리다."

"그러던지."

어차피 주유가 다시 또 사람을 보내서 이곳에 남겨둔 보급품을 불태우겠다고 덤빌 리는 없다. 이미 주유는 나에 대한 트라우마가 안 생겼다면 오히려 그게 더 이상할 지경에 놓여 있을 테니까. 하비에서 출발한 유비 쪽 병력이 느긋하게 챙겨 가기만 하면 될 거다.

그런 와중에서 남은 내가 해야 할 일은.

"출발하지."

서주의 중심이자 주유가 주둔하고 있으며 손책이 도주해 가는 중일 서주성을 공격하는 것뿐이었다.

📱

"방비가 굳건한데?"

기어코 도착한 서주성, 그곳에서 나는 굳건하기 그지없는 성벽의 모습을 응시했다.

성벽의 위로 수도 없이 많은 깃발이 꽂힌 채 휘날리고 있다. 그 깃발에 쓰여 있는 건 당연하게도 원(袁)과 손(孫) 그리고 주(周)였다.

"쓰읍. 우리 깃발은 하나도 없구만."

옆에서 그 모습을 지켜보던 장비가 입맛이 쓰다는 듯 중얼 거린다.

서주성의 남쪽 누각 위에서 주유가 우릴 내려 보고 있다. 그 런 녀석이 잠시 심호흡을 하며 숨을 들이마시더니 소리쳤다.

"위속! 기왕에 왔으니 환영하는 뜻에서 한마디 해주마!"

"뭐, 네가? 나한테?"

"네놈이 이곳에서 버티는 동안, 나는 싸움을 회피하며 수성 전에만 집중할 것이다! 그러는 사이, 기주의 원 사공과 그 자 제인 원담 공자가 연주의 성을 하나하나 쓰러뜨릴 터! 무슨 수 를 쓰건 네놈의 패망이 코앞에 와 있음이니라!"

여포나 허저의 그것에 비할 바는 아니지만 그래도 목소리가 꽤 낭랑한 게 멀리에서도 잘 들린다.

"오, 주유! 오랜만이다? 잘 지냈지?"

"네놈의 목을 벨 궁리를 하며 잘 지냈느니라!"

"야. 오랜만에 보는데 꼭 그렇게 험악한 소리를 해야겠어? 그 래도 그거 조금 무서웠다? 인상 깊었어. 그래서 그 보답으로 뭐 하나 알려줄게. 너희한테 좋은 소식이랑 나쁜 소식이 하나 씩 있거든?"

"개소리 집어치워라, 위속! 네놈이 우리에게 전해줄 좋은 소 식이 뭐가 있단 말이냐!"

"야, 그래도 궁금한데? 뭔데? 기왕이면 좋은 소식 먼저 들어 보자!"

주유의 옆에서 있는, 익숙한 얼굴이 시야에 들어온다.

손책이다. 녀석이 궁금하다는 듯 날 쳐다보고 있었다.

"아, 그게 말이야. 강남 쌀 괜찮더라? 나 오늘 밥 두 그릇 먹었어. 너무 맛있어서."

"쌀? 위속 네가 강남 쌀 맛을 어떻게…… 아, 나한테 뺏은 거."

이상하다는 듯 반문하던 손책의 목소리가 갑자기 작아진다.

쟤 뭐라는 거야?

잘 안 들려서 내가 고개를 갸웃거리는데 무슨 두더지 게임이라도 되는 것처럼 손책의 머리통이 성벽 너머로 쏙 사라진다.

주유가 한심하다는 듯 제 옆을 쳐다보고 있었다.

"그나저나 주유! 너 진짜 그냥 그렇게 버티고만 있을 거냐? 너희 병력이 십오만이잖아. 난 오만밖에 없는데?"

지금의 상황이 딱 그렇다. 오만 명으로 십오만 명이 버티고 있는 서주성을 포위한 꼴이다. 상식적으로 말이 안 되는 상황인데 이미 성 주변으론 깨끗이 정리가 끝나 있다. 병사 하나 찾아볼 수 없을 정도로 주유는 자기 휘하의 병력을 모조리 성 안으로 불러들인 상태였다.

"야, 주유야! 진짜 그냥 버티고만 있을 거냐니까?"

내가 재차 소리치는데 손책이 그랬듯, 주유의 머리통이 쏙 사라진다.

아오, 진짜. 어이가 없네, 쟤들.

나는 그 상태에서 설마 하는 마음으로 서주성의 포위를 유지한 채 첫날을 보냈다.

하지만 둘째 날이 되고, 셋째 날이 되고도 성내에서의 변화는 없었다.

넷째 날 역시 그저 방비를 군건히 하며 자기들끼리 밥을 만들어 먹는 냄새만이 솔솔바람을 타고 날아올 뿐이었다.

"흠."

뭔가 방법이 필요하다. 이러고 있으니 이제는 슬슬 내 마음이 조금씩 급해진다.

지금도 연주에서는 원소의 삼십만 대군이 온 사방에서 공성전을 진행하며 맹공을 퍼붓고 있을 거다. 가뜩이나 없는 병력을 나눠서 데리고 왔으니 연주의 방어 부담이 커지는 것은 당연지사. 엘리전을 시도하고 있는 연합군 놈들에게 당하기 전에 이쪽에서 먼저 전황을 뒤집어야 한다.

내가 그렇게 생각하며 서주성 포위망 뒤쪽의 영채에서 드러누워 있을 때.

"엘리전?"

무릉도원에 들어가 보지도 않았는데 생각지도 못한 계책이 머릿속에서 떠올랐다.

"엘리전이라."

나쁘지 않은 것 같다.

생각이 거기까지 미쳤을 때, 머릿속에서 온갖 계책들이 떠오르기 시작했다. 무릉도원에서 보았던, 수도 없이 많은 그 계책들이 내 머릿속을 가득 메운 채 범람하고 있었다.

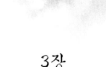

3장
다음 시간에

"미친놈이다, 저건."

서주성의 성벽, 그 위에서 성 앞에 진을 치고 있는 여포군의 모습을 응시하며 주유가 중얼거렸다.

아무리 생각을 해봐도 말이 안 되는 일투성이다.

"왜 또 그러나? 공근."

"어이가 없어서. 내가 아무리 철저하게 계획해서 계책을 펼친다 한들, 저 위속이라는 놈이 아무렇지도 않게 깨부수고 있잖아. 상식적으로 말이 안 돼, 이건."

"한신이나 악의, 백기 같은 자를 상대하는 장수들도 그렇게 생각…… 아, 아니야. 농담일세, 농담."

옛 명장들의 이름이 나오기가 무섭게 얼굴이 험악하게 일그러지며 조건 반사적으로 허리춤의 검을 부여잡는 주유의 그 모습에 손책이 어색하게 웃으며 뒷걸음질 쳤다.

그런 그들을 향해 몇 명의 장수들이 다가오고 있었다.

"부르셨습니까? 장군."

"오셨소이까, 능조 장군."

언제 화를 냈느냐는 듯, 정중하기 그지없는 모습으로 주유가 능조를 맞이했다. 손책 역시 마찬가지.

그런 능조의 옆으로 앳된 모습의 여몽과 장흠 그리고 큰 키에 그다지 길지는 않지만 남성스러운 매력을 물씬 풍기는 수염의 사내가 서 있었다.

"일전에 이야기했던 것처럼 수성을 준비해야 할 것 같습니다. 준비는 어찌 되어가는 중입니까?"

"화살의 경우, 아주 넉넉한 것까지는 아니지만, 그럭저럭 한 달 정도는 버틸 분량이 됩니다. 식량은 반년 치가 비축된 상태이고 말입니다."

"오, 그렇습니까? 귀만 큰 줄 알았으니 내치에도 소질이 있던 모양입니다, 그자는."

"그런 셈이지요."

능조가 약간은 난감하다는 얼굴로 답했다.

"하비가 넘어가고, 손책 장군께서 보급품을 뺏겼다는 소식이 전해지고부터 성내의 민심이 요동치고 있습니다. 적장 위속이 서주성 앞에 도착했다는 소식이 전해진 이후부터는 더욱 심합니다. 일단은 힘으로 찍어 누르는 중이긴 합니다만, 방비를 게을리할 수 없는 상황입니다."

"그렇겠죠. 확실히 그럴 겁니다. 위속이 노리는 것 역시 그러한 점일 테고요."

"공근. 자네는 진짜로 위속이 공성을 시도할 것으로 생각하는 건가?"

손책의 반문에 주유가 고개를 끄덕이며 여포군의 진영 쪽으로 시선을 옮겼다.

"겉으로 보기엔 아무렇지도 않아. 그저 우리가 성에서 나오지 못하도록 틀어막기만 하는 것으로 보일 뿐이지. 하지만 백부, 자네 잊었는가? 위속이 얼마나 신출귀몰한 자인지 말일세. 자네도 겪어봤으니 잘 알 거 아닌가."

"신출귀몰이라…… 쓰읍."

위속의 신출귀몰함. 그 부분을 떠올리니 온갖 쓰라린 기억들이 손책의 머릿속을 가득 메우기 시작했다. 손책이 인상을 찌푸렸다.

"말도 안 되는 짓거리를 참 많이도 저질렀지."

그 말도 안 되는 짓거리에 자신 역시 참 많이도 당했고.

"그러니까 대비해야지. 위속이 대놓고 공성을 준비하는 모습을 보여준다면 공성이 아닌, 다른 뭔가를 준비한다는 의미일 터이니 더욱더 신경이 쓰였을 걸세. 차라리 이러는 편이 나아."

주유는 그렇게 말하며 작게 한숨을 내쉬었다.

"수춘에서도 기상천외한 방법으로 성을 점령했으니 이번에도 못 할 게 없어. 그러니 능조 장군께선 확실하게 백성들의 동태를 살펴주십시오. 여몽과 장흠 자네들은 성벽을 돌며 병사들의 태세를 점검하고."

"알겠소이다, 총군사."

"명 받듭니다."

"알겠습니다."

주유의 시선이 이번엔 능조와 여몽, 장흠의 옆에 서 있는 또 다른 장수를 향했다. 그가 자신은 뭘 하면 되느냐는 얼굴로 주유를 쳐다보고 있었다.

"태사자 장군. 내 장군께 긴히 부탁드릴 것이 있습니다. 장군께서 북쪽으로 가주셔야겠습니다."

"북쪽이라니요?"

태사자가 황당하다는 듯 반문했다. 그런 태사자를 주유는 진지하기 그지없는 눈으로 응시하고 있었다.

"잘 가고 있으려나 모르겠네."

"뭐가요?"

남서쪽, 하비성 방향을 쳐다보면서 나 혼자 중얼거리는데 제갈영이 다가왔다. 뭐 때문에 그러느냐는 듯 제갈영이 호기심 가득한 얼굴로 날 쳐다보고 있었다.

"계책을 적은 편지요. 지금쯤 곽공을 불러내서 양국으로 보내는 것까지는 끝났을 텐데 이놈이 편지를 잘 전달하고 있을까 싶어서."

위월이 자신의 만인대에서 이인자라고 키우던, 고르고 고른 놈이 오백 명이나 되는 병사들과 함께 운송하는 편지이긴 하지만 살짝 불안한 마음이 드는 게 사실이다.

그 녀석이 운반하는 건 그냥 편지가 아닌, 어쩌면 이 전장의 향방을 결정지을 수도 있을 중요한 내용이 담긴 일종의 명령서나 다름이 없는 것이니까.

"괜찮을 거예요. 총군사께서 이곳에 버티고 계시는데 우리를 피해 하비까지 접근할 간 큰 자들은 없을 테니까요."

"그랬으면 좋겠는데."

잘 모르겠다. 일이 잘못되지 않게 하려고 온갖 준비를 다 해 보냈지만 만에 하나라는 게 있으니까.

"쓰읍."

걱정해서 될 일이 아니다. 이미 화살은 쏘아졌다. 내가 해야 할 건 손책과 주유를 이곳에 묶어놓는 일이다.

나는 그렇게 생각하며 말을 몰아 병사들과 함께 서주성의 성문 쪽으로 나아갔다. 아침 식사가 막 끝났을 즈음이다.

성벽에 선 원술군 병사들이 경계심 어린 눈으로 날 쳐다보고 있었다.

그리고 그런 와중에.

"위속! 또 무슨 소리를 지껄이러 온 것이냐!"

주유의 목소리가 들려왔다.

성문 위, 누각에 홀로 앉아 내 쪽을 쳐다보고 있던 주유가 얼굴을 굳히고 서 있었다.

"주유! 그냥 오늘은 좋은 이야기 좀 전하려고 왔다!"

"되지도 않는 헛소리로 군심을 흐리고자 할 것이면 어디 해 보거라! 네놈이 아무리 떠들어도 아군은 동요치 않을 것인즉!"

"아, 그러냐?"

어차피 상관은 없다. 중요한 건 내가 공성전을 준비하며 주유를 성 밖으로 끌어내고자 노력한다는 인상을 주는 것이니까.

"근데 난 너희 병사들 건드리려고 온 거 아닌데? 너랑 얘기하려고 나온 건데?"

"네놈이 왜 나와 대화를 한단 말이냐!"

"야, 주유. 내가 지금까지 너한테 미안한 게 얼마나 많은데. 너 나 때문에 똥 엄청 많이 쌌잖아. 완전 똥싸개 돼서 체면이 말이 아니지 않냐? 지금까지 내가 본 것만 해도 세 번인가 네 번쯤 되잖아?"

"주유가 똥싸개라고요?"

내 바로 뒤에서 호위 정도의 역할로 대기하고 있던 후성이가 화들짝 놀라며 반문했다.

서주성 성벽 위에 있던, 족히 삼만 명은 되어 보이는 원술군 병사들이 나와 주유를 번갈아 쳐다보며 자기들끼리 웅성거리기까지 하고 있다. 너무 멀어서 잘 들리지는 않지만 그게 내가 언급한 똥싸개라는 것과 관련된 웅성거림이라는 건 확실하게 알 수 있었다.

"위, 위속…… 너 이 자식!"

그래서일까? 주유의 얼굴이 시뻘겋게 달아오른다.

"야! 내가 말한 건 다른 의미에서의 똥싸개잖아. 갑자기 왜 그렇게 화를 내? 강한 부정은 강한 긍정이라는데…… 주유, 너 설마?"

"크아아아악! 개소리 집어치워라, 위속! 내 무슨 수를 써서라도 네놈의 목을 베어버릴 것이다! 그 목을 내 장군기에 꽂아 영원토록 목 없는 귀신이 되어 구천을 떠돌게 해주마!"

진짜 열 받은 모양이다. 주유가 목청껏 소리치니 원술군 병사들의 웅성거리는 소리가 잦아든다.

그리고.

"위속의 이간질에 넘어가지 마라! 우리 주유 군사님은 똥싸개가 아니다!"

원술군의 장수 하나가 소리친다.

제 딴에는 주유를 편들어준다고 한 소린데 그 때문인지 주유가 고개를 푹 숙이고 있다. 주유의 어깨가 부들부들 떨리고 있었다.

얘들아. 오해야, 오해. 주유는 그런 똥싸개는 아닌데 왜들 그러니? 흐흐흐.

"와…… 장군. 지금 저 주유를 똥싸개로 만들어 버리신 겁니까?"

의도치 않은 이 상황에 내가 혼자 웃는데 후성의 목소리가 들려왔다. 녀석이 무슨 천하에 다시없을 잔학무도한 악당을 제 앞에 둔 것 같은 눈으로 날 쳐다보고 있었다.

"야. 내가 뭘 어쨌다고?"

"삼만 명이나 되는 병사들 사이에서 주유가 똥싸개라는 걸 공식적으로 말씀하지 않으셨습니까. 진짜 장군은…… 도발 하나는 최곱니다. 저 같았으면 벌써 성문 열고 뛰쳐나왔을 거 예요."

"이거 가지고 뛰쳐나오긴 무슨."

내가 아무것도 안 하고 그냥 가만히 있으면 또 모를까, 지금 처럼 줄 수 있는 모욕이란 모욕은 다 줘가며 괴롭히는 한 주유 는 절대 성 밖으로 나오지 않을 것이다. 절대로.

다음 날.

나는 아침 식사를 끝냄과 동시에 서주성 앞으로 나갔다.

주유 역시 나와 비슷한 시간에 식사를 끝낸 듯, 막 성루에 들어서고 있었다.

"여어, 주유! 잘 잤냐?"

"네놈 마음대로 지껄여 보거라. 네놈의 뜻대로 일이 진행되 지는 않을 것이다!"

그러면서 아예 팔짱을 낀 채 눈을 감기까지 하고 있다. 내가 무슨 도발을 어떻게 하건 자신과는 관계없다는 것처럼.

"쟤 은근 귀엽단 말이지. 흐흐."

애초부터 성루에 안 올라왔으면 나와 상대할 일도 없었을 거다. 하지만 그랬다간 자기가 없을 때 대신 성루를 맡은 장수가 내 도발에 욱해서 일을 그르칠 수도 있다는 생각이 들어 직접 자리를 차지하고 앉는 것일 터.

그래서 더 좋다. 주유를 모욕하면 모욕할수록, 화나게 하면 할수록 내 계책이 성공할 가능성이 커지는 거니까. 주유 화내게 하는 것쯤이야 이젠 식은 죽 먹기지.

"흐흐. 후성아! 그것 좀 가지고 와라."

"예? 알겠습니다, 장군!"

꽤 먼 거리에서 주유와 대화하기 위해 계속해서 소리를 지른 탓에 목이 좀 아프다. 역시 이럴 땐 도구의 힘을 빌리는 게 짱이지.

"여깄습니다, 장군."

"땡큐, 땡큐."

얇게 깎아낸 대나무를 돌돌 말아 확성기의 형태로 만든 물건을 후성이 내게 가져다줬다. 이 시대엔 없는, 대나무 확성기다. 어디 효과가 어떤지 볼까?

"아. 아아. 들리는가?"

"예, 장군. 들립니다."

내 바로 옆에서 후성이가 말했다. 그런 녀석이 확성기 때문에 달라진 내 목소리가 신기하다는 듯 고개를 갸웃거리고 있었다.

"인마. 내가 너한테 물어봤겠냐?"

"하, 하하. 그런 겁니까?"

내가 다시 몸을 돌려 우리 쪽 병사들이 서 있는 곳을 향해 소리쳤다.

"연주와 예주에서 온 애들, 들리면 손 한번 들어봐라!"

"들립니다, 총군사님!"

"저도 들립니다!"

우리 쪽 병사들이 양손을 번쩍 들어 올린다. 다른 놈도 아니고, 총지휘관인 내가 부른 것이기 때문인지 녀석들은 열성적으로 손을 들어 올리고 있다. 영채 밖으로 나와 함께 나온 이만 명 남짓한 병력 대부분이 손을 들어 올리고 있었다.

"흠흠."

이번엔 다시 서주성 쪽으로 몸을 돌렸다.

주유가 무슨 미친 짓을 하느냐는 것 같은 얼굴로 날 쳐다보고 있다. 그 옆의 손책 역시 근엄하기 그지없는 얼굴을 하고 있었다.

"아아. 성벽 위에 들립니까? 들리는 사람 손!"

내가 소리침과 함께 성벽 위에 있던 원술군 병사들 중 몇몇이 손을 들어 올리는 게 시야에 들어왔다.

자신도 모르게 손을 들어 올렸던 손책이 아차 하며 주유의 눈치를 살피고선 잽싸게 손을 내리고 있었다. 귀여운 자식.

"반응 괜찮은데? 여러분들의 호응에 감사하며 내가 상품 하나 줄게. 후성아, 그거 가지고 와라!"

"예!"

후성이가 병사들을 지휘해 움직이기 시작했다.

이번엔 영채의 입구 쪽에 있던, 한자로 一부터 十까지 크게 쓰여 있는 사람 몸뚱이만 한 보따리들이다. 그것들을 내 옆으로 가져다 놓으니 주유의 얼굴이 지금까지 보았던 것과는 또 다른 형태로 일그러져 있었다.

"위속! 도대체 이번엔 또 무슨 해괴한 짓거리를 하려는 것이냐?"

근엄하기 그지없는 얼굴로 손책이 소리쳤다. 아무래도 주유 대신 이야기하는 모양.

"말했잖아. 너희 호응이 괜찮아서 상품 하나 주는 거라고. 이거 우리가 사용할 계책들이 들어 있는 주머니거든?"

"뭐, 뭐라고?"

손책의 목소리가 다급해진다. 녀석의 눈이 동그랗게 커져 있을 것 같은, 그런 느낌적인 느낌이 든다.

손책은 믿기질 않는다는 듯 성벽을 붙잡은 채 상체를 이쪽으로 쭉 내밀기까지 하는 중이었다.

"선택해. 여기에 내가 사용할 계책 열 개가 있는데 하나만 열게 해줄 거야. 뭐가 좋겠냐?"

"개소리 말아라! 위속!"

무슨 일이 벌어져도 자신은 나서지 않을 것처럼 굴던 주유가 꽥 소리친다. 확실히, 쟤는 저렇게 화를 내야 애가 괜찮은 것처럼 보인다.

"개소리 말아라, 위속. 오케이, 여덟 자니까 팔 번으로 할게. 불만 없지?"

"자, 잠깐! 위속!"

"뭐가 잠깐이라는 건가, 백부! 이 해괴한 짓거리 자체가 우리를 농간하기 위함이라는 걸 모르는가!"

쩌렁쩌렁하게 터져 나오는 주유의 목소리를 무시하며 나는 여덟 번째 보따리를 풀어서 그 안에 담겨 있던 죽간 하나를 꺼냈다. 그걸 손에 들고 주유와 손책에게 보여주니 자기들끼리 옥신각신하던 녀석들의 시선이 집중되고 있었다.

"음, 이 계책이 뭐냐면."

딱 거기까지 말해놓고서 성벽 위를 쳐다보는데 다들 조용하다. 손책도, 주유도 지금은 아무런 말도 없다. 그저 가만히 날 쳐다볼 뿐이다. 내 입에서 흘러나올 말을 기다리며.

"이건 다음 시간에. 이따가 점심 먹고 알려줄게. 기다리고 있어라?"

"크아아아악! 위속! 네놈!"

일순간 얼굴이 야차처럼 험악하게 일그러진 주유에게서 괴성이 터져 나왔다. 자기가 농락당했다고 여기는 모양이다.

뭐, 농락이 맞기는 하지.

"무슨 수를 써서라도 네놈을 죽이고, 네놈의 부하들을 죽여 돼지 밥으로 줄 것이다! 내 꼭! 꼬오오오오옥 그리할 것이다!"

광분하고 있는 주유를 향해 손을 흔들어주며 난 다시 우리 영채 쪽으로 돌아왔다.

그런 날 장비와 관우가 묘한 얼굴로 쳐다보고 있었다. 나와 시선이 마주치니 청룡언월도를 손에 쥔 관우가 움찔한다.

"위속 장군…… 이 정도였어?"

"괜히 제가 형 하려고 했던 게 아닙니다. 형님 모르시죠? 조인이랑 하후돈이 우리 위속 형님한테 어떻게 당했는지요."

"조인과 하후돈? 그자들이?"

관우가 황당하다는 듯 반문하고 장비가 고개를 끄덕이며 멀찌감치 가서 얘기하자며 그 손목을 잡아끈다.

아니, 이것들이?

점심이 지났을 무렵.

주유는 한 병사를 통해 위속이 전달해 온 죽간을 받아 들고서 인상을 찌푸리고 있었다. 그것은 주유와 함께 있던 손책, 여몽, 장흠 역시 마찬가지.

"성내에서의 봉기를 유도하고 그에 맞춰 성벽을 타고 오른다니……."

딱히 새로울 게 없는 계책이다. 하지만 위속이 시도할 수 있는 계책 중, 가장 승산이 높은 것이기도 했다.

"군사님, 이것을 이렇게 보냈다는 것은…… 위속 그자가 우릴 방심시키려는 것이 아니겠습니까? 이 방법을 사용하지 않을 것처럼 버리는 돌로 사용하지만, 사실은 이미 차근차근 계획이 준비되어 가는……."

여몽의 그 목소리에 주유가 한숨을 푹 내쉬었다.

"반대로 네가 그리 생각하는 것처럼 우리가 이 계책에 매몰돼 다른 것들의 방비가 소홀해지도록 유도하는 것일 수도 있다."

"그, 그렇습니까?"

주유가 고개를 끄덕였다.

며칠 사이에 확 늙어 생기를 잃은 얼굴의 주유가 땅이 꺼져라 한숨을 푹 내쉬고 있었다.

"위속은…… 정말 종잡을 수 없는 자다. 그가 무슨 생각을 하고 있는지 꿰뚫어 볼 수 있을 자는 이 천하에 없다고 봐도 무방할 정도로."

주유의 그 목소리에 침묵이 내려앉았다. 평소 같으면 유쾌하게 떠들었을 손책도, 아직 파릇파릇한 젊음으로 패기 넘쳐야 할 여몽과 장흠 역시 마찬가지.

한참의 침묵 끝에 주유가 입을 열었다.

"어쩌면 이게 위속 그자의 지략에 말려드는 것일지도 모른다. 하지만 현실적으로 우리가 할 수 있는 것은 위속이 밝힌 계책 역시 방비하며 다른 부분에 대해서도 경계를 소홀히 하지 않는 것일 뿐이다."

"그러면 백성들에 대한 경계를 좀 더 강화하겠습니다."

"그들 사이에 한때 유비의 병졸이었던 자들이 숨어 있는지 역시 확인해야 할 것이다."

"예, 군사님."

장흠과 여몽이 성벽을 내려가는 모습을 물끄러미 지켜보던 주유가 성 밖으로 시선을 옮겼다.

무려 십오만이나 되는 대군을 가지고도 고작 오만 명밖에 안 되는 적들이 두려워 성에 숨어 있는 상황이라니. 어이가 없어서 헛웃음이 나온다.

주유는 그렇게 한참 동안이나 혼자 실성한 것처럼 웃고 또 웃을 뿐이었다.

📱

며칠 뒤.

"이게 연주 쪽의 전황이라고?"

"예, 총군사님."

"알았다. 고생했어. 푹 쉬어라."

난 연주에서부터 이곳까지 온 부장을 내보낸 후, 진궁이 직접 작성했다는 죽간을 열었다.

<포위당해 있으나 일 년은 거뜬히 버틸 수 있음. 우리 쪽은 걱정하지 말고 현재의 위치에서 최선을 다할 것.>

다행이다. 안 그래도 뒤통수가 간질간질했는데 연주의 상황이 안정적이라면 굳이 걱정할 필요가 없지. 이곳에서 잘 버티기만 하면 된다. 내가 직접 만들고, 제갈영의 도움을 받아 다듬어낸 계책이 현재 진행 중이니까.

"속이 다 후련하네."

"장군! 준비 다 끝났습니다!"

죽간을 내려놓으며 내가 자리에서 일어남과 동시에 막사의 휘장이 걷히고 후성이 그 모습을 드러냈다. 녀석은 갑옷 위에 검은색으로 된 망토를 걸치고 있었다.

"슬슬 쌀쌀했는데 이걸 걸치니까 완전 좋습니다. 바람도 막을 수 있고, 멋있기도 하고요. 여기, 이건 장군께서 하실 겁니다."

그러면서 녀석이 손에 들고 온 망토를 가지고 와 내 어깨에 달아줬다.

함께 밖으로 나가서 보니 우리 쪽 영채에서 돌아다니는 이들은 병사고 장수고 할 것 없이 모두가 검은 망토를 두르고 있었다.

"전투가 벌어질 땐 망토를 벗어야 하겠습니다만, 그래도 늦가을 초겨울에 이런 게 없는 것보단 낫죠. 병사들도 좋아하고 있고요."

"다들 잘 챙겨. 지금은 전쟁터에 나와서 우리 명령대로 움직이고 있긴 하지만 쟤들 하나하나가 집에 가면 귀한 아들이고 남편이다. 싸울 때 싸우더라도 몸 성하게 집에 돌려보내 줘야지."

내가 그렇게 말하는데 우리 주변을 지나던 병사 중 몇몇이 그 소릴 들은 모양이다. 녀석들이 감격한 것 같은 얼굴로 날 쳐다보고 있었다. 후성 역시 마찬가지로 내가 이렇게 말할 줄은 몰랐다는 얼굴로 날 쳐다보고 있었다.

"장군은…… 정말 알면 알수록 진국이신 것 같습니다."

"이제 알았냐?"

"장군의 말씀대로 병사들을 귀히 여기겠습니다. 지금도 그렇게 하고 있긴 하지만 그보다 더요."

"오냐. 챙기는 건 네가 다른 장군들이랑 의논해서 잘하도록 하고, 난 이제 나가봐야겠다. 다들 준비하라고 해."

"예!"

후성이 이리저리 돌아다니자 우리 쪽 병사들이 분주히 움직이기 시작했다.

나는 그 와중에서 대나무 확성기를 들고 말을 몰아 서주성 앞쪽으로 나갔다. 성루가 텅 비어 있다.

아침도 아니고 점심이 다 지났는데 아직도 없어?

"야! 주유 왜 없냐? 이 자식 빠져 가지고 아직도 안 나온 거야?"

확성기에다가 대고 소리치는데 갑자기 성벽 사이에서 머리통 하나가 쑥 튀어나온다. 주유다. 그 옆에서 또 다른 머리통들이 우수수 튀어나오는데 손책도 있고, 처음 보는 장수들에 병사들까지 포함되어 있었다.

뭐야.

"야. 설마 니들 성루에서 나오는 거 기다리고 있던 거냐?"

"네놈이 헛짓거리를 못 하도록 내 이곳에서 지키고 있었느니라! 서주성의 방비에 빈틈은 없다!"

내가 소리치는데 저쪽에서 확성기 특유의 왕왕 울리는 목소리가 들려왔다. 내가 가지고 있는 것과 똑같은, 대나무를 깎아 만든 확성기를 손에 쥔 채 주유가 소리치고 있었다.

"짜식. 내 것이 좋아 보였으면 얘길 하지. 내가 하나 선물해 줬을 텐데."

"개소리 집어치워라, 위숙! 네놈의 것은 네놈의 목을 베면서 전리품으로 삼도록 하마. 깃대 위에 네놈의 목을 꽂고, 그 주둥이에 네놈의 것을 붙여두면 되겠지."

그렇게 말하며 주유가 생각하는 것만으로도 기분이 좋아진다는 듯 씩 웃는다.

귀엽네, 저거.

"야! 그게 가능할 것 같냐?"

"길어야 일 년이다. 그 정도면 충분히 네놈의 목을 벨 수 있을 터. 잊었느냐? 이미 네놈들의 본진인 연주를 원 사공의 삼십만 대군이 몰아치는 중이다. 산양, 제음, 임성, 진류 등 모든 성이 오래 지나지 않아 함락당할 터! 그리되면 네놈들이 어찌 버틸 수 있겠느냐?"

"뭘 어떻게 버텨? 잘 버티겠지."

일 년 정도는 충분히 버틴다고 했다. 그 정도면 이쪽의 상황이 끝나고도 남는다.

"그나저나 주유야. 넌 자존심 안 상하냐? 병력을 십오만이나 데리고 있는데 겨우 오만 명한테 쫄아서 그러고 있어? 네가 그러고도 사내대장부냐?"

"군자는 나아갈 때와 물러날 때를 아는 법. 지금은 내가 물러나야 할 때다."

"아, 그러세요? 그럼 지금까지 내 앞에서 잔뜩 똥 싸던 것들도 다 네가 물러나야 할 때여서 그랬던 거냐?"

"뭐, 뭐?"

주유의 얼굴이 다시 또 벌겋게 달아오른다. 하지만 그뿐, 그는 더는 반응하지 않겠다는 듯 아예 눈을 질끈 감은 채 억지로 평온한 표정을 짓고 있었다.

내 이럴 줄 알았지.

"얘들아! 나아갈 때와 물러날 때를 아는 강남 최강의 똥쟁이를 향해 박수!"

"박수!"

"와아아아아아아아-!"

짝짝짝짝짝-

내 그 명령과 함께 성 근처로 몰려나온, 검은색 망토를 두른 채 땅바닥에 털썩 주저앉아 있던 우리 쪽 병사 이만 명이 일제히 환호성을 내지르며 박수 치기 시작했다. 정말 우레와 같은 박수다.

그중에서는.

"최고의 똥쟁이, 주유!"

"똥쟁이! 똥쟁이! 똥쟁이! 똥쟁이!"

몇몇 센스 있는 천부장급 녀석들이 자기 휘하의 병사들을 지휘해 구호를 외치고 있다.

그러던 것이 조금 지나고 나니.

"주-유! 똥쟁이! 주-유! 똥쟁이! 주-유! 똥쟁이!"

"주-유! 똥쟁이! 주-유! 똥쟁이! 주-유! 똥쟁이!"

무슨 구호처럼 변해 이만 명이나 되는 병사들이 동시에 한마음 한뜻으로 외치기 시작했다.

주유는 여전히 눈을 감고 있지만 멀리에서도 그 얼굴이 파르르 떨리는 게 보인다. 그런 주유의 얼굴은 당연하게도 당장에라도 뻥 터져 버릴 것 같은 상태로 변해 있었다.

"호호호."

내가 기획한 거지만 참 내가 보기에도 어마무시한 광경이다. 주유의 지금 마음이 어떨까. 내가 저 입장이 된다면 진짜 트라우마가 엄청 심하게 올 것 같은데. 쟤는 괜찮으려나?

그렇게 한참이나 시간이 지나고, 우리 쪽 병사들의 외침이 잦아들기 시작하자 주유가 앉은 자리에서 벌떡 일어났다.

그런 주유의 눈은 정말 눈빛만으로 사람을 죽일 수 있다면 저런 것이겠구나 하는 생각이 들 정도로 살벌하기 그지없었다.

"네, 네놈들! 이 전쟁이 끝나기 전에 내 네놈들을 모두……."

잔뜩 분노한 목소리로 주유가 외친다.

그런 주유의 외침이 채 끝나기도 전에.

"주-유! 똥쟁이! 주-유! 똥쟁이! 주-유! 똥쟁이!"

"주-유! 똥쟁이! 주-유! 똥쟁이! 주-유! 똥쟁이!"

우리 쪽에서 또다시 구호가 터져 나오기 시작했다.

주유가 멍하니 우리 쪽 병사들을, 나를 쳐다본다. 그런 주유의 얼굴이 샛노랗게 변해가고 있었다.

'아, 이렇게 가나요?'

내가 기대에 찬 눈으로 쳐다보고 있을 때.

"커헉!"

주유가 한 움큼 피를 토하며 그대로 쓰러졌다.

"장군! 정신 차리십시오, 장군!"

그런 주유를 향해 원술군 병사들이 달려드는 와중에서도 우리 쪽 병사들은 신난다는 듯 자기들끼리 흥에 취해 구호를 외치고 있었다. 주유 똥쟁이라고.

흠…… 어쩌면 내가 괴물을 키운 건지도 모르겠다.

어떻게 된 게 나보다 심해. 이 무서운 자식들.

며칠이 지났다.

딱히 하는 것도 없이 그냥 서주성에서 병력이 튀어나오는 걸 틀어막고만 있으려니 뭐랄까, 좀 지루한 감이 없지 않게 있다.

주유가 성루에 나올 땐 걜 놀리는 재미라도 있었는데 이제는 그것도 없다시피 하다.

내가 서주성을 공격하려는 의도를 가진 것처럼 적들이 오해하게 하려고 계속 나가 도발을 하기는 했지만, 솔직히 주유랑 투닥투닥 할 때만큼 재미있지는 않다. 반응이 찰진 건 주유가 짱이니까.

"오늘은 그냥 쉴까."

귀찮다.

"장군. 오늘은 안 나가십니까?"

내가 그렇게 생각하며 혼자 막사에서 뒹굴고 있는데 후성이 들어와 말했다.

"나가서 뭐 해. 주유 말고는 딱히 화낸다고 해봐야 성 밖으로 나올 수 있는 놈도 없는데. 그냥 오늘은 쉬런다."

"그 주유가 다시 성루에 나왔습니다."

"응?"

"각혈하고도 건강이 다시 회복된 모양입니다. 혈색이 나쁘지 않아 보인답니다."

"아, 그러냐? 에이, 아쉽네. 피까지 토했으면 그냥 깔끔하게 가버리지 징글맞은 인간이라니까."

살아 있으면 언제까지고 두고두고 후환이 될 놈이다. 그냥 혼자 열 받아서 확 가버리는 게 편한데. 아직은 나이가 젊어서 그런가? 의외로 잘 버티는 것 같다.

"가시죠, 장군. 다들 기다리고 있습니다."

"뭘 기다려?"

"지난번에 구호를 외치면서 병사들이 이 작업에 재미가 들린 모양입니다. 주유가 성루에 올라왔다는 소식을 듣자마자 자기들이 먼저 준비를 갖추고 있을 정도라니까요?"

"하, 하하…… 그러냐?"

진짜 괴물들을 키운 것 같다. 우리 병사들한테는 절대 밉보이지 말아야지.

내가 그러면서 밖으로 나가니 우리 병사들이 환하게 웃으며 기대감 가득한 얼굴로 날 쳐다보고 있었다.

"총군사님! 오늘도 맡겨만 주십시오!"

"저희가 열심히 하겠습니다!"

"어, 그래. 너네만 믿는다. 힘내라. 파이팅 알지?"

"그게 뭡니까?"

"힘내라고. 파이팅이다."

주먹을 불끈 쥐어 보이며 녀석들에게 그렇게 말하고서 나는 말을 타고 영채 밖으로 나갔다.

우리 병사들이 두두두- 신이 나서는 내 뒤를 따라 나오는데 서주성의 성벽 위에선 긴장감이 감돈다. 녀석들이 걱정스럽다는 듯 주유를, 나를 번갈아 가며 쳐다보고 있었다.

"장군. 이번엔 그걸로 할까요?"

그런 와중에서 후성이가 내게 다가와 말했다.

"그거라니?"

"그, 있잖습니까. 위로해 주는 척 자극하는 것이요."

"그걸 하자고?"

"예, 병사들도 그걸 기대하고 있습니다. 안 그러냐? 얘들아?"

"맞습니다!"

후성의 외침에 우리 병사들이 소리치며 화답한다.

진짜 괴물들이 됐다. 무서운 놈들.

"그래. 까짓것, 어차피 주유가 열 받아서 죽기만 하면 되는 거니까 그걸로 하자."

"예! 신호를 보내라."

녀석의 옆에서 있던 병사가 북을 두드리기 시작했다.

두두둥- 두두둥- 두두둥- 두두둥-

정확히 세 번 북을 연속해서 두드리는 걸 반복한다. 위로하는 척 자극하는 게 내가 짜두었던 것들 중 세 번째 방안이니까.

뿌우- 뿌우- 뿌우-

뿌우- 뿌우- 뿌우-

그런 북소리에 맞춰 뿔 나팔 소리까지 사방에서 울려 퍼진다.

"누가 보면 이거 완전 전투하러 나가는 줄 알겠네."

다들 쓸데없이 비장하다.

"장군. 준비가 끝났습니다."

"어, 그래."

이제는 후성이 애도 좀 무섭다.

잘 보여야지. 아니면 언제 나도 주유 같은 꼴 날지 모른다.

나는 후성을 향해 부드럽게 웃어 보이며 말을 몰아 앞으로 나갔다. 주유가 표정 하나 없는, 정말 싸늘하기 그지없는 얼굴로 날 쳐다보고 있었다.

"주유야! 지난번엔 많이 화났지? 사실 내가 의도한 건 아니었어. 하다가 보니까 우리 애들이 흥이 올라서 즉흥적으로 한 거거든. 마음 넓은 네가 통 크게 용서해 줘라."

"……."

반응이 없다.

당연히 이럴 줄 알았다.

"그래서 화해의 선물로 준비한 게 하나 있거든? 짧은 공연이니까 그냥 마음 편하게 즐겨주면 고맙겠다. 얘들아!"

"셋! 둘! 하나!"

목이 터져라 외치는 후성이의 그 목소리에 맞춰서.

"주-유! 힘-내세요! 우리가- 있잖아요? 주-유! 힘-내세요! 우리가- 있어요!"

아빠한테 힘내라고 말하던, 미래의 그 노래의 멜로디에 맞춰 우리 병사들이 똑같은 가사를 반복한다.

이건 진짜 사랑하는 마음에서 아버지에게 힘내라는 건데…… 그런 걸 이렇게 쓰려니 갑자기 죄책감이 밀려온다. 천팔백 년 뒤에 태어나실 작곡가 선생님 죄송합니다.

"허."

어이가 없는 듯, 주유가 헛웃음을 내뱉고 있다. 서주성에 있는 다른 원술군 병사들 역시 마찬가지.

그런 와중에.

"원-술 짱! 주유 짱! 원술원술 주유주유 원술원술 짱짱-!"

"주-유 짱! 원술 짱! 주유주유 원술원술 주유주유 짱짱-!"

또 다른 외침이 터져 나왔다. 삼만 명이나 되는 병사들이 저걸 외치는데 갑자기 내 온몸에서 닭살이 돋는다. 손발이 '오그리 토그리' 말려 들어가는 느낌.

내가 짠 거지만 이건 확실히 망한 것 같다. 주유도 화나 하기보단 도대체 이게 뭐 하는 짓거리냐는 얼굴을 하고 있었다.

흠. 여기에서 뭘 어떻게 해야 주유가 확 빡치게 할 수 있을까?

내가 그렇게 고민하고 있는데 누군가가 소리치는 게 들려 왔다.

"적이다! 적군이 나타났다!"

"적군이 나타났다! 적습이다!"

"뭐야? 어디? 어디에 나타났다고?"

"저쪽입니다, 장군!"

상황을 파악한 후성이 손을 뻗어 저 멀리 동남쪽을 가리킨다. 그곳에 원(袁)의 깃발을 휘날리는 병력이 있다.

한 삼백 명이나 될까? 멀리서 보기에도 초라하기 그지없는 행색이다. 말을 타고 있는 것도 몇 안 되고, 부상자가 태반에 멀쩡한 놈들도 제대로 된 무장을 갖추기는커녕 부상자를 도와 달리는 것에 여념이 없었다.

"야! 가서 저것들 잡아!"

뭔지는 모르겠지만 일단 잡아야 한다. 얼마 되지도 않는 병력이니 잡고 나서 확인하면 될 터.

그랬는데.

"장군! 워, 원술입니다! 원술이 저기에 있어요!"

몽골 초원 쪽에서 살았었다던, 정말 눈이 미친 듯이 좋던 우리 병사 하나가 내게 달려와 소리쳤다. 세양에서도 나와 함께 종군했던 녀석이었다.

"진짜야?"

"진짭니다! 제가 원술의 얼굴을 알고 있잖습니까!"

"그렇단 말이지? 원술 잡으러 가자!"

"와아아아아아-!"

"저것들 갑자기 왜 저래?"

성벽 위에서 딱딱하게 굳어진 얼굴로 바깥을 응시하던 손책이 말했다. 그 옆에서 주유는 이상하다는 듯 분주하게 움직이는 위속의 진형을 살피고 있었다.

"공근. 저것들이 지금 주공이 나타났다고 하는 것 같은데?"

"주공이? 여기에?"

"도발하는 거겠지? 지금까지 말도 안 되는 짓거리들을 하도 많이 해놔서 이젠 어디까지가 진짜고 어디까지가 가짜인지 구분조차 안 될 지경이야."

손책의 그 목소리에 주변의 장수들이 고개를 끄덕였다.

가장 괴로운 건 주유였겠지만 다른 이들 역시 그동안 지옥 같은 시간을 보냈다. 뭐라 말로 표현할 수조차 없는, 듣지도 보지도 못한 방식의 도발에 그들은 밤잠조차 설치고 분노에 치를 떨면서도 차마 위속을 공격하러 성문을 열고 뛰쳐나갈 순 없었으니까.

그런 와중이었는데.

"총군사! 주공근!"

저 아래에서 익숙한 목소리가 들려왔다.

주유가 고개를 내려 보니 역시나 익숙한 얼굴의 장수가

급하게 손을 흔들고 있었다.

"지, 진란 장군?"

"도와주시게! 주공께서 위태로워!"

"주공이 위태롭다니 그게 무슨 말입니까?"

"저 앞에 있는 게 주공일세! 주공께서 서주성으로 오고 계시단 말일세! 어서 도와주게, 어서!"

진란의 그 외침에 주유가 인상을 찌푸리는 동안, 손책이 거의 반사적으로 몸을 쏘아내며 병사들을 이끌고 성문을 열어 밖으로 튀어나갔다.

그런 와중에서 주유는 서주성 앞에 꾸려져 있던 위속의 영채를 쳐다보고 있었다.

"설마⋯⋯."

한없이 끔찍한 생각이 떠올랐다.

"아니겠지. 아니어야 한다."

하지만 아무리 봐도 그 생각이 맞는 것 같았다.

"총군사님. 왜 그러십니까?"

옆에서 여몽의 걱정스럽기 그지없는 목소리가 들려왔다.

주유가 여몽을 향해 고개를 돌렸다. 그런 주유가 실성한 듯 웃음을 터뜨리고 있었다.

"흐, 흐흐흐⋯⋯ 흐흐흐흐."

"구, 군사님?"

"위속이 흐흐, 그 씹어 먹어도 시원찮을 놈이⋯⋯ 날 속였어⋯⋯. 흐흐흐흐."

주유가 양손으로 제 얼굴을 감쌌다. 그러면서도 주유는 계속해서 음울한 웃음을 토해내고 있었다.

"속이다니요? 그게 무슨 말씀이십니까?"

"오만 명으로…… 내 십오만 병력을 묶어뒀던 거야…… 크흐흐흐. 그러면서 별동대를 보내 강남을 친 거지……. 흐흐흐흐흐. 하하하하하하! 내가 당했구나. 내가 당했어! 하하하하하하!"

쩌렁쩌렁하기 그지없는 목소리로 웃음을 토해내며 주유가 소리쳤다.

아무리 화가 나도 꾹 참았다. 서주에서 위속을 붙잡고 있으면 연주에서 원소가, 방통이 위속을 끝장내 줄 것이라 생각했으니까.

그랬는데 그 모든 노력이 물거품이 돼버렸다. 아니, 오히려 비수가 되어 자신을 향해 날아와 꽂히는 상황이 돼버렸다.

허탈하다. 어이가 없다. 위속에게 화가 나고 자신에게 화가 난다. 온갖 감정의 격렬하기 그지없는 파도가 밀려와 주유의 가슴 속을 갈기갈기 찢어놓는다.

그런 고통 속에서 주유의 시선이 하늘을 향해 있었다.

"하늘이시여! 왜 당신은 나 주유를 낳고도 위속을 낳았단 말이오! 어째서! 어째…… 커헉."

"군사님! 총군사님!"

"총군사님을 뫼시어라! 의원을 찾아! 어서!"

채 말을 끝내기도 전에 시뻘건 피를 한 움큼이나 토해내며 주유가 몸을 휘청거렸다. 주변에 있던 장수들이 그런 주유의 몸을 부축하며 정신없이 소리쳤다.

그것이 주유가 쓰러지며 기억하는 마지막이었다.

4장
희망이…… 있어!

"모조리 쓸어버리자! 원술이 코앞에 있다!"

"똥쟁이의 주군이 저 앞에 있다! 잡아버리자!"

관우, 장비, 마초 심지어는 후성과 감녕까지 병사들을 이끌고 원술을 잡으러 돌진하기 시작했다.

그런 와중에서 나는 위월이 이끄는 일만 명의 병력과 함께 서주성 앞에서 버티며 주유의 모습을 응시하고 있었다.

"쟤 죽을까?"

"그렇지 않겠습니까? 피를 토하면서 아예 쓰러졌잖습니까. 저 상태면 시름시름 간신히 버티다가 오래 지나지 않아 초상을 치르게 될 겁니다."

"그랬으면 좋겠는데. 흠."

잘 모르겠다.

이 시대에서는 사람이 화병으로 죽는 경우가 종종 있는 것 같긴 하지만 내가 살던, 21세기의 미래에선 그런 일이 없다시피 했으니까. 혈압 쪽에 문제가 있던 사람이 갑자기 분노하거나 극도의 스트레스를 받으면서 뇌출혈 같은 것으로 죽은 게 아닐까 싶을 뿐이다.

"장군. 어떻게 할까요?"

"응?"

"원술 말입니다."

위월이 손가락으로 저 멀리 앞을 가리킨다. 우리 쪽 맹장들이 벌 떼처럼 달려 나가 적진을 휘젓고 있다. 하지만 서주성에서 나온 손책과 그 휘하의 장수들이 이끄는 병력이 정말 죽기 살기로 원술을 지키며 그를 성내로 안내하는 중이었다.

"이대로 두면 원술을 놓치게 될 것입니다. 우리도 가서 힘을 보태는 게 낫지 않겠습니까?"

"야. 지금 간다고 잡을 수가 있겠냐? 놔둬. 그냥 적당히 전과나 올리고 돌아오도록 하는 게 최선이야."

"제가 전령을 보낼게요."

내가 고개를 끄덕이자 제갈영이 나서서 움직이기 시작했다.

지금은 원술을 지키는 것 하나에만 집중하느라 손책도 우리 쪽의 공격에 제대로 대응하지 못하고 있을 거다. 하지만 일단 원술이 성내로 들어가기만 하면 손책도 그동안 내게 모욕당하며 쌓인 울분을 풀어버리고자 할 터. 아무리 우리 쪽 맹장이 전부 모여 밀어붙이는 것이라고 해도 기본적으로 숫자가 배 이상 차이 나는 만큼, 별다른 피해 없이 승리하기란 요원한 일이다.

"역시, 물러날 때와 나아갈 때를 알아야 하겠군요. 그걸 모르면 똥…… 아, 아닙니다."

이 자식이?

위월이 내 시선을 피한다.

그러고 보니 이 자식도 병사들이 주유 똥쟁이를 외칠 때 같이 외쳤던 것 같다. 그게 습관으로 남은 건가?

"시, 실숩니다. 고의로 그런 게 아닙니다, 총군사님."

"누가 뭐래?"

"하, 하하……."

위월이가 어색하게 웃는다.

아무래도 확실히 잡고서 교육해야 할 것 같다. 내가 만든 괴물들이니 컨트롤도 내가 해야지. 아오.

"감축드립니다, 장군!"

원술이 서주성으로 도망쳐 온 날 밤, 내 막사로 모여든 장수들이 환하게 웃는 얼굴로 날 쳐다보고 있다. 관우와 장비, 위월과 후성, 감녕, 심지어는 제갈영까지.

아직 기억이 돌아오지 않은 마초는 그저 그런가 보다 하는 얼굴이지만 그래도 신기해하는 기색은 역력했다.

"아니, 모든 걸 다 포기하고 성에 틀어박혀 방어만 해도 시원찮을 상황이니오? 그런데 어떻게 그것도 땅 크기로는 중원에서 둘째가라면 서러울 강남을 집어삼킨 것이오?"

강남에서 곽공이 보내온 죽간을 읽던 장비가 마초만큼이나 신기해하며 말했다. 그런 녀석의 옆에서 관우 역시 비슷한 얼굴로 날 쳐다보고 있었다.

"그냥 방법이 떠올랐으니 의논해서 계책을 만든 거지, 뭐 별거 있나. 안 그렇습니까? 제갈 소저."

"위속 형님과 함께 계책을 만들었다는 게 사실인 것이오?"

이번엔 장비의 시선이 제갈영을 향했다.

그녀가 고개를 끄덕이고 있었다.

"총군사께 여러 차례 호되게 당했던 주유가 서주성에 틀어박혀 밖으로 나오지 않을 것을 예상하고 벌인 일이었어요. 총군사께서 강남을 지키는 병력은 많지 않을 것이라며 말씀을 꺼내셨고, 적의 군복을 활용해 경계를 흐트러뜨릴 계책까지 제안하셨죠. 제가 한 건 그것들을 조금 가다듬어서 곽 사군께 보낸 것 정도가 전부예요."

"강남을 공격한 병력의 숫자가 얼마나 되는 겁니까?"

조곤조곤 설명을 이어나가던 제갈영을 향해 감녕이 반문했다.

제갈영이 날 쳐다본다. 이야기해도 되겠냐는 것 같은 얼굴이었다.

"딱 사만 명이야. 패국, 양국, 초현에 있던 옛 예주 자사 곽공

휘하의 병력과 여남군의 병력 일부가 포함돼서 급조됐어."

"그럼 지휘는요?"

"곽 사군이 직접 하고 있다. 곽 사군 휘하에 있던 장수와 여남군의 장수들도 같이 움직이는 중이고."

"곽공은 무능력한 자 아니었습니까? 여남군의 장수도 하나같이 제대로 싸울 줄도 모르는 녀석들인 줄 알았는데. 그 작자들이 강남을 이렇게 단시간 내에 제압한다고요?"

'그게 말이 돼?' 황당해하며 반문하는 감녕의 얼굴이 그렇게 말하고 있었다.

"자네는 좀 늦게 합류해서 그런 모양인데 우리 위속 장군께서 나서면 불가능할 게 없어."

그런 감녕의 옆에서 후성이 잘 듣고 기억해 두라는 듯 진지하기 그지없는 얼굴로 감녕을 응시하고 있었다.

"우리 장군이 어떤 분이신가. 자네는 잘 모를 수도 있겠지만, 전투에 나섰다 하면 한 번도 진 적 없이 항상 대승을 거두는 분이시네. 항상 열세였고, 누구나 질 수밖에 없을 것으로 예상하던 모든 전투에서 항상 승리하셨지."

"에이. 아무리 장군이랑 같이 있는 와중이라고 해도 그렇지. 아부가 너무 심한 거 아니오?"

"아부? 장군. 이자가 아직 뭘 좀 많이 모르는 모양인데 제가 데리고 가서 교육 좀 시켜도 될까요?"

의무감에 불타오르는 눈이다. 날 찬양하는 용비어천가라도 읊을 것 같은 기세인 녀석의 모습에서 묘한 박력마저 느껴진다.

덕분에 난 고개를 끄덕일 수밖에 없었다.

"그, 그래. 그래라."

"감사합니다, 장군. 자, 따라오게. 내 우리 장군이 얼마나 대단한 분이신지 처음부터 하나하나 차근차근 읊어줄 것이니."

녀석이 감녕을 데리고 밖으로 나선다.

그런 녀석에게 내가 할 수 있는 말은 이것밖에 없었다.

"후성아! 살살해, 살살!"

📱

폭풍이 지나간 것 같다.

후성이 감녕을 끌고 나간 이후, 앞으로 군을 어떻게 움직일 것인지에 대해 의논하고 나니 진이 쭉 빠진다. 일단은 원술의 근거지라고 할 수 있는 강남을 공격해서 크게 한 방 먹였으니 어느 정도 전황의 불리함이 상쇄되기는 하는 것 같은데.

"잠이나 자야지."

지금은 모르겠다. 아침부터 지금까지 정신없이 시간을 보내 온 탓에 피곤하기가 그지없다. 역시 이럴 땐 쉬는 게 최고지. 야습에 대비한 경계도 철저하게 해놨겠다, 적어도 오늘 밤은 걱정할 게 없을 거다.

내가 그렇게 생각하며 눈을 감았는데.

솨아아아아아-

익숙한 바람 소리가 들려왔다.

눈을 떠보니 안개가 온 사방에 자욱하다.

물에 젖은 솜처럼 몸이 무겁기만 하던, 당장에라도 드러누워 쉬지 않고서는 못 배겼을 그 피로감 역시 온데간데없이 말끔하게 사라진 상태다. 상쾌했다.

"벌써 무릉도원에 들어올 때였나?"

어떻게 하면 주유를 좀 더 빡치게 할 수 있을까, 어떻게 하면 주유가 계속 성에서 안 나오고 버티게 할까에만 몰입해서 고민하다 보니 시간 가는 줄도 몰랐던 것 같다.

머리맡에 있는 핸드폰을 손에 쥐니 문득 천군만마를 얻기라도 한 것 같은 느낌이 든다. 뭐랄까, 이것만 있으면 뭐든 다 해낼 수 있을 것 같달까?

"어디, 한번 볼까."

무릉도원으로 들어가서 보니 삼국지 토론 게시판의 글들이 잔뜩 올라와 있다.

'조조는 한족인가요?', '원술은 왜 위속에게 수춘을 뺏긴 것일까?', '3차 북벌의 가능성은?' 같은 지금 당장 내 눈앞에 닥친 문제들과는 관계없는 글들뿐이다.

역시 키워드 검색이 짱이지.

방통, 주유, 위속, 원술을 두고 검색을 하니 또 다른 글들이 마구잡이로 올라오기 시작했다.

그중에서도 가장 먼저 시야에 들어오는 건, '위속vs주유+저수+전풍 너넨 어떻게 생각함??'이라는 글이었다.

〈내가 봤을 땐 주유, 저수, 전풍 다 합쳐도 위속 발톱 때만큼도 안 되는 것 같음. 여포네보다 병력이 거의 여섯 배 가까이 많으면서도 얘네 위속한테 쩔쩔맸잖음. 진짜 위속은 중국 전쟁사 전체에서도 올타임 5위 안에는 들어가야 함. 방통이나 가후 이 새끼들은 깝 ㄴㄴ.〉

　└주공근의공식: ??? 이게 웬 미친 소리죠??

　└드리퍼문숙(글쓴이): 이게 왜 미친 소리죠?? 갓직히 저수, 전풍, 주유 전부 위속 못 이겼잖음??? 팩트 아임미까?

　└대군사위속: 주유가 위속한테 털린 거만 몇 번인데 이걸 부정하나요??ㅋㅋㅋㅋㅋㅋㅋㅋㅋㅋㅋㅋㅋㅋㅋㅋ 위속 개드립에 멘탈 박살 나서 별동대로 강남 치는 줄도 모르고 있다가 안방 털린 게 주유 아님??? 내가 잘못 기억하고 있나?ㅋㅋㅋㅋㅋㅋㅋㅋㅋㅋ

　└오황상원술: ㅁㅊ…… 누가 위속 빠돌이들 아니랄까 봐 인성 보소 ㅉㅉ 어그로 겁나 끌어대네.

　└마초마초맨: 솔직히 주유는 여기에 갖다가 댈 급은 아닌 듯;; 오죽하면 주유 열전에다가까지 똥쟁이라고 기록해 둠??

“와.”

갑자기 주유한테 미안해진다. 무려 역사서에까지 똥쟁이라고 기록이 남았다니. 주유가 이걸 알면 진짜 자살하려고 들지도 모르겠다. 아니지, 그때는 제대로 화병이 나서 죽어버릴 수도 있겠군. 다음에 만났는데 주유가 멀쩡하게 잘 있으면 이걸 알려줘야겠다. 확실하게 기억해 둬야지.

나는 그렇게 생각하며 계속해서 다음 댓글들을 읽어나갔다.

└원사방사원: 원술빠들은 좀 빡치겠지만 그래도 주유 같은 급 애들이 위속한테 댈 건 아님 ㅇㅇ. 오죽하면 방통, 주유가 위속이 있는 곳에서는 안 싸우겠다고 했겠음. 이 시대에서 위속은 걍 천재지변이었음. 어지간하면 안 만나고 안 싸우는 게 최선! ㅇㅇ

└쬬맹덕: ㅇㅈ합니다. 무려 정사 기록으로 물, 바람 다스린다고 기록된 개사기 캐릭이 위속인데 평범한 인간들이 어떻게 덤빔??

└주공근의공식: 그 개사기 위속이 끝까지 살아남아서 천하통일 다 하고 늙어서 죽었으면 님들 말이 맞음. 근데 그거 아니잖음?? 위속 주유랑 방통한테 기습당해서 죽었는데 뭐 개사기??

└오황상원술: 윗분 말이 맞음. 물, 바람 다 다스리는 게 진짜면 미래도 볼 줄 알아야지. 근데 자기 미래는 못 보고 원술이 서주성 도착한 지 며칠 안 돼서 급하게 내려온 방통이랑 주유한테 허를 찔렸잖음. 그래서 포위당하고 전멸했는데 뭐 사기 캐임?

└곽가르마: 관우, 장비, 마초, 감녕까지 다 데리고 있으면서도 서주성 전투로 쫄딱 망해 버린 위속이 사기 캐릭이라고요? 웃고 갑니다. ㅎㅎ 내가 보기엔 순욱, 가후만 못한 것 같은데. ㅋ

└조건달: 솔직히 삼국지에서 최고 명장면은 위속이 죽을 때지. 입 터는 거 때문에 원한을 하도 심하게 사서 1년 동안 고문당하다가 죽지 않았나? 나중엔 팔다리 다 잘려서 돼지우리에 집어 던졌잖음;;

"뭐라고?"

혼자 피식피식 웃으면서 댓글들을 읽어 내려가는데 피가 삭 빠져나가는 느낌이 온몸을 휘감는다. 방통이 내려온다니? 내가 1년 동안이나 고문당하다가 죽었다니?

살아남을 방법을 찾아야 한다.

지금까지 내가 어떻게 살아남았는데, 그냥 곱게 죽는 것도 아니고 1년 동안이나 고문을 당해?

📱

사아아아아아아-

한참 동안 정신없이 무릉도원의 글들을 뒤적이는데 갑자기 모든 게 녹아내리기 시작했다. 벌써 시간이 되어버린 모양.

상관없다. 한 줄만 보면 된다. 내게 도움이 될, 딱 한 줄만. 그건 몇 초면 되니까 아직 희망이 있다고.

그렇게 절박하게 무릉도원을 뒤적이며 글을, 댓글을 찾는데 시야가 달라졌다. 녹아내리던 막사가 사라지고, 멀쩡하게 남아 있는 막사의 천장이 저 앞에 멀쩡히 자리하고 있었다.

"하아……."

한숨이 나온다.

방법을 못 찾았다. 찾았어야 했는데. 내가 살 길을 만들어야 하는데.

절망적이다.

"쓰으벌……."

"가, 갑자기 왜 그러십니까?"

나도 모르게 욕을 내뱉는데 옆에서 후성이가 흠칫하며 날 쳐다본다. 녀석이 무슨 귀신이라도 본 것 같은 얼굴로 날 쳐다보고 있었다.

"무슨 악몽이라도 꾸신 겁니까? 장군 얼굴이……."

"내 얼굴이 뭐?"

"곧 죽을 사람처럼 창백합니다. 의원을 불러오겠습니다. 잠시만 기다리십쇼."

그러면서 후성이 헐레벌떡 밖으로 달려 나갔다.

의원이라.

"그딴 게 지금 나한테 필요할 리가 없잖아."

방통이 대군을 이끌고 날 잡으러 온다는데.

"아. 담배 말린다."

침상에서 일어나 터덜터덜 막사 밖으로 나갔다.

날 알아본 우리 쪽 병사들이 좋은 아침이라며 반갑게 인사를 건네온다. 그 얼굴들이 정말 환하기 그지없다. 나와 함께라면 당연히 전쟁에서 승리하고, 살아남을 수 있을 것이라 확신하는 느낌이랄까.

'미안, 애들아.'

유관장을 살리면 방법이 나올 줄 알았다. 주유를 속여서 원술의 안방을 털어버리면 뭔가 전황이 우리 쪽으로 유리해질 줄 알았다. 무릉도원에 들어가면 당연히 지금껏 그랬던 것처럼 내가 승리할 방법이 나올 것이라 여겼고.

근데 아니다. 적들이 하나같이 날 죽이려고 눈을 부릅뜨고서 미친 듯이 달려오는 중…… 흠?

"잠깐. 이거……."

적들이 달려오고 있다. 날 잡는 것에 혈안이 되어 있는 상태. 그걸 잘 이용한다면…….

"장군! 모시고 왔습니다!"

내가 혼자 서서 갑작스레 밀려오는 아이디어들을 머릿속으로 정리하고 있는데 후성이의 목소리가 들려왔다. 그 옆으로 웬 노인이 함께 걸어오고 있었다.

"야. 지금 그게 문제가 아니야. 당장 가서 장수들 다 모이라고 해. 제갈 소저도."

"예? 장군의 안색이…… 어? 이젠 또 괜찮으시네? 뭐지?"

"급하다니까. 얼른!"

"아, 알겠습니다!"

후성이가 헐레벌떡 병사들을 움직여 장수들을 불러 모으기 시작했다.

그 와중에서 나는 가만히 서서 북쪽을, 서주성을 번갈아 쳐다봤다.

비록 무릉도원에서 나온 계책은 아니지만, 이거 잘만 하면 전쟁의 향방을 바꿔 버릴 수도 있을 것 같다.

희망이 있어!

"일단은 다들 오신 것 같습니다, 장군."

장수들이 다 모인 와중에 후성이가 호기심 가득한 얼굴로 말했다. 다른 녀석들 역시 마찬가지. 그중에서 감녕은 아예 눈까지 반짝이며 날 쳐다보는 중이다.

저 자식은 안 저랬는데, 후성이한테 정신 교육 받은 게 효과가 좋았던 모양.

"전쟁의 판도를 바꿀 수 있을지도 모를 생각이라니. 뭐 적들을 몰살시킬 방법이라도 떠올린 거요?"

"서, 설마. 또 다른 화공이나 수공 뭐 이런 겁니까?"

장비에 이어 감녕이 말했다.

"응? 화공이나 수공?"

"기수와 술수가 바로 서주성 근처에서 쭉 흐르잖아요. 덕분에 그 주변으로 논밭도 많지만, 갈대밭이 대부분이고요. 마침 초겨울이기도 해서 날도 엄청나게 건조하니 한번 불이 붙으면 화르르 타오르지 않겠습니까?"

"뭐, 그렇겠지."

"만약 화공이면 맡겨만 주십쇼. 저랑 저희 애들, 혼란스러운 와중에서 돌아다니는 게 특깁니다. 불붙이는 건 저희가 맡겠습니다. 군이 불화살을 쏘실 필요도 없어요. 그냥 숨어 들어가서 쓱쓱, 좀 붙이고 나오기만 하면 된다니까요?"

"야. 아무리 그래도 그렇지. 그거 엄청 위험할걸? 그리고 주유가 뭐 멍청인 줄 아냐?"

"하하. 주유는 똥쟁이잖습니까, 장군. 맡겨만 주십시오. 확실하게 처리하겠습니다."

"감녕아."

"예?"

"너 솔직하게 얘기해. 화공 성공해서 대승 거두면 성과급 달라고 얘기하기 편하니까 이러는 거지?"

"음…… 들킨 겁니까?"

녀석이 어색하게 웃으며 날 쳐다본다.

"내가 너 이러는 걸 한두 번 보냐. 어휴, 돈 귀신 같으니라고. 손 들고 서서 반성해."

"옙."

"응?"

감녕이가 진짜로 막사 구석으로 가서 서서는 양팔을 들어 올린다. 진짜로 하라는 건 아니었는데.

에이, 모르겠다. 지금 중요한 건 감녕이 어떤 벌을 어떻게 서고 있느냐 따위의 문제가 아니다.

"어쨌든 난 이제 퇴각할 겁니다."

"예? 아니, 형님. 아직 서주 수복을 못 끝냈는데 퇴각이라뇨?"

내가 선언하기가 무섭게 황당하다는 듯 말을 꺼낸 장비다. 그런 녀석이 내 표정을 살피더니 그 어조가 한결 부드럽게 변해갔다.

"나도 서주 수복은 하고 싶은데. 지금 당장은 답이 없다."

"답이 없다뇨, 형님. 원술은 이미 자기 안방을 뺏겼고 주유는 형님의 격장지계에 넋이 나가 피를 토하고 쓰러졌잖습니까. 적의 십오만 대군이 서주성에 틀어박혀 머리를 파묻고 벌벌 떠는 와중이기까지 한데……."

자긴 지금 절대로 화내는 게 아니라는 듯, 표정을 관리하는 느낌이 역력한 얼굴이다.

다만, 옆에 서 있는 관우는 내가 퇴각이라는 말을 꺼낸 그 순간부터 표정을 굳힌 채로 서 있었다.

"장비. 내가 서주를 수복하기 싫어서 이러는 게 아니야. 어쩔 수 없는 이유가 있다고."

"이유요?"

"그래, 이유."

이해가 되질 않는다는 듯 장비가 날 쳐다보더니 주변으로 고개를 돌려 다른 이들의 얼굴을 확인했다.

후성과 위월은 어련히 그럴 만한 이유가 있을 것이란 표정이다. 마초는 아무런 생각도 없고, 감녕은 여전히 손을 들고 서 있는 와중. 다만, 제갈영 하나만큼은 '혹시?' 하는 얼굴로 날 응시하고 있었다.

"당장엔 무슨 소린지 이해가 안 되겠지만 나도 어쩔 수가 없다. 돕고 싶은데 지금은 도저히 그럴 수 있는 입장이 아니니까."

"그러니까 그 이유가 도대체."

"북방에서 원소의 군사 방통이 대군을 이끌고 내려오는 중이다. 날 잡으려고."

"예?"

이번엔 장비의 눈이 동그랗게 커졌다. 그 얼굴에 떠올라 있는 것은 황당함이 아닌, 경악스러움이었다.

"대군이라면……."

"십오만이야. 아마 지금쯤이면 이삼일 거리에서 원담과 합류했겠지. 내가 낌새를 알아차리기 전에 도착해서 후방의 길목을 막으려고 강행군을 감행하고 있을 것이고."

"잠깐만요, 형님. 그러면."

"단순하게만 봐도 주유의 십오만과 원담의 이십만이 합쳐지는 거겠죠. 도합 삼십오만. 앞뒤로 포위당하는 것이 될 테고요."

가만히 이야기를 듣고만 있던 제갈영이 그 부드러운 목소리로 덤덤하게 말했다.

"어제까지만 해도 북방에서 원소의 대군이 남하하고 있다는 이야기는 없었는데……. 간밤에 뭐가 확인되기라도 한 겁니까?"

응. 무릉도원에서 확인됐지. 내가 1년 동안 고문당하다가 죽는다잖아?

하지만 이렇게 말했다간 당장에 미친놈 취급을 당할 거다. 이걸 어떻게 설명해야 한다?

내가 난감하다는 듯 턱을 만지작거리고 있는데 제갈영의 목소리가 들려왔다.

"새롭게 확인된 것은 없어요. 아직 북쪽에서 주변을 살피던 정탐병들에게 소식이 전해져 온 것도 없고요. 다만 적의 대군이 남하해 내려올 것이란 추측을 가능하게 할 요소는 있죠."

"그게 뭐요?"

"총군사께서 서주성과 대치하기 시작한 지 얼마 지나지 않았을 때, 성에서 적장 하나가 북쪽으로 올라갔던 적이 있어요. 어쩌면 총군사님께선……. 정말 그런 건가요?"

자기가 말해놓고도 믿기질 않는다는 듯 제갈영이 반문했다.

솔직히 여기에선 어떻게 포장을 하건 말이 안 된다. 단순한 전령도 아니고, 무려 장수급이 북상했으니 방통이 남하할 것이다? 억측도 이런 억측이 없다. 그렇다고 뭔가 대군의 남하를 예상하도록 할 전조가 있었던 것도 아니고.

이러니 무릉도원의 삼국지 매니아들이 알고 있는 역사 속에서 내가 허무하게 망한 거겠지.

"형님, 뭐라 말을 좀 해보시오."

내가 그렇게 생각하고 있을 때, 장비가 재촉하며 말했다.

여기에서 말을 잘해야 한다. 서주를 회복하지 못하면 그대로 방랑군의 일원이 되어버릴 장비조차 듣고 납득할 수밖에 없을 이유를 대야만 한다. 그게 아니면 지금껏 장비, 관우와 쌓은 유대감이 박살 나버릴 거다. 망할.

"형님?"

장비가 재차 날 부른다. 녀석의 눈빛이 조금씩 바뀌어 가고 있다.

'일해라, 머리! 아이디어를 만들어내란 말이다! 어서! 어서 어서!'

절박하게 나 스스로 뇌를 자극하고 있을 때.

'그래, 이거다.'

깨어나라, 연기력! 떠올라라, 그동안 수도 없이 많이 보아왔던 드라마 속 장면들!

나도 모르게 우습지도 않은 그 주문들을 속으로 외워가며 한숨을 푹 내쉬었다. 도저히 안 되겠다는, 마치 모든 걸 포기하기라도 하는 것처럼.

이런 내 모습에 장비가 한 걸음 뒤로 물러서고 있다. 배신감을 느낀다는 듯 관우의 미간에는 주름이 생겨나고 있었고.

"설마……."

"아니야. 설명해 주마. 지금까지는 보안이 생명이기에 누구에게도 이야기한 적이 없었던 이야기다. 후성, 병사들을 뒤로 물려라. 듣는 귀가 최대한 없도록 해야 하니까."

"예, 예. 잠시만 기다려 주십쇼, 장군!"

내가 엄청난 비밀을 털어놓을 것으로 생각한 모양이다. 후성이 다급히 막사 밖으로 달려 나갔다.

"모두 삼십 보 밖으로 물러나라! 총군사님의 막사에서 삼십 보 이내로는 개미 새끼 하나 들어오지 못하도록 철저하게 막아야 할 것이다. 알겠느냐!"

"예, 장군!"

그 외침과 함께 병사들의 기운찬 목소리가 울려 퍼지고, 곧 후성이 궁금해 죽겠다는 얼굴로 막사에 들어왔다.

"사실은 주유 쪽에 첩자가 있다."

"첩자? 첩자라고요?"

"어. 원소 쪽에다가 심어놨던 게 어느새 주유 쪽으로까지 흘러가 있더군. 그 첩보 조직을 통해 알게 된 거야. 방통과 주유, 둘이 서로 역할을 나눈 건 다들 알고 있겠지?"

"예."

장수들이 고개를 끄덕인다. 제갈영 역시 마찬가지.

내가 와 있는 곳에선 무슨 수를 써서라도 전투를 회피하며 내 발목을 붙잡는 것에 전력한다. 내가 없는 곳에선 전력을 다해 휘몰아쳐 승리를 거두고.

이것이 이번 전쟁을 벌인 연합군의 기본적인 전략이다. 이걸 역으로 이용해서 원술의 본진을 털었으니 다들 모를 수가 없을 터.

"내가 자기들 계책을 아는 걸 역이용해서 뒤통수를 맛깔나게 후려갈기자고 제안했다더군. 방통은 그걸 받아들였고. 그 결과가 이십만 대군이 강행군까지 해가면서 남쪽으로 밀고 내려오는 게 된 거지."

"어, 언제 그런 첩보 조직까지 만드신 거요?"

"열심히 노오력 좀 해봤지."

말도 안 되는 일을 해낸 괴물을 응시하는 것 같은 얼굴로 장비가 말했다.

사실 첩보 조직? 키워본 적 없다. 그래도 무릉도원이 기본적으로 저쪽의 사정, 생각을 속속들이 살펴보는 일종의 첩보망 같은 거니까…… 아주 틀린 말까지는 아닐 거다.

나는 그렇게 생각하며 장비를, 관우를 번갈아 응시했다.

그 짧은 순간에 주유가 서주를 기습할 것을 사전에 알아차리지 못했다는 것을 커버하기 위해 나름의 설정까지 추가하며 친 거짓말이다.

둘은 내 말에 일리가 있는 것으로 느끼는 듯, 좀 전의 그 당혹스러우면서도 분노하던 기색을 누그러뜨리고 있었다.

다행이다.

"그래서 계책을 하나 만들어봤어. 당분간 서주를 수복하지는 못하겠지만, 그래도 적들에게 한 방 크게 먹일 정도까진 될 거야. 오래 지나지 않아 서주를 수복할 수 있을 정도로."

"뭡니까? 그 계책이."

장비가 눈을 번뜩였다. 원술 그리고 원소에 대한 적개심을 불태우며.

다각, 다각.

아직 밤하늘의 어둠조차 제대로 가시지 않은 새벽, 방통은 어둠 속에서 원담, 전풍을 비롯한 여러 장수와 함께 대군을 이끌고 나아갔다.

그런 이들이 향하는 것은 서주성 남쪽의 소야현이라는, 동서 양쪽으로 흐르는 기수와 술수 두 강줄기 사이의 유일무이한 길목이었다.

수도 없이 많은 원(袁)의 깃발과 함께 흩날리는 방(龐)의 깃발 아래에서 약관의 청년 방통은 어제 마지막으로 확인했던 정탐 결과를 떠올렸다.

위속은 오만 명의 병력과 함께 여전히 서주성 앞에서 주유와 대치하고 있다. 오늘 이렇게 밤이 새도록 야음을 틈타 이동하고 있는 만큼, 조금 뒤 아침이 되면 황망하기 그지없는 위속의 얼굴을 볼 수 있을 터. 그렇게만 된다면 위속은 모든 것을 잃게 될 것이다.

원소에게 있어 오래도록 목구멍의 가시와도 같이 그 불쾌한 존재감을 뿜어내 왔던 여포 역시 오래 지나지 않아 목을 베어 버릴 수 있을 터.

"이 방사원의 능력을 천하에 드러내는 데 있어 위속 정도면 희생양으로 모자람이 없지."

자신의 승리를 확신해 마지않는, 자신만만한 목소리로 방통이 말했다. 그 옆에서 최근 들어서야 간신히 머리에 매고 있던 천을 내려놓게 된 전풍이 걱정스러운 얼굴로 방통을 응시하고 있었다.

"방 군사. 위속은 결코 쉬운 상대가 아니오. 위로는 하늘의 운행에 통달하고, 아래론 땅과 강의 이치를 극한까지 깨우친 자이외다. 게다가 그자의 병법은 실로 말할 수 없이……."

"선생. 마치 위속이 무슨 득도한 신선이라도 되는 것처럼 이야기하시는 것 같습니다?"

"신선이라는 게 아니라 그만큼 주의를 해야 한다는……."

"선생이 그처럼 위속과 같은 이를 마냥 두려워할 줄만 알기에 오늘날과 같은 상황이 만들어진 겝니다. 위속은 한낱 인간이옵니다. 그자가 아무리 대단하다 한들 강자야만 하겠습니까? 두고 보십시오. 내 직접 그자를 격파해 모든 것을 앗아 올 터이니."

두려움이라곤 정말 눈곱만큼도 없는, 자신만만하기 그지없는 그 이야기에 전풍은 한숨을 푹 내쉬었다.

분명 방통은 뛰어난 자다. 긴 시간은 아니지만 방통과 함께 움직이며 전풍은 그것을 확실히 깨달을 수 있었다.

하지만 그 뛰어남이 위속을 간단히 찜 쪄 먹을 수 있을 수준인가 하면 그건 또 아니었다.

"방 군사. 내 이것 하나만 이야기하리다. 위속을 상대할 때엔 의심하고 의심하며 또 의심해야 하오. 그의 군략은 예측 불허함을 넘어 기기묘묘하기가 이를 데 없소."

"알겠습니다, 선생. 명심 또 명심하지요."

방통이 약간은 장난스레 전풍을 향해 포권하며 답했다.

전풍이 한숨을 푹 내쉬었다. 전혀 진지하게 받아들이고 있지 않는 모습이었다.

'이를 어찌한단 말인가.'

전풍이 그렇게 걱정하며 슬슬 어둠을 밀어내고 밝아져 오는 새벽의 하늘을 응시하고 있을 때, 저 멀리에서 모래 먼지를 휘날리며 대군이 다가오는 게 시야에 들어왔다.

"적들이다! 적군이 나타났다!"

뿌우우우우우우-!

누군가의 외침과 동시에 사방에서 뿔 나팔 소리와 북이 울리며 대군의 선두에 서 있던 병력이 전투태세를 갖추기 시작했다.

방통은 전풍, 원담과 함께 말 머리를 나란히 하고 자신들을 향해 다가오는 그 병마의 모습을 응시하고 있었다.

"이상하군⋯⋯. 위속이 이 시점에서 이런 방식으로 돌격해 올 리는 만무할 것인데."

"쯧. 일을 그르치게 된 모양입니다."

혼자 중얼거리던 전풍을 향해 그렇게 말하며 방통은 새 깃털이 끝부분에 달린 지휘봉으로 뒤통수를 긁적였다.

전풍이 그게 무슨 소리냐는 듯 방통을 응시하고 있었다.

"닭 쫓던 개 꼴이 됐다, 이겁니다. 공자, 지금 다가오고 있는 건 위속이 아니라 서주성에 있던 손책과 주유일 터이니 전투태세를 해제하는 것이 좋을 듯싶습니다."

"아, 그렇소? 방 군사의 말대로 하라!"

원담이 그렇게 이야기함과 동시에 보병 방진을 꾸리던 병사들이 다시 본래의 행군 대열로 돌아가기 시작했다. 무슨 도박이라도 벌이는 것이냐는 듯 방통을 응시하던 전풍이 또다시 한숨을 내쉬고 있었다.

그렇게 약간의 시간이 지났을 즈음, 모래 먼지를 일으키며 다가오는 군대의 깃발을 알아볼 수 있게 됐다. 원(袁)과 손(孫) 그리고 주(周)가 적힌 깃발이 위풍당당하게 펄럭이고 있었다.

"정말로 위속이 아니었군."

"우리가 접근해 오는 것을 위속이 알고 있었더라면 두말할 필요도 없이 전 병력을 들어 퇴각했을 겝니다. 늦었다면 희생을 각오하고서라도 강을 건너 어떻게든 연주로 돌아가려 하던지, 그것도 아니면 영채를 굳건히 증축하며 농성을 준비했겠죠. 절대 이런 식으로 무모하게 돌격해 올 리가 없는 겝니다."

마치 까마득히 높은 곳에서 내려다보는 것 같은 어조다.

예전 같으면 불쾌함을 느꼈을 것인데 지금은 아무렇지도 않다. 전풍은 태연하기 그지없는 얼굴에 평온하기만 한 목소리로 말했다.

"설령 그렇다 하여도 만에 하나라는 게 있는 법이오. 적장이 예측할 수 없을 움직임을 보였다면 불필요하게 경솔히 방어 태세를 해제한 우린 혼란 속에서 막대한 피해를 입었을 터. 신중해야 하오."

"명심하도록 하지요."

역시나 명심하지는 않을 것 같은 어조다.

방통은 그저 그렇게 이야기하고서 저 앞으로 시선을 옮겼다.

안색이 그다지 좋지만은 않은, 약간은 넋이 나가 있는 것 같은 주유와 딱딱하게 굳어진 얼굴의 손책이 말을 몰아 달려오고 있었다.

"어찌 된 겁니까?"

굳이 인사를 하고 말고 할 필요조차 없다는 듯 방통이 말을 몰아 나가며 말했다.

"밤중에 위속이 영채를 버려두고 급속도로 남하하기 시작하였소. 일단은 하비로 향하는 것으로 파악되는 중이오."

그것은 손책 역시 마찬가지였다.

"하비라."

방통이 입맛을 다시며 인상을 찌푸렸다.

위속이 하비로 내려갔다면 결국엔 예주를 지나 연주로 돌아가는 경로가 완성될 것이다. 일시적으로 강남의 일부를 점거하고 있던 별동대 역시 돌아가게 될 터. 지금과 같은 상황에서 그들이 강남을 장기적으로 점유할 방법은 없으니까.

그렇다면 결국 남은 건 병력을 모아 예주를 치거나, 다시 북상해 연주에서 여포와 대치 중인 원소에게 돌아가는 일 정도가 전부였다.

방통이 그렇게 생각하며 지휘봉으로 등을 긁고 있을 때, 저 멀리에서 척 보기에도 정말 다급하기 그지없는 모습으로 질주해 오는 전령 하나의 모습이 시야에 들어왔다.

그런 전령이 손책을 향해 달려와 소리치고 있었다.

"급보요! 급보입니다!"

"무슨 일이냐."

"하비, 하비의 백성들이 성을 떠나고 예주로 향하고 있습니다. 유비 역시 함께 하비를 떠나는 중이었습니다!"

"하비를 버린다고?"

이해가 되질 않는다는 듯 손책이 중얼거렸다.

옆에서 듣고 있던 방통의 눈매가 가늘어지고 있었다.

"다른 소식은 없었더냐?"

혼자서 잠시 고민하던 방통이 말했다.

"그, 그게 다른 이야기도 있었습니다. 하비성 옆의 강 주변으로 크고 작은 온갖 배들이 모이고 있었습니다. 그 숫자가 족히 이천 척은 되는 것으로……. 배가 강을 뒤덮어 어디까지가 강이고 어디부터가 땅인지 알 수가 없을 지경이었습니다!"

"허, 그랬던가."

방통이 씩 웃으며 주변을 돌아보았다.

"왜 그러시오?"

"축하드립니다, 공자. 아무래도 공자께서 큰 공을 세울 기회가 온 것 같습니다."

"공이라니?"

"그게 무슨 소립니까?"

원담에 이어 손책이 반문했다.

"유비는 백성을 아끼는 자입니다. 백성들이 유비와 함께 하비를 떠난다는 것은 서주를 수복하는 걸 먼 미래로 미룬다는 의미일 터. 그런 와중에서 배를 끌어모은다는 건 지금의 상황에서 위속이 강남으로 향할 것이란 의미가 됩니다. 자신을 미끼로 이곳에 모인 삼십오만의 대군을 강남으로 유인하는 사이, 여포가 우리 주공을 상대로 승리를 거두도록 하는 게지요."

"위속이 그대의 계책을 역으로 활용하고 있다는 것인가?"

"그렇습니다, 공자. 어차피 여포의 전력으론 주공을 어찌할 수 없습니다. 위속이 없으니 더더욱 그렇지요. 이참에 우리 역시 남하해 강남을 수복하고 위속을 제거한다면 장래의 후환이 없게 될 것입니다."

방통의 그 목소리에 잠시 고민하던 원담이 주먹을 움켜쥐었다.

"위속을 죽일 수 있을 절호의 기회다. 당연히 살려야겠지. 다만, 확인은 확실히 해야 할 것이오. 위속이 정말로 강남으로 향한 것인지 말이오."

"물론입니다, 공자."

방통이 그렇게 말하며 주유를, 손책을 응시했다.

그들이 고개를 끄덕이며 방통의 계책에 동의한다는 뜻을 밝히고 있었다.

"잘 되어가는군."

텅텅 비다시피 한 하비성, 유비의 깃발조차 걸리지 않은 그곳을 간단하게 접수하고서 대군을 이끌고 남하해 내려온 방통이 주변을 돌아보며 말했다.

그런 방통의 앞으로 수도 없이 많은 병사, 그리고 그 배는 될 백성들이 모여 정신없이 망치와 톱을 놀리고 있다.

저 멀리에서는 그 끝을 알아볼 수 없을 정도로 길게 늘어진 마차의 행렬이 이어져 있다. 그 마차엔 기주에서부터 전해져 오는 군량이, 이 주변의 산과 들에 우거져 있던 나무를 베어

만든 목재가 가득 실려 있었다.

천하의 역사를 통틀어 몇 차례 없었을, 거대한 역사가 벌어지는 중이었다.

"원씨 가문의 위세가 참으로 놀랍지 않습니까?"

방통은 깃털 달린 지휘봉으로 그 광경들을 가리켜 보이며 자신의 옆에 서 있는 전풍과 주유를 번갈아 쳐다봤다.

여전히 반쯤은 넋이 나간 것 같은 얼굴을 하고 있던 주유와 달리 전풍은 걱정스러우면서도 놀랍다는 표정으로 고개를 끄덕이고 있었다.

"사실상 천하는 원씨 가문의 손에 놓여 있는 것이나 마찬가지이니까."

하지만 그러한 지배를 위태롭게 하는 가장 커다란 요인이 저 멀리, 강 건너편의 말릉성에 틀어박혀 있는 위속과 그 휘하의 장수들이다.

전풍은 너무도 거대해 바다처럼 보이기까지 하는 장강과 그 너머의 보이지도 않을 말릉성 쪽을 응시하며 한숨을 푹 내쉬고 있었다.

"여기에서 이럴 때가 아니라 주공을 도와 연주를 제압해야 할 터인데……."

"그깟 연주, 강남에서 위속만 제거한다면 얼마든지 얻을 수 있습니다. 위속이 없으면 여포의 휘하에 이십만이 아니라 사십만이 있어도 두렵지 않을 터."

틀린 말은 아니다.

전풍이 작게 한숨을 내쉬며 고개를 끄덕이는데 그 옆에서 주유가 몸을 움찔움찔거리고 있었다.

"주 장군."

"……?"

"왜 계속 그렇게 몸을 움찔거리시는 것이오? 설마 위속……."

전풍이 그 단어를 입에 담음과 동시에 주유가 또다시 몸을 움찔거리며 인상을 찌푸렸다.

하지만 그것도 잠시, 그 얼굴은 오래잖아 원상태로 돌아왔다. 여전히 반쯤은 넋이 나간 것 같은, 그러나 조금씩 평소의 총기가 돌아오는 기미를 보이는 그 얼굴이다.

전풍은 말없이 한숨을 푹 내쉬고 있었다.

주유가 저렇게 된 것은 전적으로 위속 때문일 터. 위속을 상대하며 주유가 심적으로 어떤 고생을 했을지, 어떤 충격을 받았을지 굳이 이야기를 듣지 않아도 전풍은 알 수 있었다. 자신 역시 그러한 고통을 겪었으니까.

"저것들만 없으면 참 좋을 것 같은데 말입니다."

안쓰럽다는 듯, 동질감 어린 눈으로 주유를 쳐다보던 전풍에게 방통의 목소리가 들려왔다. 방통의 시선은 장강 너머에서 분주히 돌아다니고 있는 전선들을 향해 있었다.

"정찰은 아직도 안 되는 겝니까?"

"살아서 돌아오는 자들이 없습니다. 뭐, 차라리 이러는 편이 낫기는 합니다. 정탐조차 살아남지 못할 정도로 물샐 틈 없는 경계가 이뤄진다는 것은 곧 위속의 명령을 받드는 자들이 장강 저편에 우글거린다는 이야기가 되니 말입니다."

"그렇다면 다행이겠소만."

그렇게 말하며 전풍은 계획이 잘 풀리지 않았을 때에 벌어지게 될 일들을 떠올렸다.

계절이 계절인 만큼, 갑자기 홍수가 나거나 하는 등의 일이 벌어지지는 않을 것이다. 하지만 위속의 장기라 할 수 있는 또 다른 한 가지는 지금이 바로 적기였다.

"화공…… 화공을 조심해야 합니다."

전풍이 그것을 이야기하려던 찰나, 쥐어짜 내는 것 같은 주유의 그 목소리가 들려왔다.

그 순간, 전풍의 머릿속에서 위속이 지금껏 화공을 펼쳤던 전투들의 목록이 떠올랐다. 동시에 왈칵, 가슴속에서 뜨거운 감정이 치솟았다.

주유는 더더욱 고통스러울 거다. 두려웠겠지. 이해가 된다.

전풍은 자신도 모르게 주유의 양손을 붙잡으며 자신 역시 동의한다는 듯 고개를 끄덕이고선 방통 쪽으로 시선을 옮겼다.

"나도 당했고, 주유 장군도 당했소. 조심해야 하오. 위속, 그 자는 화공의 달인이니 언제 어디에서 어떻게 화공을 가해올지 모르오. 우리가 화공에 가장 취약한 것은 장강을 건너기 위해 물 위에 올랐을 때이니 조심, 또 조심해야 하외다."

"하하. 걱정 마십시오. 화공에 대한 대비는 확실하게 해둘 것입니다."

방통이 껄껄 웃으며 답했다.

전풍은 못 미덥다는 듯 그런 방통의 모습을 응시하면서도 어쩔 수 없이 고개를 끄덕였다. 방통의 준비가 그 말대로 정말 철저하기를, 확실하기를 기도하며.

전풍의 옆에 서 있는 주유 역시 제발 그랬으면 좋겠다는 얼굴로 인상을 찌푸리며 몸을 부르르 떨었다.

주유의 머릿속에서 위속의 화공에 타 죽을 뻔했던 그 날의 그 기억이 파노라마처럼 주르륵 재생되고 있었다.

며칠이 지났다.

방통은 자신만만한 얼굴로 강가에 정박해 있는 크고 작은, 배라고 하기도 뭣하고 아니라기도 뭣한 목조 구조물들을 응시하고 있었다.

"후후. 이 정도면 강 건너로 상륙하는 건 충분히 가능할 터."

오백 척에 달하는 군선이라고 지칭해야 할 목조 구조물들이 강변에 정박되어 있었다.

"군선을 이리도 빠르게 건조하는 것에 성공할 줄이라곤……."

걱정 반 의심 반의 눈으로 지금껏 이곳에서 펼쳐지던 그 모습들을 지켜보던 전풍이 황당하다는 듯 말했다. 그런 전풍의 뒤에서 백마를 탄 훤칠한 외모의 청년이 다가오고 있었다.

"삼십만이 넘는 대병력이오. 원한다면 강줄기를 비틀고, 작은 산을 깎아 평지로 만드는 일도 가능한 수준이지. 거기에 백성들까지 동원했으니 이 정도는 당연히 가능할 수밖에. 고생 많았소, 방 군사."

방통이 공손히 고개를 숙이며 원담을 향해 읍했다.

"그래, 어떻소? 곧 상륙할 것이라 하던데?"

"예, 공자. 명령만 하신다면 지금 당장에라도 병사들을 이끌고 장강을 넘을 수도 있을 것입니다. 장강 하구에 남아 있던 강남 원가의 수군 역시 새벽이면 도착할 예정이니 저 날파리처럼 신경을 긁어대는 것들 역시 깔끔하게 치워 버릴 수 있겠지요."

방통의 지휘봉이 강 저편에서 끊임없이 움직이고 있는 전선 몇 척을 가리켰다. 말릉 쪽 방향의 전선들이었다.

"고작 해봐야 한 줌도 안 되는 적선이니 어렵지 않게 처리할 수 있겠군. 좋아. 상륙은 네 번에 나눠서 한다 하였소?"

"예, 총 십이만 명씩 두 번, 그리고 나머지 십일만 명은 마지막으로 상륙하게 될 것입니다. 전 병력이 강남으로 옮겨 가는 것에만 이틀은 걸릴 테지요."

원담이 히죽 웃으며 고개를 끄덕였다.

"위속 그놈의 목을 베기 위함이오. 이틀 따위, 얼마든지 투자해야지. 날이 밝는 대로 일진의 상륙을 진행토록 하시오."

"예, 도독!"

다음 날, 아침.

주유는 손책과 함께 장강을 건너 말릉으로 향하는 배에 몸을 실었다.

이 전쟁이 시작되기 전까지만 해도 방통과 함께 대등한 입장에서 군략을 짜고, 대전략을 세웠던 주유다. 하지만 위속에게 또다시 크게 당하며 강남을 잃은 직후, 그는 사실상 지휘권을 내려놓은 것이나 마찬가지의 입장에서 방통과 원담이 내리는 명령에 따라 움직이는 중이었다.

"후."

싸늘하면서도 매서운 강바람이 밀려와 주유의 온몸을 휘감는다.

서주성에서 끝도 없이 퍼부어지는 위속의 조롱을 꿋꿋이 참아낸 결과가 결국 강남의 상실이라는 것을 알게 된 직후, 피를 토했다. 그리고 한동안 흐려졌던 정신이 이제 좀 돌아오는 느낌이다.

하지만 여전히 속이 불편하다. 가슴 속에 응어리가 깊게 남은 것 같다. 하려고만 한다면 지금 당장에라도 뜨거운 선혈을 토해내며 곧장 정신 줄을 놓아버릴 수도 있을 것 같은 느낌이었다.

"공근. 괜찮은가?"

그런 주유를 향해 손책이 다가왔다.

주유가 고개를 끄덕였다.

"괜찮네. 괜찮고말고. 위속의 목을 베기 전에는 절대 죽지 않을 것이니 걱정하지 말게."

친우에 대한 걱정스러운 감정이 뚝뚝 묻어나오는 손책의 그 어깨를 가볍게 두드리며 주유는 자신이 탄, 이 배라고 하기에도 뭣한 목재 구조물의 선수 부분으로 나아갔다. 그곳에 방통과 원담, 전풍이 함께 모여 있었다.

"오, 왔는가?"

원담이 주유의 모습을 알아보고선 손을 흔들었다.

주유가 포권하며 고개를 숙였다. 마음에 들지는 않지만 어쨌든 자신의 주군인 원술과 동맹을 맺은 원소의 아들이었다.

"자, 보게. 이게 우리 기주 원가의 능력일세. 어마어마하지 않은가?"

주유의 어깨에 손을 얹은 채, 그를 끌고 굳이 선수에 있는 가장 높은 곳으로 올라가 주변을 돌아보며 원담이 자부심 가득한 얼굴로 말을 이었다.

"우리 방 군사를 보게. 약관의 나이임에도 불구하고 지략이 얼마나 깊은지, 그 군력이 가히 하늘의 이치를 꿰뚫을 정돌세. 어디 그뿐인가? 여기 이 배들, 이건 아무리 우리가 병력이 많다고 해도 단시간 내에 이렇게 많은 배를 만드는 건 무리지. 우리 병사들만 있다면 말일세. 크으으으으. 내 다시 생각해 봐도 가슴이 벅차오르는군."

승리를 확신해 마지않는 얼굴로 추임새까지 넣어가며 원담은 계속해서 말했다.

"이 모든 게 끝도 없이 펼쳐진 광활한 하북의 평야에서 미친 듯이 쏟아져 나오는 쌀 덕분일세. 그것들이 있으니 인근의 백성들을 고용하고, 조선공을 깡그리 데리고 온 거니까. 기주 원가의 재력이라는 것이 이 얼마나 대단한가."

"하하…… 그렇습니까?"

웃기지 않는다. 빈말로도 웃기다고 할 수가 없는 말이다. 하지만 주유는 억지로 웃는 척, 그렇게 말했다.

제 흥에 취한 원담이 계속해서 말을 이었다.

"그대들, 양주 원가…… 아니지, 위속에게 수춘을 뺏겼으니 이젠 강남이었던가? 어쨌든 그대들과는 이제 비교할 수조차 없지. 이것이 우리 기주 원가일세."

"하하……."

예전 같았더라면 이런 말을 들음과 동시에 길길이 분노했을 것이다. 설령 주유 자신이 원술을 그다지 마음에 들어 하지 않는다고 하더라도 어쨌든 주군은 주군이다. 욕을 해도 남이 하는 것보단 자신이 해야 하는 법.

하지만 원담이 이런 소리를 면전에서 대놓고 하는데도 화가 나질 않는다.

그래서 더 화가 난다.

'위속, 이 찢어 죽여도 시원찮을 놈……!'

위속에게 당한 게 너무 컸던 탓이다.

옆에서 뭐라고 헛소리를 해대건, 뭘 어떻게 하건 화가 안 난다. 대노해서 날뛰어야 할 상황에서도 화가 안 나는 건 도대체 어떻게 해야 한다는 말인가. 어이가 없다.

주유가 자신도 모르게 한숨을 푹 내쉬었다.

그 와중에 방통은 신난다는 듯 원담과 함께 떠들고 있었다.

"우리가 상륙하고 나면 필시 위속이 공격해 올 것입니다. 첫 번째 상륙을 요격하는 것이 가장 적은 피해로 큰 전공을 세우는 것이니까요. 하지만 도독, 걱정하실 필요는 없습니다. 이미 이 방통이 계책을 세워놨으니 어렵잖게 위속을 몰아낼 수 있겠지요."

후후후 웃으며 방통이 말하고, 원담은 마냥 좋다며 고개를 끄덕이고 있다.

주유가 또다시 한숨을 푹 내쉬었다.

그런 주유의 눈이 전풍과 마주쳤다. 그저 눈만 마주쳤을 뿐인데도 둘은 서로의 마음을 완벽하게 이해했다. 끝도 없이 내쉬는 한숨을 또다시 내쉰 것 역시 마찬가지였다.

그때.

"땅이다! 땅이 보입니다!"

누군가에겐 섬뜩하고 누군가에겐 반갑기 그지없을 그 목소리가 울려 퍼졌다. 안개로 가득해 앞을 보기 힘들었던 그 강 속에서 안개가 조금씩 사라지며 멀리 앞이 보인다.

"흠?"

그런 모습을 지켜보던 방통의 눈매가 가늘어졌다. 오만 명, 혹은 그에 준하는 병력이 지키고 있어야 할 강 저편이 텅텅 비어 있다. 있는 것이라곤 그저 모래사장과 모래사장, 그리고 또 다른 모래사장일 뿐이었다.

"이, 이게?"

당혹스럽긴 원담 역시 마찬가지.

저 앞을 가리키는 원담의 손가락이 부들부들 떨린다. 시종 일관 방통의 자신만만함을 걱정하고 있던 전풍의 낯빛이 새하얗게 변해간다.

주유 역시 마찬가지. 그 얼굴에서 핏기가 빠져나가는 것도 잠시, 스스로가 앞으로는 화를 낼 수 없는 꼴이 되지는 않았을까 걱정하는 것도 무색하게 얼굴이 벌겋게 달아오르기 시작했다.

주유의 심장이 쿵쾅쿵쾅 두근거리고 있었다.

"이, 일단은…… 살펴봅시다."

심장이 쿵쾅거리긴 방통 역시 마찬가지. 선단이 강변에 멈춰섬과 동시에 방통은 황급히 배에서 뛰어내리며 강변으로 올라갔다.

"바, 방통 선생. 이게 도대체……."

이제는 목소리까지 파르르 떨리는 원담이 쉴 새 없이 주변을 돌아보며 말했다. 방통은 아무런 말도 하지 않았다. 그저 조용히 병사들을 이끌고 말릉을 향해 나아갈 뿐이었다.

"내가 그래도 설마설마하였거늘……."

주유가 나지막한 목소리로 읊조렸다. 그는 주먹을 불끈 쥔 채, 분노하면서도 조금씩 가까워지는 말릉성의 모습을 응시했다.

혹시 모를 일이다. 위속은 저 말릉성에 있고, 뭔가 문제가 생겨 요격에 나서지 못한 것일지도 모른다. 아직 완전히 틀린 건 아니다.

비록 대군을 이끌고 남하해 내려오는 게 자신의 계책은 아니었지만 그렇다고 해서 아주 완전히 어리석은 것만은 또 아니라고 여겨왔다. 그렇기에 반대하지 않았고, 오늘에 이르게 된 것이다. 틀려서는 안 된다. 또다시 위속에게 속는다는 건 말도 안 될 일이다.

주유는 그렇게 생각하며 방통, 원담과 함께 말릉성을 향해 접근했다. 화살의 사거리에서 한참이나 떨어진 곳에 멈춰 선 그들은 용감한 병사 몇 명이 사다리를 들고 성으로 접근하는 것을 응시했다.

위속이 저 안에 있다면 곧 우레 같은 함성과 함께 병사들이 몸을 일으키며 적들을 요격하려 할 것이다.

전투가 시작될 것이고, 그리된다면 더는 걱정하지 않아도 될 것이다. 자신들의 계책이 맞아떨어진 것이니까.

하지만 그게 아니라면…….

"허, 허허허허……."

사다리의 가장 앞에서 성벽을 오르던 병사가 마침내 성벽 위에 올라섰다. 그는 황당하다는 듯 주변을 두리번거렸다.

"아, 아무도 없습니다!"

"없다니! 그게 도대체 무슨 소리인가!"

"성을 지키는 이들 자체가 보이질 않습니다!"

그 병사가 그렇게 외치는 동안, 뒤이어 성벽에 오른 이들이 서둘러 움직여 성문을 열기 시작했다.

끼이이이익-!

그 소리가 울려 퍼짐과 동시에 방통이 말을 몰아 다급히 성을 향해 질주하기 시작했다. 원담과 전풍, 주유와 손책 역시 마찬가지.

이미 그들의 머릿속에선 이것이 위속의 공성계일지도 모른다는 생각이 사라진 상태였다.

아무리 위속이 기기묘묘한 계책을 펼친다고 해도 이렇게 말도 안 되는, 상대에게 아무런 피해도 미치지 못할 미련한 계책을 사용할 리는 만무하니까.

그렇게 성내에 들어선 방통의 시야에 성문 근처, 성 밖에서는 보이지 않을 가옥들에 걸려 흩날리던 위(魏)의 깃발이 들어왔다. 그 깃발의 뒤편에 뭔가가 쓰여 있었다.

"저것, 저것을 떼어 오너라!"

그 목소리에 병사 몇몇이 황급히 깃발을 떼어 와 그것을 방통에게 바쳤다.

그 깃발의 뒤에는.

"위속 이미 갔음…… 미안? 미아안? 미아아아아안?"

깃발에 쓰여 있는 그 글자를 읽은 방통이 소리치더니 그것을 바닥에 집어 던졌다.

그는 뭔가에 홀린 것처럼 주변의 깃발들을 하나하나 살펴봤다. 그 깃발들에 쓰여 있는 것은 모두 같았다.

미안, 미안~미안, 매우 미안, 너무 미안.

"흐흐, 흐흐흐흐……."

어이가 없다.

방통이 헛웃음을 내뱉었다.

"방 군사. 이거……."

딱딱하게 굳어진 얼굴로 원담이 이를 악물며 말했다.

급하게 강을 건너기 위해 쓴 재화들, 군량의 총량이 머릿속에 떠오르기 시작했다. 갑자기 속에서 뜨거운 뭔가가 치솟는다. 원담의 얼굴은 마치 당장에라도 터져 버릴 것처럼 뻘겋게 달아올라 있었다.

"크아아아악!"

그가 자신의 뒷목을 부여잡은 채 괴성을 내질렀다.

그런 와중에서 주유는.

"허허, 허허허……."

웃고 있었다.

"내가 또 당했어? 또? 또 당했다고?"

어처구니가 없다. 그래서 더 웃음이 나온다.

머릿속에서 뭔가 나사가 살짝 풀리는 것 같은 느낌이 들었다. 그리고 무언가가 가슴속에서 치밀어 오른다.

주유가 이를 악물었다. 하지만 그것은 기어코 뿜어져 올라오고 있었다.

"큽!"

촤아아아악-!

주유가 시뻘건 선혈을 토해냈다. 그 모습을 지켜보고 있던 전풍의 어깨가 들썩이고 있었다.

"큭큭, 큭큭큭큭. 망했구나. 망해 버렸어. 시원하게 말아먹었구나! 하하하, 하하하하!"

"잠깐. 잠깐만! 이러면 위속의 대군은?"

그제야 정신을 차린 원담이 전풍을 붙잡고선 반문했다.

껄껄껄 웃고만 있던 전풍이 모르겠느냐는 듯 손을 들어 저 북쪽을 가리킨다. 그 옆에서 방통이 떨리는 손으로 허리춤에 들고 다니던 호리병을 꺼내 통째로 벌컥벌컥 들이켜고 있었다.

5장
아 오……

"살맛이 나는군."

자신의 휘하에 남아 있는, 이번 전쟁을 시작하던 그 순간부터 함께해 온 십만 명과 더불어 추가로 동원해 온 오만 명의 정병을 한눈에 내려다보며 원소는 기분 좋게 웃었다.

도합 십오만이다. 그것도 하북 전역에서 고르고 골라서 키운 정병이었다.

"이 애비의 정병이 어떤 것 같으냐?"

영채 한가운데에 우뚝 솟아 있는, 사방을 한눈에 내려다볼 수 있을 목탑에서 원소가 말했다. 그 옆에 서 있던 앳된 외모의, 빈말로도 다 자랐다고는 할 수 없을 소년이 주변을 돌아보고 있었다.

"강할 것 같습니다. 훈련도 잘됐고, 무장도 잘 갖췄으니 병사들 간의 싸움에서는 밀리지 않을 것 같군요."

"흐흐, 아직 열두 살밖에 안 된 녀석이 어찌 이리도 총명할꼬."

"하지만 아버님. 이들만으로 전쟁을 치르기엔 여러모로…… 곤란하지 않겠습니까? 소자가 듣기로 여포의 휘하엔 위속, 장료, 고순과 진궁, 제갈량 등 내로라하는 장수들이 여럿 포진해 있다 합니다. 그러나 지금 아버님께서 이끄시는 본대엔 총군사 저수를 비롯한 책사 몇몇과 문추, 장합 등 장수 정도가 전부이질 않습니까."

앳된 목소리의 앳된 얼굴, 하지만 여느 책사들이 그렇듯 진중한 어조에 진지하기 그지없는 표정을 지어 보이며 말하는 원상의 그 모습에 원소는 예뻐 죽겠다는 듯 볼을 꼬집으며 껄껄 웃었다

이미 장성한 원희, 원담과 달리 뒤늦게 얻은 막내아들이 바로 원상이다. 눈에 넣어도 아프지 않을 정도로 크나큰 애정을 한 몸에 받으며 자라난 원상은 어린 시절의 원희, 원담은 비교도 되지 않을 정도로 총명하면서도 의젓하기까지 했다.

"네 말대로다. 여포 휘하의 장수가 모두 한곳에 모여 있었다면 섣불리 공격해선 안 되지. 그러나 지금 여포의 종제인 위속, 그놈은 저 멀리 강남에 처박혀 있다. 유비 휘하의 맹장 관우, 장비 역시 마찬가지이고."

하지만 아버지의 애정을 얻기 위해 꾸며진 의젓함은 예상치 못한 부분에서 균열이 가게 마련.

"위, 위속 그 도깨비 같은 자가 정말로 강남에 가 있어요?"

"오냐. 확실히 그렇다더구나. 게다가 무슨 변고가 벌어지기라도 한 것인지 삼만이나 되는 병력이 또 후방으로 물러났으니 지금이 기회인 셈이지."

저 멀리, 지금은 보이지도 않는 지평선 너머에서 여(呂)의 깃발을 휘날리며 버티고 있을 산양성의 그 모습을 떠올리며 원소는 영채의 후방 쪽으로 시선을 옮겼다.

"보이느냐?"

"발석거 말입니까?"

"어디 발석거뿐이겠느냐? 운제며 충차까지 공성에 필요한 물건들은 다 있느니라. 네 녀석은 기다리기만 하거라. 내 네 앞길을 가로막는 것들을 모조리 치워 버릴 것이다."

원소는 그렇게 말하며 원상의 머리를 쓰다듬어 주고선 목탑을 내려갔다. 그 아래에 저수를 비롯한 책사들과 문추, 장합이 모여 원소를 기다리고 있었다.

"주공. 모든 준비가 끝났습니다."

그런 이들의 가장 앞에서 저수가 대표로 포권하며 말했다.

원소가 고개를 끄덕였다.

"가지."

하북에서 고르고 고른 정병 십오만 명이 원(袁)이 새겨진 깃발 수백 개를 흩날리며 산양성을 향해 나아간다.

보통 이만한 규모의 병력이 움직인다고 하면 전군과 중군, 후군으로 나뉘게 마련이다. 전군에는 장합이나 이젠 고인이 되어버린 안량 같은 맹장이 서게 마련이고, 중군엔 원소 자신이 대장이 되어 버티는 게 일반적이다.

하지만 지금, 십오만 대군의 선봉엔 원소가 직접 서서 장수들과 책사들을 이끌고 위풍당당하기 그지없는 모습으로 나아가고 있었다.

"여포 놈도 이젠 끝장이다."

무슨 일인지 가뜩이나 없던 산양성의 수비 병력이 더욱 줄어들었다. 지금 산양성에 남은 병력은 고작 해봐야 이만 명이 전부일 뿐이었다.

"적들이 다른 계략을 세운 게 아니라면 산양은 여러 장수가 예상한 것들과 같이 열흘 이내에 떨어질 것입니다. 위속이 강남에 가 있는 와중에서 만약 저들이 다른 계략을 사용한 것이라면……."

저수가 기분 좋게 씩 웃어 보였다. 산양성에 남은 진궁과 제갈량, 그들이 어떤 계략을 사용하든 충분히 대응해서 역으로 그들을 패퇴시킬 준비가 되어 있다는 것처럼.

원소 역시 그 옆에서 만족스러운 얼굴로 미소 짓고 있었다.

"내 총군사 그대만 믿네."

"맡겨만 주십시오, 주공. 위속이 없는 이상, 여포는 이빨 빠진 호랑이일 뿐입니다. 소생이 여포의 목을 베어 주공께 바치고 나서 곧 위속의 목까지 함께……."

"모, 모래 먼지다! 적 기마가 다가오고 있습니다!"

원소와 함께 선두에서 말 머리를 나란히 하며 움직이던 저
수가 그렇게 이야기하고 있을 때, 바로 뒤에서 그들을 따르던
부장이 소리쳤다.

자신의 말이 끊겨 버린 저수가 인상을 찌푸리며 시선을 옮
겼다. 그 말대로 먼지구름이 뭉게뭉게 피어올라 있었다.

"주공. 혹시 모르니 안전하게 중군으로 물러나시지요. 이곳
은 문추 장군에게 맡기면 그것으로 족합니다."

자신을 향해 그렇게 이야기하는 저수의 목소리를 들으며 원
소는 고개를 끄덕였다.

모래 먼지 사이에서 여포 휘하의 병력일 것이 분명한 이들
의 깃발이 그 모습을 보이기 시작했다. 중군으로 내려가려던
원소가 잠시 말 위에 앉아 멍하니 그 모습을 응시했다. 안 그
래도 하늘에 구름이 잔뜩 긴 날씨여서 어둡던 차다. 그런 와
중에서 모래 먼지를 꿰뚫어 보려니 자연스레 미간이 찌푸려
진다.

그렇게 얼마나 지났을까? 가장 선두에서 흩날리고 있는 깃
발의 모습이 시야에 들어왔다. 여(呂)다. 그리고 그다음으로 시
야에 들어오는 건 장(張)과 고(高), 허(許)였다. 여포와 장료 그리
고 고순과 허저가 전장에 나타난 거다.

원소가 피식 웃음을 터뜨렸다. 지금 당장에 여포에게 남
아 있는, 어떤 방식으로든 이름을 날린 이들은 전부 나타난

꼴이니까.

"최후의 발악인가."

"참으로 가소롭기 그지없는 공격입니다, 주공."

"내 말이 바로 그러하다. 제 목을 베어달랍시고 자진해서 이렇게 달려올 줄이야. 내 여포에게 이런 면이 있는 줄은 미처 몰랐군."

원소는 그렇게 말하며 더없이 만족스러운 얼굴로 검을 뽑아 들었다. 그것을 신호로 원소의 주변에 있던 장수들이, 병사들이 각자의 무기를 쥔 손에 힘을 더하고 있었다.

"역적의 무리가 쇄도해 오고 있다! 모조리 쓸어버릴 수 있겠느냐!"

"예!"

"여포의 목을 베어 오는 자에겐 식읍 천여 호와 함께 비단 오백 필, 금 백 관을 상으로 내릴 것이다! 여포의 목을 베어 오너라!"

"와아아아아ー!"

장수들이 선봉의 병력을 이끌고 이쪽을 향해 질주해 오는 여포를 향해 질주하기 시작했다.

그런 와중에, 저수는 미간을 찌푸리며 여포가 있는 남쪽이 아닌 동쪽의 하늘을 노려보고 있었다.

'뭔가 이상한데.'

조금 전까지는 모래 구름이 남쪽에서만 일고 있었다. 하지만 지금은 동쪽에서도 일고 있는 것 같다.

하지만 저수는 아무런 말도 하지 않았다. 선두의 병사들이 움직이며 이 주변에도 모래 구름이 생겨났다. 어쩌면 그것을 착각해서 잘못 보고 있는 것일지도 모른다. 아니, 그럴 가능성이 농후하다. 여포가 동원할 수 있는 병력은 여러 성의 수비를 생각한다면 아무리 많아 봐야 육만 명이고, 위속은 여전히 강남에 있으니까.

그랬는데.

번쩍-! 쿠궁, 쿠구궁!

갑자기 하늘에서 섬광이 번쩍이고, 천지를 뒤흔드는 거대한 굉음이 터져 나온다. 그와 동시에 저 멀리, 동쪽에서 흩날리는 위(魏)의 깃발이 저수의 시야에 들어오고 있었다.

"허어억!"

그 깃발이 족히 일만 명은 되어 보이는 기마병들의 사이에서 휘날리고 있다.

그 모습을 발견함과 동시에 저수는 자신의 심장이 철렁하고 뚝 떨어지는 것을 느꼈다.

말이 나오지 않았다. 위속은 강남에 있다. 위속은 강남에 있을 것이다. 지금껏 그렇게 생각했고, 믿어 의심치 않다.

그랬는데 위속의 깃발이 나타났다.

'그래. 교란일 것이다.'

위속이 없음에도 위속이 있는 것처럼 하여 아군의 혼란을 유도하는 것일 터다. 그것이 가장 현실적이며 이성적이고 논리적인 설명이다.

저수가 그렇게 생각하고 있을 때.

"모조리 쓸어버려라! 우리의 승리가 코앞이다!"

"허?"

언젠가 한 번쯤 들어봤던, 그 쩌렁쩌렁한 목소리가 희미하게나마 들려왔다. 위속의 목소리다.

원소의 얼굴이 딱딱하게 굳어졌다. 일만 명 남짓한 병사들의 사이에서 둘러싸인 원소가 동쪽을 응시하고 있었다.

"주, 주공! 관우, 관우입니다! 으아악! 그 옆에 장비도 있습니다!"

부장 중 하나, 이름도 기억나지 않을 이가 손을 들어 동쪽을 가리키며 소리쳤다.

번쩍-! 쿠구구구구-!

또다시 하늘에서 섬광이 번뜩이고 굉음이 터져 나왔다.

동시에 저수는 볼 수 있었다. 관(關)과 함께 또 다른 장(張)의 깃발이 흩날린다. 거기에 더해서 마(馬)도 있다. 마등의 첫째 아들이라는, 귀신조차 울고 갈 정도로 뛰어난 기마창술을 가지고 있다던 그 마초였다.

"이, 이게 무슨……."

어처구니가 없다.

"위속은 분명 강남에 있다 하질 않았는가! 그런 위속이 어째서!"

"주, 주공! 지금은 그런 것을 따질 때가 아닙니다! 위속이 돌아왔고 그 휘하의 장수들이 함께라면 우린 버텨낼 수 없습니다.

아오…… 141

물러나야 합니다!"

"어디로 물러난단 말인가, 도대체 어디로!"

"기주로 돌아가십시오. 지금의 방법은 그것밖에 없습니다! 뒤는 소생이 막고 있을 터이니 주공께서는 어서 물러나십시오!"

아주 잠시, 이를 악문 채 주변을 돌아보며 머릿속으로 시뮬레이션을 마친 저수가 소리쳤다.

남쪽에선 여포와 장료, 고순과 허저가 질주해 오고 있고 동남쪽에서부터 동북쪽까지 꽤 넓은 범위를 두고서 위속과 그 휘하의 장수들이 질주해 오는 중이다.

그것도 하나같이 맹장뿐이다. 위속 자신과 함께 마초에 관우, 장비까지. 그 공격을 막아낼 방법이 없다.

나약해져 있을 적의 숨통을 끊겠다는 마음으로 성을 나선 원소군이다. 지금의 전력으론 절대로 저 공격을 막아낼 수가 없다. 시간을 끄는 게 전부일 것이었다.

"뒤를 부탁하네, 총군사."

분노로 얼굴이 시뻘겋게 달아오른 원소가 이를 악물며 말했다. 길게 읍하는 것으로 그런 원소를 배웅하며 저수는 검을 뽑아 든 채 소리쳤다.

"역적의 무리가 코앞에 있다! 방진을 굳건히 하고 적들의 돌격에 대비하라! 주공을 지켜야 한다!"

"버텨라! 막으란 말은 하지 않겠다! 여포를 베란 말도 하지 않겠다! 그저 버텨라! 죽을힘을 다해, 너희들의 목숨을 던져서라도 버티고 또 버텨라! 버텨야만 한다!"

사천 명이나 될까? 처음엔 일만 명이나 되던 병사들도 이젠 거의 남질 않았다. 목이 터져라 소리치며 병사들을 지휘하던 저수가 이를 악물었다.

슬슬 끝이 보이는 것 같다. 필시 이 주변으론 몇 겹이나 되는 포위망이 만들어졌을 터. 그 포위망이 완전히 완성되기 전에 원소가 이곳을 벗어나길 바라며 저수는 이곳에서 여포와 그 휘하의 장수들을 붙잡고 시간을 끌고 있었다.

하지만.

"으하하하하! 더 강한 자는 없는 것이냐! 인중룡 여포가 예 있노라!"

여포가 방천화극을 휘두를 때마다 병사들이 셋, 넷씩 쓰러지고 있다. 그런 여포의 무위에 병사들이 겁을 집어먹고선 슬금슬금 뒤로 물러나고 있었다.

"물러나지 마라! 여포 역시 한 명의 인간에 불과하다! 무슨 수를 써서라도 놈을 죽여야 한단 말이다!"

고래고래 소리쳤지만 이미 승패는 명확한 상태다. 이곳의 병사들이 분전한다 한들, 크게 달라질 것은 없다.

그것을 너무도 잘 알고 있는 저수는 검을 쥔 손에 힘을 더했다. 방진이 무너지기 시작할 때쯤, 더는 이곳에서 시간을 끄는 것이 불가능해질 때면 이 검을 목에 찔러 넣어 자결할 것이다. 자신이 사로잡히질 않아야 주공인 원소에게 부담이 가지 않을 테니까.

그렇게 생각하며 저수는 저 멀리 위속의 모습을 응시했다. 자신의 깃발 아래에서 위속은 태연하기 그지없는 얼굴로 저수를 향해 씩 웃어 보이더니 반갑다는 듯 손을 흔들기까지 하고 있었다.

"크으으윽."

죽음을 각오한 와중에서 저수의 입술이 분노로 꿈틀거렸다.

이 모든 원흉이 바로 위속이다. 죽을 때 죽더라도 위속의 목만은 베어가야 하는데. 안타깝다. 너무도 안타깝다.

생각이 거기까지 미치니 심장이 두근거리고 온몸의 피가 싹 빠져나가는 것 같은 느낌이 들었다. 한기가 저수의 온몸을 집어삼키고 있었다.

저수는 이를 악물었다. 그런 그의 시야에 쉴 새 없이 병사들을 향해 방천화극을 휘두르는 여포의 모습이 들어왔다.

"내 갈 때 가더라도 네놈만큼은……."

자결하는 것보단 여포에게 아주 잠깐이나마 혼란을 만들어 부상이라도 입힐 기회를 만들어줄 것이다. 저수가 그렇게 생각하며 자신이 탄 말의 배를 걷어차려 했을 때.

다각- 다각- 다각-!

"끄아아아아악!"

저 뒤에서 말발굽 소리와 함께 터져 나온 병사들의 비명

소리가 들려왔다.

무슨 일인가 싶어 저수가 등 뒤로 고개를 돌리고자 했을 때.

퍼억-!

강력한 충격이 저수의 뒷목을 강타했다.

눈앞이 어두워진다. 세상이 무너지는 것 같은 느낌이다. 이렇게 죽는 것인가? 저수는 그렇게 생각하며 몸의 균형을 잃었다.

그것이 저수의 마지막 기억이었다.

📱

"끄으으으으……."

온몸을 두들겨 맞기라도 한 것처럼 아프지 않은 곳이 없다. 간신히 정신을 차린 저수가 눈을 떴다. 그런 저수의 시야에 한 소년의 모습이 들어오고 있었다.

소년이라니?

아마도 자신은 포로로 잡힌 것일 터다. 그런 자신과 함께 잡힐 포로가 있던가?

"흐읍-!"

의아하다는 듯 고개를 갸웃거리던 저수의 눈이 동그랗게 커졌다. 공기를 잔뜩 들이마시고 나니 숨이 막힌다. 너무 당황스러워서 어떻게 숨을 뱉어내야 할지도 모르겠다.

"고, 공자! 공자!"

제대로 나오지도 않는 목소리를 쥐어짜 내다시피 하며 저수가 소리쳤다. 그런 저수의 앞에 정신을 잃고 쓰러져 있는 것은 원소가 그토록 아끼는, 정말 세상 그 무엇과도 바꾸지 않으려 할 막내아들 원상이었다.

"하, 하하……."

말이 나오질 않는다.

병사들과 함께 초개와 같이 목숨을 버리고자 했던 자신이 포로로 잡히고, 원소의 막내아들까지 이렇게 포로로 잡히다니.

"하늘이시여…… 어찌하여 하북을 버리셨나이까! 어찌하여!"

"많이 분한 모양입니다."

하늘 쪽 이외엔 모든 방향이 나무판으로 꽝꽝 막힌 이동식 감옥. 그 안에서 외치는 소리를 듣고서 후성이 말했다.

"지가 분하면 뭐 어쩌겠어? 아니, 그러게 누가 얌전히 잘 있는 사람을 건드리래? 다 자기 업보지, 뭐."

이제 좀 편하게 놀고먹을 수 있지 않을까 했다. 진짜 오랜만에 연주로 돌아와 좀 마음 편하게 지내려고 했는데 저 자식들 때문에 다 망친 꼴이다.

쓰읍. 이제 진짜 급한 불은 다 껐으니 적당히 원상, 저수를 두고 몸값 협상이나 하면서 편하게 지낼 수 있겠지.

'제발 그랬으면 좋겠는데, 어떨까 모르겠다.'

나는 그렇게 생각하며 저 하늘을 응시했다. 보름달이 선명하게 떠올라 있다.

오늘 잠들면 곧장 무릉도원일 터.

"진짜 오늘은 무조건 다 보고 나온다."

서주를 어떻게 해야 할지. 도대체 내가 어떻게 해야 관우랑 장비를 내 수하로, 우리 형님의 부하로 둘 수 있을지. 저수와 원상의 몸값으로 무엇을 받아내야 할지. 그리고 거기에 더해서 앞으로 또 다른 전쟁이 벌어지지는 않을지에 대한 것까지 확실하게 다 보고 나올 거다.

그래야 내가 편하게 살지. 돈도 모았고, 권력도 있는데 도대체 왜 편하게 살지를 못하는 거야. 왜.

'아오……'

6장
안 돼. 돌아가. 안 바꿔줘

"문숙."

밤하늘에 떠올라 있는 보름달을 구경하며 말을 몰아 산양성 근처에 마련해 뒀다던 영채로 향하는데 익숙한 목소리가 들려왔다. 적토마를 타고 방천화극을 든 형님이 내 쪽으로 다가오고 있었다.

"형님, 와! 진짜 오랜만에 뵙네요."

"네 녀석이 좀 많이 바빴어야지, 서주로 갔다가 나중엔 강남까지 다녀왔다면서?"

"예, 서주에서 유 사군과 그 휘하 장수들을 구하고 원소와 원술의 대군을 강남으로 유인해 놓고서 저는 곧장 돌아왔습니다. 아마 지금쯤 걔들, 부랴부랴 다시 밀고 올라오려고 발악하는 중일걸요?"

"숫자가 얼마나 되는데?"

"삼십오만쯤?"

"오, 그래?"

형님이 눈을 번뜩인다.

이 양반이 갑자기 왜…… 설마?

"형님, 아니죠?"

"흐흐. 이 기회를 놓칠 순 없지. 원소도 때려잡았겠다, 이제 남은 건 강남에서 올라오고 있을 놈들을 상대로 삼십만지적이 되는 것뿐이다."

"형님. 순서대로 가셔야죠. 아직 이십만지적 못 했잖아요."

"그게 뭐 대수라고. 문숙. 이번엔 네가 아무리 뭐라고 해도 양보 못 한다. 내가 직접 갈 거야."

이 양반, 그 삼십만을 내가 때려잡으려고 하는 거로 생각하는 모양이다.

"형님, 전 걔들 때려잡는 거 관심 없습니다. 이 기회에 원소를 깡그리 쓸어버리고 기주 쪽도 뺏는 게 나아요. 어차피 삼십오만, 걔들이 올라오려면 일주일은 더 걸리니까요."

"오, 그러면 잘 됐군. 허저야!"

"예, 주공!"

"삼십만지적이 될 차례다. 준비해 둬라."

"정말입니까? 우와…… 삼십만이라니."

그 크고 순진한 눈망울로 허저가 형님을 경이롭다는 듯 쳐다보더니 자기 휘하의 병사들을 데리고 움직이기 시작했다.

하하……. 우리 형님, 내 말을 잘 들어주는 줄 알았는데 아니었구나. 서주에 가 있는 동안엔 진짜 형님이 보고 싶었는데 이러고 있으니 갑자기 두통이 밀려온다.

"위속 장군!"

내가 이마를 부여잡고 있는데 저 뒤에서 더없이 반가운 목소리가 들려왔다.

진궁이다. 그가 공명이와 함께 이쪽을 향해 말을 몰아 달려오고 있었다.

"축하드리오. 장군의 계책이 또 한 번 성공을 만들었구려."

"축하드립니다, 스승님."

진궁에 이어 공명이가 날 향해 포권하며 말했다.

"저수에 이어 원소의 삼남인 원상마저 포로로 잡았다 들었소. 이는…… 이는 정말 한 개의 주를 빼앗는 것만큼이나 커다란 공이오. 참으로 존경스럽소이다, 위 장군."

"제가 뭐라고 말씀드렸습니까. 저희 스승님만 오시면 다 해결이 된다니까요. 스승님, 제가 진짜 지금까지 공대 선생과 머리를 쥐어짜 내며 저수와 그 휘하 책사들의 공격을 막아냈습니다. 기특하죠?"

진심이 담긴 진궁의 그 목소리에 이어 공명이가 눈을 반짝이며 날 쳐다보는데, 어째 얘 키가 조금 더 커진 것 같다. 이제는 내가 살짝 올려보기까지 해야 할 수준.

머리도 좋고, 잘생긴 데다 키도 큰데 어리기까지 해? 와, 내 제자지만 진짜.

"과찬이십니다, 공대 선생. 그리고 공명이, 너도 고생했다."

"칭찬만 하고 넘기시지는 않으시리라고 믿습니다, 스승님. 제가 그동안 스승님의 배포는 천하제일이라고 주변에 이야기해 왔거든요. 저희 형님께도 그렇고요."

제갈근한테? 하, 이 귀여운 자식.

"원하는 게 있으면 그냥 말을 해. 그렇게 애매하게 굴지 말고."

"흐흐. 스승님도 아시잖습니까. 제가 뭘 싫어하는지."

그러면서 녀석이 진궁의 눈치를 삭 살피는데 진궁이 고개를 절레절레 젓는다. 못 말리겠다는 것처럼.

"그래, 뭐. 그동안 고생 많이 했으니까 당분간 행정 업무에서 널 제외하는 방향으로 검토해 보마. 대단히 긍정적으로. 됐지?"

"감사합니다, 스승님!"

녀석이 환하게 웃는다.

물론 긍정적으로 검토한다는 말은 안 해줄 수도 있다는 소리다. 나중엔 편하게 해줄 수도 있지만, 지금은 그러기가 싫다.

'모든 걸 다 가진 너 자신을 원망하렴.'

내가 그렇게 생각하고 있는데 진궁의 모습이 시야에 들어왔다. 그가 마차에 갇혀 있는 저수를, 그 옆에서 삼십만지적이 될 생각에 잔뜩 들떠 있는 형님을 번갈아 쳐다보고 있었다.

"위 장군, 주공께서 설마……."

진궁이 뭘 물어보려는 건지, 저 얼굴만 봤는데도 알 수 있을 것 같다.

내가 고개를 끄덕이니 진궁이 한숨을 푹 내쉰다. 형님을 어떻게 설득해야 할지 벌써 머리가 지끈지끈 아파진다는 얼굴이다.

내 고민이 바로 진궁의 고민이나 마찬가지. 머리가 아프다.

"하루 이틀 정도는 여유가 있으니 계속 고민해 봅시다. 어차피 오늘 밤에는 원소를 추격하러 떠났던 장수들이 돌아와 전과를 보고하는 걸 기다려야 하기도 하니까."

"예, 공대 선생."

예주를 지키는 것 역시 마찬가지다. 적당한 규모의 병력과 함께 적당한 장수를 내려 보내면 될 일. 지원군을 편성하는 것 자체는 어렵지 않다.

출발도 지금 당장엔 불가능하다. 병사들을 배불리 먹인 뒤 아침이 되어 날이 밝으면 그때 출발시켜야 할 터.

"그래도 좀 막막하네."

이러면 결국엔 형님을 어떻게 설득하느냐가 남은 건데.

모르겠다.

📱

쏴아아아—

오랜 전투에서 쌓인 피로를 이유로 일찍 잠을 청했더니 익숙한 바람 소리가 들려왔다.

곧장 눈을 뜨고 머리맡에서 핸드폰을 꺼내 들었다.

어떻게 해야 할까.

지금의 상황에서 최선이라 할 수 있을 방법을 찾아야 한다. 내가 그렇게 생각하며 저수, 원상, 포로를 포로로 넣어 검색하니 글들이 주르륵 올라오기 시작했다.

'원소_역대급_멘붕의_순간.txt', '포로로 잡힌 저수의 가치는?', '원상은 언제부터 위속을 지켜보고 있었나?', '주유가 급사한 이유를.araboja' 같은 제목의 글들이 잔뜩 있다.

그런 와중에서.

'IF_연주 대전에서 여포가 북연주가 아니라 기주를 쳤다면?'

"어?"

묘한 제목이 시야에 들어왔다. 지금까지의 경험상, 무릉도원에서 잭 팟을 터뜨릴 땐 항상 이런 식이었다. 무조건 봐야 한다.

〈위속이 원소 본대를 격파한 직후에 북연주가 아니라 기주를 공격했다면 어땠을까요? 이때 원소는 원상이 포로로 잡힌 것 때문에 멘탈 완전 터져서 아무것도 못 하던 때 아님? 님들은 어케 생각하심?〉

└전설의런원술: 그랬으면 주유 바로 피 뿜고 죽었을 듯ㅇㅇ. 하왜주낭위낭ㅋㅋㅋㅋㅋㅋㅋㅋㅋㅋㅋㅋㅋ

└돌돌허저: 억ㅋㅋㅋㅋㅋㅋㅋㅋㅋㅋㅋㅋㅋㅋ 하왜주낭위낭ㅋㅋㅋㅋㅋㅋㅋㅋㅋ

└대기만성형중달: 삼국지에서 대표적인 병크가 서주성 사태, 말릉 참사 두 갠데 둘 다 가해자가 위속이고 피해자가 주유네? ㅋㅋㅋㅋㅋㅋㅋㅋㅋㅋ

└방통은원통: 가뜩이나 말릉 참사로 한동안 유배당하다시피 했었는데 이렇게 되면 방통도 아마 머나먼 곳으로……. ㅠㅠㅠㅠㅠㅠㅠㅠㅠㅠ

└조건달: 근데 이 당시에 위속이 기주를 공격하면 그거야말로 자살행위 아님? 잔병이야 범현까지 물러났다지만 기주 쪽 성들엔 그래도 병사들 만 명씩은 남아 있었잖음? 글고 방통, 주유 쪽 연합군도 예주로 움직이던 중 아님??

└대군사위속: 아니, 넘아. 위속이 설마 기주 먹을 방법이 없어서 못 했겠음? 당장 나만 해도 이때 저수 포로로 잡았으니까 걔 앞에 세워서 항복시키면 될 것 같구만. ㅋㅋㅋㅋㅋ

└조건달: ;;; 저수 보여주는 순간에 항복하지 말라고 고래고래 소리지를 것 같은데 퍽이나 항복하겠음.

└대군사위속: 너 미필이죠? 전쟁하겠다고 대통령이랑 같이 나갔던 합참의장 포로로 잡아놓고 항복하라고 떠드는데 멘붕 안 하고 버틸 수 있을 것 같음?

└일대제자손권: 연합군 본대는 쩌 멀리 강남에 있지, 서주 쪽으로 뼁 돌아오려면 적어도 한 달에, 보급도 개판이고 사기도 박살 났을 텐데 항복 안 하면 오히려 그게 더 이상함;;

└갓문숙승상: 우리야 원소가 원상이 포로로 잡히고 저수까지 없는데다 허유, 심배가 날뛴 것 때문에 완전 혼돈의 카오스였다는 걸 아니까 이러는 거지. 위속도 설마 그렇게까지 개판이 될 거라고 상상이나 했겠음? 말도 안 되는 병크쇼였는데 ㅎㄷㄷㄷㄷㄷㄷ;;;

병크쇼라고? 도대체 무슨 짓을 했기에? 다시 검색을 해봐야겠다.

그러면서 새로운 키워드를 넣어 다른 글들을 찾아보고 있던 찰나.

쿠구구구궁-! 쿠콰과과과과광!

지금껏 한 번도 들어본 적 없는 굉음이 들려오고 동시에 시야가 확 바뀌었다. 안개 가득 끼어 있던 군막이 사라지고 내 손에 쥐어져 있던 핸드폰이 사라졌다.

대신 나타난 건 내가 잠을 자야겠다며 들어왔던 군막, 그리고 피로가 사라지지 않아 무겁기 그지없는 몸뚱이의 감각이었다.

"으."

갑자기 뭐야, 이게.

내가 인상을 찌푸리며 몸을 일으키는데 병사들 움직이는 소리가 사방에서 들려온다. 병사들의 발소리며 갑옷 이음새가 서로 맞물리는 소리, 창끝으로 땅을 짚으며 내는 턱턱 소리까지.

"어, 장군. 일어나셨습니까?"

휘장을 걷으며 밖으로 나가니 후성이가 걱정스러운 얼굴로 날 쳐다보고 있었다.

"어. 일어나야 할 것 같더라."

무릉도원에 들어갈 때는 아주 작은 소리만으로도 잠에서 깨어나게 된다. 이런 소리가 사방에서 들려오는데 어떻게 안 깨겠어.

그래도 이건 누굴 탓할 게 아닌 것 같다. 대충 휙 주변을 둘러보는 것만으로도 이 상황이 어떤 건지 알 것 같으니까.

원소의 본대를 격파한 직후, 그 패잔병들을 추격하러 나갔던 장수들과 병사들이 돌아오고 있는 것이었다.

"쯧."

한참 열심히 보고 있었는데.

"총군사님! 주공께서 찾고 계십니다!"

혼자 입맛을 다시고 있는데 처음 보는 하급 군관 하나가 말을 타고 달려오며 말했다. 슬슬 가봐야 할 때인 것 같다.

밤새 병사들과 교대로 내 막사 주변을 지키고 있던 후성이를 데리고 형님이 있을 군막 쪽으로 갔다.

"흠. 돌아오던 중인 게 아니었나."

다 모여 있다.

형님은 묘하게 기대된다는 얼굴로 상석에 앉아 있고, 그 앞에 선 진궁과 공명이가 어서 오라는 듯 날 쳐다보고 있다.

장수들 역시 장료와 고순부터 시작해 허저, 위월, 관우, 장비에 학맹, 성렴 등 그동안 완전히 잊고 지내던 이들까지 모두 모여 있다.

여기에 없는 건 방통과 주유를 강남으로 유인하느라 강남으로 갔다가 예주를 방어 중인 제갈영과 감녕, 마초 정도가 전부일 뿐이다. 유비는 일찍이 하비의 백성들을 데리고 예주에서 버티는 중이고.

'아, 손권이도 없구나. 걘 성에 남아 있는 건가?'

그나저나 무릉도원에서 제갈영을 두고 떠드는 건 못 본 것 같은데. 뭐지?

"우리 문숙이도 왔으니 이제 시작하지."

내가 고민하고 있는데 형님이 자리에서 벌떡 일어나며 말했다. 그런 형님이 날, 진궁을 번갈아 쳐다보고 있었다.

아, 제발.

"난 삼십만지적이 되어볼 생각이다. 방통과 주유가 이끄는 대군이 남쪽에서부터 올라오는 중이라며? 그걸 내가 직접 처리하마. 어때?"

"주공. 지금은 범현까지 물러난 원소의 본대를 쳐서 마무리하는 것이 먼저입니다. 오래잖아 그들은 창정진을 지나 청해로 도주할 터, 이번 전쟁을 틈타 원소가 병합했던 북연주를 뺏을 절호의 기회가 아닙니까."

"적의 주력을 격파하면 나머지 땅은 자연스럽게 얻게 되는 거잖아. 그것보단 적의 대군과 싸우는 게 나아. 이런 기회가 언제 또 올 줄 알고. 안 그러냐? 문숙."

형님이 눈동자를 반짝인다. 마치 놀이공원에 가기로 예정된 소풍날을 기다리는 아이의 그것처럼.

하아. 이미 스위치가 들어간 상태다. 저 상태에서 형님을 말리는 건 무리…… 가 아니구나.

"형님. 제가 형님 실망하실까 봐 말씀드리지 않았던 건데요. 지금 그것들 때려잡아 봐야 좋을 게 하나도 없습니다."

"좋을 게 없다니?"

"걔네 지금 엄청 약하거든요. 숫자만 많다뿐이지, 정예라고 할 것도 안 됩니다. 일단 주유 쪽 십오만은 저한테 속아서 사기가 떨어진 데다 강남을 뺏긴 거로 아예 바닥을 쳤어요. 주유도 다 죽어가는 중이고. 그렇다고 해서 방통과 원담이 지휘하는 이십만이 멀쩡하냐 하면 그것도 아니거든요?"

내가 이렇게 말을 하니 진궁이 날 쳐다본다. 마치 내가 생각하는 게 뭔지 자기도 알 것 같다는 듯.

내가 잠시 말을 멈추니 진궁이 타이밍 좋게 끼어들며 말을 잇기 시작했다.

"총군사의 말씀이 참으로 옳습니다, 주공. 본디 북방군이었던 원담 휘하의 대군은 척박하고 따스한 강남으로 내려가 풍토병을 얻어 매우 약해진 상태입니다. 어디 그뿐이겠습니까? 보급선이 지나치게 길어졌고, 평지로 가득한 북방과 달리 강이며 호수며 하는 것들로 가득한 강남에 다녀오느라 피로가 잔뜩 쌓였답니다. 아주 약합니다. 톡 치면 무너질 정도로 나약합니다."

원소군 야캐요. 원술군도 야캐요.

우리의 그 말 때문일까? 형님이 인상을 찌푸리고 있었다.

"그렇게 약해졌다는 게 정말이냐?"

"형님, 제가 지금까지 틀린 걸 말씀드렸던 적이 있습니까?"

"없었지. 아, 그 자식들이 진짜로 그렇게 약해졌다고? 아니, 그게 말이 돼? 무려 삼십오만이나 된다면서?"

형님이 목소리에 점점 짜증이 깃든다.

"하. 어이가 없군. 어이가 없어."

적들이 약해졌다고 짜증을 내는 건 온 천하에 형님 한 분뿐일 겁니다.

그래도 얼추 말은 먹혀들어 가는 것 같다. 형님이 뚱한 얼굴로 자리에 앉아 턱을 괴고 있었다.

그 광경을 지켜보던 장비는 이상하다는 듯 고개를 갸웃거렸다. 이상해도 너무 이상하다.

"형님, 이자들이 지금 여 사군이 싸움에 나서려는 걸 말리려고 하는 거 맞소?"

"내가 보기에도 말리려는 것 같기는 하다만……."

아리송하긴 자신 역시 마찬가지라는 듯 관우가 수염을 쓰다듬으며 말했다.

싸움을 말리는데 그 이유가 상대가 너무 약하기 때문이란다. 보통은 장수를 도발할 때나 이렇게 이야기하게 마련인데 그 진궁과 그 위속이 이야기하는 대상이 바로 여포다. 위속과 진궁이 여포를 도발할 일이 뭐가 있단 말인가.

그런데 또 웃긴 건 여포가 그 말에 짜증을 내면서도 적들이 약하니 공격하지 말라는 그 말을 납득하는 것 같은 모습을 보인다는 점이었다.

싸움을 말린다는 건 상대가 지나치게 강하다거나, 그들을 공격할 필요가 없기 때문이어야 한다. 그런데 이렇게 상대가 너무 약하니까 공격하지 말라니.

"그래, 좋다. 그놈들이 다시 힘을 되찾을 때까지 기다리도록 하지."

그런 와중에서 여포가 그렇게 말하니 장비는 자신이 어디에 온 것인지조차 기억이 잘 나지 않을 정도였다. 여기가 분명 여포의 진영이 맞기는 한 것인가? 적들이 약하니 강해질 때까지 기다려 준다니?

더 웃긴 것은 여포의 그 말을 듣고도 위속과 진궁, 제갈공명은 동의한다는 것 같은 얼굴로 고개를 끄덕이고 있다는 점이었다.

그때.

"주공! 닭 잡는데 소 잡는 칼을 쓸 필요가 없지요. 소장에게 병사 삼만 명만 주십시오. 이 학맹이 가서 적들을 모조리 쓸어버리겠습니다!"

"맞습니다, 주공! 저 성렴이 학맹 장군과 함께할 것입니다. 명령만 내려주십시오!"

가만히 눈치만 보고 있던 학맹이, 성렴이 벌떡 일어서서는 여포를 향해 포권하며 말했다.

"그래. 이걸 우리만 이상하다고 느낀 건 아니었던 모양이오."

주변에 들리지 않을 자그마한 목소리로 장비가 말했다.

관우가 고개를 끄덕였다.

학맹, 성렴의 저 말은 고작 삼만 명밖에 안 되는 병력으로 삼십만이 넘는 대군을 격파하겠다는 그 말이 타당한지 아닌지를 떠나 어쨌든 장비나 관우의 상식과 맞닿아 있는 것이었으니까.

그랬는데.

"야. 내가 찜한 건데 너희가 거기에 손을 대려고 해?"

"예, 예?"

"주공! 적의 주력을 섬멸할 더없이 좋은 기회입니다! 소장들이 나서서 책임지고 그들을 격파하겠습니다!"

"안 돼. 돌아가. 안 바꿔줘."

"주, 주공!"

"그것들은 내 거다. 양보 못 해줘."

단호하기 그지없는 목소리로 그렇게 말하는 여포의 그 모습에 장비는 자신도 모르게 고개를 절레절레 저었다. 자신의 사고방식으로는 도저히 이해할 수가 없는 일이었다.

"무릇 장수라면, 사내대장부라면 온 힘을 다해 강대한 적과 부딪쳐 자신의 강함이 어디까지 닿을지 시험해 볼 줄도 알아야 한다."

근엄하기 그지없는 얼굴로 여포가 그렇게 말했다.

자신의 강함이 어디까지 닿을지를 시험해 본다는 말에 장비가 자신도 모르게 주먹을 움켜쥐었다.

자신도 옛날, 아직 젊고 패기가 넘치던 시절엔 그런 생각을 해본 적이 있기는 했다. 만인지적의 강력한 장수가 되어 천하를 호령하겠다던.

하지만 나이를 먹으며 차츰 현실을 깨닫고, 다른 이들과 같은 눈으로 같은 것을 보아오며 그러한 생각은 조금씩 흐려지는 중이었다.

"나의 강함이 어디까지 통할지……."

묘하게 울림이 있는 말이다.

장비가 나지막이 중얼거렸을 때.

"안 그러냐?"

여포의 목소리가 들려왔다. 여포가 장비를 똑바로 쳐다보고 있었다.

가슴이 뛴다. 그러나 장비는 아무런 말도 하지 못했다.

여포는 그럴 줄 알았다는 듯 다시 시선을 옮기고 있었다.

"뭐, 아니면 말고. 그래서 그 연합군을 공격하는 게 아니면 뭘 어떻게 하자고?"

여포가 이번엔 위속을 쳐다보며 말했다. 위속이 자신만만한 얼굴로 여포를, 좌중을 돌아보더니 입을 열었다.

"북연주를 넘어 기주를 칠 것입니다."

"아니, 기주를 친다니? 그게 무슨 소리요?"

내가 말을 끝내기가 무섭게 진궁의 당황해하는 목소리가 들려왔다.

"원담에게 이십만 대군이 맡겨져 있고, 당장 원소가 이끌던 십만 대군이 박살 났다지만 아직도 하북엔 사십만에 가까운 병력이 남아 있소. 한 번 승리를 거뒀다 하여 하북의 기력이 완전히 쇠한 게 아니거늘, 어찌 기주를 공격한단 말이외까."

"승산이 있으니 하는 이야기입니다."

"물론 그리 판단하였으니 이야기하는 것이겠지. 내 지금껏 총군사의 말이라면 흙을 삶아 쌀밥을 만든다 하여도 믿었소. 하오나 이건 아니외다. 당장의 승리에 취해 원소를 궁지로 몰아세우는 것은 벌집을 건드리는 꼴이나 마찬가지요."

"내가 보기에도 솔직히 이건 공대 선생의 말씀이 옳은 것 같소이다. 이제 추수도 끝났고 곧 있으면 겨울이니 원소가 조금만 무리한다면 얼마든지 이십만, 삼십만 정도는 더 끌어낼 수 있을 게 아니오."

지금껏 가만히 이야기를 듣고만 있던 장료까지 나서서 말하자 주변의 장수들이 고개를 끄덕인다.

진궁이 자신의 이마를 매만지며 작게 한숨을 내쉬더니 날 응시했다.

"우리는 지금 원소가 가장 총애하는 피붙이라는 원상을, 하북의 총군사인 저수를 포로로 붙잡았소. 총군사 역시 이번 전쟁이 우리에게 압도적으로 불리한 것이었음을 알고 계시질 않소이까. 요행히 약간이나마 유리한 상태에서 전쟁을 끝낼 기회가 왔소. 이 기회를 날려 버릴 순 없소이다."

그러면서 진궁이 우리 관우 형, 장비를 한 번씩 쳐다본다. 서주까지는 신경 쓰지 못할 상황이라 미안하다는 것처럼.

"공대 선생. 한 가지만 여쭙겠습니다."

"무엇을 말이오?"

"조금 전에 제 이야기라면 흙으로 쌀밥을 짓는다고 해도 믿었다 하셨죠?"

"그렇소."

"그 허무맹랑한 이야기, 한 번만 더 믿어보지 않으시겠습니까?"

내가 그렇게 말하니 좌중의 분위기가 차갑게 싹 가라앉는다. 진궁이 날 황당하다는 듯 쳐다본다. 장료 역시 마찬가지.

"방법이 있는 것이오?"

"예."

"총군사. 아니, 위속 장군. 이는 그대뿐만 아니라 우리의 주공이신 여 사군 그리고 그 휘하의 여러 장수와 관료를 비롯해 수십만 명의 목숨이 오가는 일이오. 참으로 확실한 것이오?"

더없이 진지한 얼굴로 진궁이 말했다.

내가 고개를 끄덕였다. 이런 기회라도 살리지 않으면 우리는 언제까지고 원소와 원술, 조조의 사이에서 샌드백이 되어 얻어맞고만 있어야 한다. 그렇게 버티기만 하다간 결국 오래 버티지 못하고 망하게 되겠지.

설령 내가 무릉도원을 볼 수 있다 하더라도 결과가 크게 달라질 것 같지는 않다. 어느 한 지역에서 전투 한 번, 두 번 정도 치르는 것으로 대국이 달라진다면야 얼마든지 할 수 있겠지만, 지금은 이미 그런 시대가 아니다. 이번엔 방통의 그 계략이 내가 주유를 자극하고 기만하는 과정에서 어그러졌다고 하지만 다음번에도 이렇게 될 것이라고 보장할 수는 없는 일이니.

"확실한 이야기입니다."

"……주공께서는 어찌 생각하십니까?"

내가 그렇게 말하니 진궁이 한숨을 푹 내쉬며 형님 쪽으로 시선을 옮겼다. 순간의 망설임조차 없이 형님이 고개를 끄덕이고 있었다.

"문숙이 그렇다면 그런 것이겠지."

형님의 그 목소리와 함께 진궁이 또다시 한숨을 푹 내쉬었다. 이제는 자기도 모르겠다는 듯, 약간은 자포자기한 것 같은 모습으로 그가 고개를 끄덕였다.

"흙으로 쌀밥을 짓는다는 장군의 그 이야기, 한 번 더 믿어 보리다."

"감사합니다, 선생. 감사합니다, 형님."

진궁을 향해 그리고 형님을 향해 내가 포권하며 고개를 숙였다.

이 시대에서 위속이 되어 깨어난 이후, 처음으로 해보는 포권인 것 같다. 그래서일까? 나도 이제는 정말 이 시대를 살아가는 사람이 되어버린 것 같은, 그런 느낌이 든다.

다시 돌아갈 방법이 없다. 어쩔 수 없는 거겠지.

"위속 장군, 이제 우리가 어쩌면 되는 것이오?"

내가 그렇게 혼자 생각하고 있는데 장료가 영 못 미덥다는 얼굴로 날 쳐다보고 있었다.

"곧 말씀드리겠습니다. 머릿속을 좀 정리하고요."

머릿속에는 무릉도원에서 본 정보들이 잔뜩 들어 있다. 하지만 그건 어디까지나 미래에서 무릉도원에 접속한 사람들이 이야기하는 정보일 뿐이다. 그걸 이 순간의 것으로 바꿔야 한다.

누가 누굴 노리고, 누가 무엇을 지휘하며 어떻게 움직였는지. 그 정보들을 토대로 내가 지금 보고 있는 이 지도 안에서 움직인다면 어디를 지나서 무엇을 어떻게 공격할지.

그 옛날, 동민에서 진궁이 조조의 계략이 무엇인지를 들은 것만으로도 전후좌우 모든 상황을 머릿속으로 그려내 술술 설명한 것처럼 지금은 나도 그렇게 해야 한다.

"위월."

"예?"

"지금 당장 보병 오천을 이끌고 거야호 동남쪽 금산에 가서 매복하도록. 내일 새벽이면 원소군 일만이 나타날 거야. 우리 영채를 야습하려고 오는 놈들이니 그들을 격파해."

"워, 원소군이 나타난다고요? 금산에 말입니까? 지금의 이 시점에서요?"

"위속 장군. 내 묻지 않으려 하였으나 이는 꼭 물어야겠소. 원소는 지금 장군이 직접 이끌고 온 병마와 장수들에게 본대가 크게 깨져 사분오열된 것으로 모자라 북쪽으로 백 리를 물러나며 동평으로 도망치는 중이라 들었소. 그런 자가 어찌 우리 영채를 야습한단 말이오?"

지금껏 한마디도 않고 있던 고순이 정말 의아하다는 듯 한 걸음 앞으로 나오며 말했다. 그 옆에서 장료가 고개를 끄덕이고 있었다.

"평상시와 같다면 원소가 이렇게 움직이지 않을 것입니다. 그 수하들 역시 마찬가지일 것이고요. 그러나 지금은 평시와 다릅니다. 원소 휘하의 총군사 저수가, 원소가 사랑하기 그지없는 막내아들이 우리의 손아귀에 들어와 있습니다. 심지어는 내심 후계자로 점찍어두기까지 한 아들이죠. 지금 원소는 눈이 돌아가서 아무것도 보이지 않을 겁니다."

"후계자라니? 원상은 기껏해야 열 살 남짓한 젖비린내 나는 녀석이질 않소? 이미 원담과 원희라는 장성한 아들이 있을 터인데?"

"고순 장군. 원담은 일전에 스승님께 패한 이후, 청주에서 절치부심하며 와신상담하는 것이 아니라 주색에 빠져 방탕한 생활을 이어가 원소의 눈에 난 지 오래입니다. 원희는 원소의 아들임이 분명하나 능력이 없어 애초부터 후계 구도에서는 밀려난 지 오래였고요."

날 대신해 공명이가 나서서 말하자 고순의 눈이 동그래진다. 진궁 역시 원소의 의중이 원상을 향해 있었다는 것까진 몰랐다는 듯 황당해하며 날 쳐다보고 있었다.

"그렇기에 더더욱 원소가 극단적으로 움직이게 될 것입니다. 기주, 유주, 병주, 청주를 집어삼킨 원소의 힘을 조금이라도 깎아내리려 한다면 지금이 바로 다시없을 그 기회입니다."

"허허…… 그 이야기를 듣고 나니 장군이 구상하는 바가 조금씩 이해가 되는구려. 확실히 그러하다면 말이 되지. 되고말고."

진궁이 그렇게 말하며 고개를 끄덕인다.

고순 역시 이제는 이해했다는 얼굴로 다시 자신의 자리에 가서 섰다.

"계속하셔도 괜찮을 것 같습니다, 스승님."

"오냐. 계속하겠습니다. 장료 장군과 고순 장군. 두 분은 몸이 날래고 담이 큰 병사 이만 명을 이끌고, 지금껏 우리 군이 노획해 모아온 원소군의 군복과 갑옷을 입고 위장해 임성 쪽으로 하여 빙 돌아 태산을 치십시오."

"태산을? 아니, 그건 또 무슨 소리요?"

"장료 장군. 아직 진짜는 시작도 안 했는데 벌써 황당해하실 겁니까? 두 분은 강남에서 부랴부랴 올라온 방통 휘하의 병마인 것처럼 위장해 태산을 싸움 없이 점령해야 합니다. 그렇게 해서 성이 떨어지고 나면 고순 장군께서 오천 명으로 성을 지키고, 장료 장군은 일만 오천을 이끌고 제북으로 가 똑같은 방법으로 성을 떨어뜨리십시오. 만약 통하지 않는다면 전투를 벌여서라도 점령하면 됩니다."

"아니, 제북 정도의 성이라면 적지 않은 숫자의 병력이 주둔하고 있을 것인데 그러한 곳을 어찌 일만 오천으로 점령시킨단 말이오? 사방이 적지인 곳 아니외까?"

진짜 이게 무슨 말도 안 되는 소리라는 듯 장료가 황당해하며 목소리를 높인다. 뭐, 황당할 만도 하지. 이해를 못 해줄 만한 것도 아니다.

"두 분 장군께서 태산에 도착할 때쯤이면 성은 텅텅 비다시피 했을 것입니다. 원상이 포로로 잡힌 일 때문에 마음이 다급해진 원소는 북연주 곳곳에 흩어져 있던 병력을 필요 이상으로 과하게 끌어모을 테니까요."

"만약 장군의 예상대로 일이 진행되지 않는다면 우린 다 죽은 목숨이오."

이제는 얼굴을 찌푸리기까지 하고 있었다.

"그럴 겁니다. 그러나 제가 예상한 그대로 일이 진행된다면 원소는 북연주뿐만 아니라 기주의 남쪽 절반을 잃게 될 겁니다. 그 힘이 크게 깎여 나가겠죠. 그러니 부디 상황이 마무리될 때까지 제북을 굳게 지켜주십시오."

"하, 이게 무슨……."

내가 명령하는 것들이 정말 말도 안 된다는 것처럼 장료가 고개를 절레절레 젓는다. 저렇게 툴툴거리곤 있어도 막상 일이 내가 이야기한 것처럼 진행된다고 하면 언제 그랬냐는 듯 말을 잘 들을 거다.

사실 툴툴거린다고 해도 상관은 없다. 옛날, 무릉도원에서 수성의 달인이라며 찬양받았던 장료다. 제북으로 집중될 적들의 공세를 막아내며 내가 원소와 담판을 벌일 때까지 버텨주기만 하면 나한테 쌍욕을 한다고 해도 진심으로 기뻐하며 웃어줄 수 있다.

"공대 선생."

"말씀하시오, 총군사."

내가 호명하기가 무섭게 장료와는 달리 더없이 진중하면서도 정중하기 그지없는 모습으로 진궁이 날 향해 포권했다.

"선생께서는 삼만 병력을 이끌고 임성 동남쪽의 관세산에 매복하십시오. 며칠 지나지 않아 원담이 자신의 휘하 병력 오만과 함께 기진맥진한 모습으로 나타날 것입니다."

"……허면 병마는 깨부술지언정 원담을 죽이거나 포로로

잡지는 말아야겠구려. 총군사께선 원상 역시 머잖아 원소의 품으로 돌려보낼 것 같으니. 원담 역시 원소의 아래에서 후계 구도를 두고 분란을 일으켜야겠지.

"바로 그렇습니다."

"총군사의 명에 따르겠소."

진궁이 재차 포권하며 말했다.

이제 남은 건 기주의 남쪽을 점령하는 거다.

"공명아."

"예?"

"네게 병사 삼만을 주마. 허저와 함께 저수를 데리고 기주로 가서 가능한 한 많은 성을 손에 넣거라. 자유를 줄 것이니 마음껏 활개 쳐보거라."

"정말이십니까?"

공명이의 눈이 동그랗게 커진다. 녀석이 정말 뛸 것처럼 기뻐하고 있었다.

"그렇게 좋냐?"

"이게 안 좋을 수가 있겠습니까? 제가 일군의 주장이 된다는 거잖습니까? 제가 병마를 통솔하게 되는 건데 당연히 좋죠. 맡겨만 주십쇼. 스승님의 기대에 부응하겠습니다."

그러면서 공명이가 조금 전, 진궁이 그랬던 것처럼 날 향해 포권하며 고개를 숙이고 있었다.

다른 누구도 아닌, 제갈공명이다. 아직 좀 어리고 약간은 덜 성숙하긴 했지만 그래도 자기 몫은 충분히 해낼 수 있을 거다.

원소와의 전쟁에서 나 몰래 유비군을 지휘해 성과를 냈던 것처럼, 이번에도 확실하게 성과를 거두겠지. 그래야만 한다.

"믿는다, 공명아."

"예!"

아니, 못 믿겠다. 솔직히 걱정스럽다. 쓰읍…….

물가에 자식을 내놓는 것 같은 느낌. 아직 공명이한테 군을 지휘해 보라고 맡겨본 적이 없어서 더더욱 그런 느낌이었다.

내가 그렇게 생각하며 미간을 매만지고 있을 때, 섬뜩한 뭔가가 느껴졌다. 나도 모르게 고개를 돌리니 형님이 그 부리부리한 눈으로 나를 쳐다보고 있었다.

"문숙."

"예?"

"우리가 원상을 포로로 잡아서 원소가 눈이 돌아갔으니 대군이 모이겠지? 얼마가 모일 것 같으냐?"

"최소 삼십만에서 최대 사십만까지는 추가로 더 모일 겁니다. 그걸 상대하러 가야 하는 건 형님과 저, 후성이를 비롯해 남은 장수들과 사만 명 남짓한 병사들이고요."

"오, 좋군."

형님이 씩 웃는데 고순이 딱딱하게 굳어진 얼굴로 다시 걸어 나와 말했다.

"위속 장군. 설마 나머지 병력으로 원소의 본대를 상대하고자 하는 것이오?"

"예, 그래야 할 것 같습니다."

"그대의 말대로라면 최소가 삼십오만이고, 최대가 사십오만인데 그만한 규모를…… 고작 사만 명 남짓한 병력으로 상대한다는 게, 이게 가능할 일이오?"

"왜 안 돼?"

고순이 황당하다는 듯 말하는데 형님이 자리에서 벌떡 일어났다.

"주공. 너무도 무모한 일입니다."

"해볼 만한 싸움이야. 잘 봐라. 나 여포가 삼십만을 상대한다. 그리고 우리 동생 문숙이 오만, 관우가 오만, 장비가 또 오만을 상대하면 되겠군. 거기에 우리 병사들까지 사만 명이나 있으니 우리가 압도적으로 유리하다. 안 그러냐? 문숙."

그렇게 말하면서 형님이 씩 웃는다.

"하, 하하…… 그렇죠. 그렇고말고요."

절대로 싸우면 안 되겠다. 일이 계획대로 진행되지 않으면 정말 난감해질 거다.

사십만은 오바라고요, 형님.

📱

"후…… 뭐가 어떻게 되어가는 건지 알다가도 모르겠군."

여포의 군막에서 치러졌던 회의가 끝난 직후, 위속이 이야기한 그대로 행하기 위해 말 위에 올라 병사들을 이끌고 동쪽으로 나아가던 진궁이 혼자 중얼거렸다.

믿음과 신뢰의 위속이다. 지금껏 그가 보여준 모든 것들을 생각해 본다면 확실히 그렇기는 하지만 이번의 일은 여러모로 걱정스럽기가 그지없다.

하지만 그럼에도 위속의 말을 듣는 것 이외엔 선택지가 없는 것 역시 마찬가지였다.

'이대로 있다간 말라 죽는 것밖에 없긴 하지.'

원소에 비해 백성들의 숫자도 적고, 병마도 적으며, 장수 역시 턱없이 모자라다. 몇 번은 이길 수 있을지 몰라도 시간이 지나면 지날수록 불리해지는 것은 여포이며 연주이고, 예주다.

그나마 위속이 조조를 도와 원소가 관중으로, 서량으로 진출할 여지를 차단했으니 망정이지, 만약 그게 아니었다면 상황은 더더욱 암담했을 것이다. 천하의 절반 이상을 집어삼킨 원소를 상대해야 하는 꼴이 벌어졌을 테니까.

"암울하구나. 암울해."

장기적인 관점에서 봤을 때, 원 씨들의 틈바구니에서 망하지 않고 살아남으려면 이렇게라도 발악을 해야 하기는 하지만 앞길이 보이질 않는다.

그 막막함 속에서 진궁이 땅이 꺼져라 한숨을 내쉬고 있을 때, 저 뒤에서 말발굽 소리가 들려왔다. 위속의 심복이나 마찬가지인 후성이 말을 달려오고 있었다.

"공대 선생! 공대 선생!"

"무엇인가?"

"받으십시오. 위속 장군께서 건네시는 물건입니다."

후성이 품속에서 빨간색, 파란색 비단 주머니 두 개를 꺼내 내밀더니 말을 이었다.

"위속 장군께서 말씀하시길 원담을 격퇴한 뒤에 빨간색 주머니를 열어보시라 하셨습니다. 그리하면 파란색 주머니를 열어야 할 때는 자연스레 아실 것이라 하셨고요."

"그래서 이게 뭔데 열어보라는 것인가?"

"계책이 담긴 주머니입니다."

"계책?"

"예."

진궁이 후성을, 두 주머니를 번갈아 쳐다봤다.

계책이 담긴 주머니라니.

"어쩌면 내가…… 그대를 잘못 보고 있었는지도 모르겠구려."

"예?"

"아닐세. 총군사께 하명하신 대로 할 것이니 동쪽은 걱정하지 마시라 이르도록 하게."

"예, 선생."

후성이 진궁을 향해 포권하고서 다시 자신이 영채 안쪽으로 달려가기 시작했다.

진궁은 그런 후성의 뒷모습을 잠시 응시하다가 말을 몰아 동쪽으로 나아갔다. 그저 주머니 두 개를 받았을 뿐인데 마음이 한결 편해지는 느낌이었다.

7장
오늘이다

"후, 이제 대충 급한 건 다 처리된 건가."

피로가 밀려온다. 팽팽하게 잡아당겨져 있던 긴장의 끈이 탁 풀리는 느낌이다. 마음 같아선 다시 내 군막으로 돌아가 떡 실신하고 싶은데 그러기도 애매하고.

'에이, 모르겠다.'

"형님. 잠깐 가서 좀 쉬다가 오겠습니다."

"사십만 명과 싸우려면 체력을 비축하는 것도 중요하지. 다녀와라."

'그 사십만 명이랑 싸울 일이 없을 거라니까요, 형님.'

목구멍까지 치밀어 오르는 그 말을 꾹 눌러 삼키며 나는 형님의 막사를 나섰다. 역시 이렇게 피곤할 땐 그냥 푹 쉬는 게 최고다. 어차피 당장엔 내가 해야 할 것도 없으니까.

그렇게 생각하면서 터벅터벅 내 군막 쪽으로 향하는데 후성이가 날 향해 달려오고 있었다.

"장군!"

"뭐야. 왜? 문제 생겼어?"

"아니요. 그런 게 아니라, 원상이 장군을 뵙길 청하고 있습니다."

"원상이? 나를?"

부른다니 가서 보기는 해야겠지.

원상을 가둬둔 군막으로 향했다. 혹시나 모를 상황에 대비해 병사 백 명이 철통처럼 지키고 있는 그 군막의 휘장을 걷으니 한쪽에 앉아 있던 똘망똘망한 얼굴의 꼬맹이가 벌떡 일어나고 있었다.

"흠."

어째 이쪽 동네 꼬맹이들은 다 비슷하게 생긴 건가? 손권이를 처음 봤을 때랑 비슷한 느낌이다.

머리는 올백 포니테일로 묶어서 넘겼고, 검은색 도포 같은 걸 입고 있다.

다 자라고 나면 여자 꽤나 울리고 다닐 기미가 보이는, 잘생긴 녀석이긴 한데 아직은 젖살도 덜 빠져서 볼이 빵빵한 게 그냥 귀엽게만 느껴지는 외모다.

녀석이 신기하다는 것처럼 날 쳐다보고 있었다.

"위속 장군이십니까?"

"응, 왜 불렀냐?"

"꼭 뵙고 싶었습니다. 천하에서 둘째가라면 서러운 명장이시니까요."

애가 뭔 소릴 하는 거야?

"좀 더 좋은 상황에서 뵈었으면 좋았을 것 같은데. 이렇게 포로로 잡힌 상태라 아쉬울 뿐입니다."

"그래서 뭘 말하려고 하는 건데? 용건만 간단히 하자. 나 바쁘거든?"

가서 잠도 자야 하고, 침대에서 뒹굴뒹굴도 해야 한다고.

"제안을 하나 드리려고요."

"그래서 뭐? 무슨 제안?"

"저희, 아버지의 아래에서 총군사가 되시는 건 어떻겠습니까? 장군께서도 아시는 것처럼 하북과 하남의 차이는 명백하니까요. 지금처럼 가면 전황은 언제고……."

"무슨 소리를 하려고 불렀나 했더니. 이런 거였냐?"

어처구니가 없네. 만약 이런 제안을 하는 게 원상이 아니라 원담이었다면 당장에 한 방 먹였을 거다.

"야. 내가 우리 형님 두고 너희한테 갈 것 같냐? 네가 아직 나이가 어린 걸 고맙게 생각해."

"관심이 없으신 겁니까?"

"그럼 있겠냐? 왜 너희한테 가?"

"흠……."

원상이 미간을 찌푸린 채, 고민하기 시작했다. 자기 제안이 먹혀들어 가질 않는 게 당황스럽다는 눈치다. 애가 뭐 어떻게 자랐기에 이 모양 이 꼴이야?

"좀 있으면 너희 아버지랑 협상해서 몸값 받고 돌려보내 줄 거니까 엉뚱한 짓거리 하지 말고 얌전히 있어. 나 참, 어이가 없어서."

"잠깐만요!"

"뭠마?"

"그러면 이건 어떻습니까? 군 하나를 통째로 장군의 식읍으로 만들어 드리겠습니다. 공이나 후로 봉하고요. 평생 편하게 지내실 수 있을 겁니다. 재물도 내려 드리죠. 황금 천 관에 비단 천 필이면 어떻겠습니까?"

"헛소리도 참……. 너 정도면 병이다, 병."

노답이다, 얘는.

내가 고개를 절레절레 젓는데 원상이 혼란스럽다는 듯 날 쳐다보고 있었다.

"값이 너무 약한 겁니까? 뭘 드려야 수락하시겠습니까? 예?"

"필요 없어, 인마. 헛소리하지 말고 얌전히 앉아 있어라. 아니면 확 볼기짝을 두드려 버릴라."

"보, 볼기짝?"

내 말을 제대로 이해하지 못한 듯, 녀석이 중얼거린다.

뭐 그러든지 말든지. 원소 아들내미지, 내 아들인가?

저거 완전 돈으로 뭐든 다 할 수 있다고 생각하는 철없는 부잣집 꼬맹이를 보는 느낌이다.

원소가 총애하는 후계자의 수준이 저 정도면 뭐…… 앞으로도 해볼 만할 것 같네.

□

쏴아아아아-

수도 없이 많은 별이 하늘에 떠올라 있는 밤중의 초원. 그곳으로 바람이 불어온다.

송(宋)과 황(黃)이라는, 방통과 함께 대군을 이끌고 강남으로 내려갔다는 이름조차 들어본 적 없는 장수들의 깃발을 세우고 동쪽으로 나아가며 장료는 주변을 돌아보았다.

자신 역시 마찬가지이긴 하지만 뒤를 따라오는 병사들 역시 원소군의 복식을 그대로 착용하고 있다. 그냥 겉으로만 봐서는 이게 여포군인지 원소군인지 알 수가 없을 정도.

"쯧. 일이 잘못되고 나면 도망치기는 좋겠소."

한참이나 병사들의 그 모습을 물끄러미 응시하던 장료가 혀를 차며 말했다.

"잘 될 것이오. 다른 이도 아니고 총군사께서 직접 입안한 계획이질 않소이까."

"난 모르겠소. 총군사가 지금껏 말도 안 되는 군공을 세워 온 건 인정하지만, 그 역시 사람이질 않소? 적이 어디에서 어떻게 움직일지, 아직 아무런 정보도 없었는데 어찌 앉은 자리에서 다 예상할 수 있단 말이오."

"그래도 금산에 매복해 있던 위월이 적을 격퇴하였다 하지 않았소?"

어젯밤 전해져 온 그 정보를 떠올리며 고순이 말했다.

병사 오천을 이끌고 금산에 매복해 있던 위월이 적 일만을 맞이해 거의 반수 이상 처치하며 격퇴했다 했었다.

그만한 전과면 위속이 내세운 계책들을 신뢰하기엔 모자람이 없다. 지금껏 위속이 직접 계책을 내며 지휘해 온 전투의 결과를 고려해 본다면 더더욱. 고순은 그렇게 생각하고 있었다.

"뭐, 정탐이 돌아오고 나면 우리도 알 수 있겠지. 만약 총군사가 말했던 것과 다르다면 나는 심각하게 고민을 시작할 거요."

사실 고민하고 자시고 할 것도 없다. 성이 텅 비다시피 한 게 아니면 결국 공성전을 치러야 하는데 이곳은 북연주에서도 동쪽 끄트머리에 위치한 곳이다. 일이 계획대로 진행되는 게 아니면 보급도 유지할 수 있는 것인 만큼, 군의 전멸을 막기 위해서라도 물러나는 게 맞을 상황이었다.

"두고 보면 알게 되겠지."

팔짱을 낀 채 앞을 응시하며 고순이 나지막이 중얼거렸다.

그런 고순의 시야에 저 멀리에서 이쪽을 향해 말을 달려오는 부장의 모습이 들어오고 있었다.

"장군! 장군!"

"어찌 되었느냐?"

장료가 말을 몰아 부장 쪽으로 달려갔다. 부장이 살짝 상기된 얼굴로 장료를, 고순을 번갈아 쳐다보고 있었다.

"뭐야. 왜 그러고 있어? 얘길 해야지. 성은 어떻더냐?"

"총군사의 말씀이 맞았습니다. 성이 텅 비다시피 한 상태였습니다."

"뭐라? 정말이냐?"

"예, 장 장군! 소장이 혹시나 하는 마음에 척후와 함께 성을 한 바퀴 빙 돌아보았는데 인력이 너무 모자란 나머지 횃불마저 제대로 켜지지 않은 곳이 허다하였습니다. 불이 밝혀진 곳에서도 거수되어 있는 깃발들의 상태가 몹시 좋지 않은 것이 인력이 절대적으로 부족한 모습이었습니다."

"크크. 크흐흐, 내 이럴 줄 알았다. 총군사가 누구더냐! 우리 위속 장군이 직접 낸 계책인데 당연히 맞아떨어지겠지. 내 한참 전부터 믿고 있었느니라. 아니 그렇소이까? 고순 장군!"

장료가 잔뜩 흥분한 목소리로 말했다. 고순은 피식 웃으며 못 말리겠다는 듯 고개를 절레절레 젓고 있었다.

"지금 즉시 태산을 향해 나아갈 것이다. 태산을 친다! 속도를 올릴 것이니 다들 서두르거라!"

장료가 외치는 그 목소리가 여러 부장들, 천부장과 백부장들을 통해 군 전체로 퍼져 나가기 시작했다.

그 와중에서 장료는 허리춤에 찬 검을 만지작거리며 태산이 있을, 어둠 속에 잠겨 있는 저 동쪽을 노려보며 씩 웃고 있었다.

"스승님! 적들이 오고 있습니다!"

관세산 중턱. 그곳의 수림 사이에 서 있던 진궁을 향해 왕삼이 다가와 말했다.

진궁이 고개를 끄덕였다.

"오냐. 나도 보고 있느니라."

사실 알려줄 게 없기도 했다. 어둡기 그지없는 밤하늘 아래 남쪽에서 수도 없이 많은 횃불이 일렁이며 이쪽을 향해 다가오는 중이니까. 이 시점의 남쪽에서 저렇게 나타날 것은 위속이 이야기했던 것처럼 원담의 군대 말고는 없을 것이었다.

"모두에게 대기하라 이르거라."

"예, 스승님."

왕삼이 저 뒤쪽에서 대기하고 있던 부장을 향해 달려가 진궁의 명령을 전하고선 돌아오더니 호기심 가득한 얼굴로 말했다.

"근데 위속 장군은 어떻게 이런 걸 다 예측한 걸까요? 스승님은 혹시 아십니까?"

"그거야 당연히……."

평소 왕삼이 자신에게 질문하던 때엔 어련히 그랬던 것처럼, 별것 아닌 것처럼 대수롭지 않게 이야기하려던 진궁이 입을 다물었다.

어떻게 예측한 것일까.

'첩보가 있었던가?'

아니다.

주유가 예주에서 첩보망을 조직해 가동시킨다는 이야기가 전해 들려온 이후, 진궁은 위속의 제안을 받아들여 지금껏 수도 없이 많은 간자들을 뿌려왔다.

그 간자는 연주와 예주, 기주와 강남, 심지어는 서주와 사주 및 형주까지 진출해 있다. 그들을 유지하고, 좀 더 양질의 정보를 캐오도록 하기 위해 막대한 예산을 쏟아붓고 있기까지 하는 중이다.

하지만 그 어떤 간자에게도 이러한 소식이 전해져 오지는 않았었다.

"스승님?"

해맑은 얼굴로 반문하는 왕삼의 목소리조차 듣지 못하며 진궁은 계속해서 고민하고, 또 고민했다. 하지만 결론은 같았다.

'원상과 저수가 포로로 잡히며 심리적으로 궁지에 몰린 원소다. 그런 원소가 극단적으로 행동하고자 한다는 것까지는 경우에 따라 충분히 예측할 수 있는 일. 하오나⋯⋯.'

위월을 보내 적의 기습에 대비해 매복시키고, 태산과 제북 두 곳이 텅텅 빌 것이라며 장료와 고순 두 장수에게 병력을 맡겨 공격하고, 저수를 앞세워 기주의 성들을 접수하라며 제갈량을 보냄과 동시에 자신을 움직이기까지.

통상적인 군략의 범주에서는 하나같이 기기묘묘한, 실로 천문을 읽어 상대의 움직임을 예상해 내는 수준의 군략들일 뿐이다. 하지만 그뿐만이 아니다.

진궁이 품속에서 주머니 두 개를 꺼냈다. 원담을 격퇴한 뒤에 열어보라며 준 파란 주머니와 그다음에 보라던 빨간 주머니까지.

"허허……."

위속이 도대체 어디까지 내다보고 있는 것인지 감도 잡히질 않는다. 그 능력이 어디까지인지 역시 마찬가지.

"스승님, 괜찮으십니까?"

그런 진궁을 향해 왕삼이 재차 반문했다. 그제야 정신을 차린 진궁이 고개를 끄덕였다.

"아무래도 총군사는 정말로 천기를 읽어 적들의 움직임을 예상해 내는 모양이다."

자신의 입장에서는 그렇게 이해할 수밖에 없다.

진궁이 계속해서 헛웃음을 내뱉었다.

그런 진궁 그리고 그가 이끄는 병마가 매복한 관세산 코앞으로 원담의 대군이 다가오고 있었다.

"좋구만."

장료와 고순, 진궁, 거기에 공명이까지. 사방에서 승전보가 밀려든다.

내가 이야기했던 것처럼 텅 비어 있는 태산을 점령한 직후, 북서쪽으로 질주하기 시작한 장료가 제북을 점령했다.

진궁은 원담의 오만 대군을 탈탈 털어버린 뒤, 내가 파란색 주머니에 담아 넘겼던 계책대로 움직이며 다음 차례를 기다리는 중이고.

"공명이 이 자식은 진짜…… 흐흐."

조조의 영역이었으나 원소가 점령하고 있던 견성과 늠구를 점령한 것에 이어 계속해서 북서쪽으로 나아가 양평을 향해 나아가는 중이란다.

기주로 진출하기 위해 교두보로 쓸 만한 성 하나, 두 개쯤 점령하고 끝날 줄 알았는데 이 자식은 아무래도 기주 남쪽의 삼분의 일은 집어삼키려고 작정한 모양. 병사도 고작 삼만 명밖에 안 되는데 이렇게까지 움직이고 있다는 게 놀랍기만 할 정도.

"역시 공명이는 공명이야."

이제 슬슬 거의 자라난 것 같으니 인수인계를 해줘야겠다.

그 녀석이 전면에 나서면 난 아무것도 안 해도 된다. 그냥, 진짜 마냥 놀고먹으면서 걱정 없이 호의호식할 수 있을 터.

침상에 드러누운 채, 사방에서 밀려드는 장계를 읽으며 내가 그렇게 만족스럽게 웃고 있는데 군막의 휘장이 걷히더니 익숙한 얼굴이 그 모습을 드러냈다.

"문숙!"

"어라. 형님?"

갑옷을 챙겨 입은 채, 형님이 방천화극을 들고 서 있다. 그 뒤로 관우 형이, 장비가 무장을 갖춘 채로 서 있었다. 심지어는 살짝 넋이 나간 얼굴을 한 후성 역시.

"무기를 챙겨라."

"갑자기 무기는 왜요?"

"적들이 내려오고 있어. 맞이하러 가야 하지 않겠나?"

형님이 씩 웃으면서 말했다.

"원소가 사십만 대군을 이끌고 직접 남하해서 내려오는 중이라 하오."

이번엔 장비까지.

"출진이다! 모두 무기를 챙겨라! 적들이 남하해 내려오고 있다! 주공께서 너희와 함께할 것이다!"

형님이 뭘 어떻게 했는지 설명하기라도 하려는 것처럼, 군막밖에서 출진을 알리는 북소리와 함께 여러 장수들의 목소리가 울려 퍼지기 시작했다.

각자의 군막에서 편히 쉬고 있었을 병사들의 발소리와 병장기 챙기는 소리들이 들려오고 있었다.

'하…… 진짜 지금 딱 좋았는데.'

"가자, 문숙."

"형님. 저 안 가면 안 됩니까?"

"어딜?"

"원소 때려잡으러 가는 곳이요. 어차피 준비는 다 되어 있을테니까 제가 군이 안 가도……."

내가 딱 그렇게 말하며 침상에서 일어나는데 형님이 내 쪽으로 성큼성큼 걸어온다. 그런 형님의 솥뚜껑처럼 커다란 손이 내 손을 덥석 붙잡는다.

형님이 날 쳐다보고 있었다.

'아니, 이 양반이 갑자기 왜 이래?'

"내가 삼십만지적이 되는 날이다. 이런 경사스러운 날에 네가 빠져서야 되겠느냐? 가자. 너는 오늘 오만지적이 될 것이니."

그러면서 형님이 내 손을 붙잡고 잡아끄는데 아무래도 빠지기는 그른 것 같다.

"하, 하하……."

이번에도 빠져나가는 건 안 될 모양이다.

형님의 은혜가 하늘과 같구나…….

"와, 진짜 더럽게 많네."

끝이 안 보인다. 왼쪽 끝에서 오른쪽 끝까지 전부 다 원소군 병력이다. 온 사방에 원(袁)의 깃발이 휘날리고 있다. 옛날, 유벽을 돕겠다고 오대장군을 자칭하던 도적들을 잡으러 갔던 때 오만 병력을 보고 이런 느낌을 느꼈었는데. 이거 참…… 이제는 사십만이라니.

〈이때 원소가 진짜 영혼까지 끌어모아서 병력을 소집하긴 했는데 하나같이 잡병이었음. ㅋㅋㅋ 만약 위속이 이때 뭔가 임팩트 있는 계책 몇 개만 쓸 수 있었으면 이겼을지도 모름. ㅇㅇ〉

무릉도원에서 저 댓글을 보지 못했으면 진짜 내가 이렇게까지 하진 않았을 거다. 솔직히 저걸 봤음에도 좀 후달린다. 애초에 댓글도 이겼을 것이라는 게 아니라 이겼을지도 모른다는 거니까.

사십만 명, 진짜 말도 안 되는 숫자다. 많아도 너무 많잖아, 저건.

"왜 그러냐? 문숙."

내가 혼자 인상을 찌푸리고서 있는데 형님의 목소리가 들려왔다. 형님이 양옆으로 관우 형과 장비를 데리고 내 쪽으로 다가오고 있었다.

"사십만이 참 많은 병력이다 싶기는 했는데 직접 보니 상상 이상인 것 같아서 말입니다."

형님이 고개를 돌려 원소군의 모습을 찬찬히 살핀다.

하지만 그뿐이다. 형님의 얼굴에선 긴장하는 기색을 찾아볼 수가 없다. 오히려 형님의 입가엔 미소가 피어올라 있었다.

"피가 막 끓어오르지 않아?"

"여기에서요?"

"이상하다. 우리 집안사람이면 피가 끓어오를 텐데."

내가 황당해서 반문하니 형님이 고개를 갸웃거린다. 그러면서 형님이 관우 형을, 장비를 번갈아 쳐다보고 있었다.

"너희는 어떠냐?"

"강대한 적이 코앞에 있으니 피가 끓소."

"비슷한 마음이외다. 사내대장부로서 어찌 적들을 앞에

두고 두려워할 수 있겠소이까."

형님이 반문하니 장비가, 관우 형이 말했다.

"소장도 피가 끓습니다, 주공!"

내 옆에 와 있던 위월이 놈 역시 마찬가지. 심지어는 내 바로 뒤에서 기병을 이끌고 움직일 준비를 하고 있던 마초도 평소처럼 갑옷조차 없는 횅한 몸으로 초롱초롱한 눈을 반짝이며 적들을, 형님을 번갈아 쳐다보는 중이다.

'하, 이 인간들 진짜……'

"전 장군 편입니다."

그런 와중에서 후성이 하나만이 나와 같은, 정상인의 마인드를 가지고서 말했다. 진짜 얘밖에 없구나.

"우리 오래가자, 후성아."

"예?"

그게 무슨 소리냐는 듯 녀석이 쳐다보는데 저 멀리에서 말발굽 소리가 들려왔다. 백기를 든 기마 하나가 우리 쪽으로 달려오고 있었다.

"대화를 하자는 사공의 제안이오! 어떻게 하시겠소?"

멀찌감치 떨어진 곳에서 멈춰 선 기마가 소리쳤다.

형님의 시선이 날 향해 옮겨지고 있었다.

"어떻게 하실 겁니까? 형님."

"어차피 때려잡을 놈들이잖아? 때리기 전에 얼굴이라도 한 번 봐두면 좀 더 확실하게 골라서 때릴 수 있지 않겠어?"

"그러면 뭐, 결정됐군요. 가시죠."

형님과 함께 말을 몰아 앞으로 나아갔다.

팔만 명의 병사들을 뒤에 두고서 왕이나 다름없는 형님과 총군사인 나, 단둘이서만 앞으로 나아가는 거다. 딱히 뭐라 말을 하지는 않았지만, 이것만큼 확실한 대답이 없을 터.

우리에게 와서 원소의 말을 전했던 기마가 채 돌아가기도 전에 적 진형의 사이에서 몇 명의 사람들이 말을 몰아 앞으로 나오기 시작했다.

"흠. 장합이랑 문추가 호위인 건가?"

백마를 탄 채 붉은색 전포를 걸친 중년인이 중심에 서고, 그 옆으로 처음 보는 얼굴의 책사 하나가 따라붙는다. 그 주변을 감싸는 건 이미 얼굴을 익히 알고 있는 장합과 문추 그리고 열 명 남짓한 병사들이었다.

이대로면 우리 쪽이 숫자에서 너무 밀리는데.

"형님. 우리도 애들 좀 데리고 갈까요?"

"나 혼자서도 충분해. 문숙 넌 내가 확실하게 지켜주마."

일말의 망설임도 없이 그렇게 말하며 형님이 적토마를 몰고 저 앞으로 달려가기 시작했다.

와, 아무리 그래도 이건 좀······.

장합이랑 문추가 호위로 나선 상황이다. 병사들도 막상 싸우기 시작하면 다들 한가락 하는 놈들일 거고. 만약의 상황이 벌어지면 위험할 것 같은데, 형님은 흠······.

에이, 모르겠다. 진짜로 형님한테는 저것들이야 간단히 때려잡을 자신이 있는 거겠지.

"같이 가요, 형님!"

"……이렇게 가까이에서 보는 건 참으로 오랜만이군."

중년인, 원소가 우리들을 향해 말했다.

멀리에서 봤을 땐 몰랐는데 이렇게 보니 이 인간도 조각 미남이다. 갑자기 짜증이 치미네. 뭐 이렇게 조각 미남들이 많아?

"몇 년 안 된 것 같은데 확 늙었구만?"

형님과 원소는 원래부터 서로 아는 사이였던 모양이다. 형님의 말에 원소가 쓰게 웃으며 고개를 끄덕이고 있었다.

"장군이 이토록 강대하게 성장할 줄, 내 미처 몰랐소."

얼굴을 보니 옛날 얘기나 줄줄 늘어놓으며 '감성팔이'를 시작할 것 같은 느낌이다. 일단은 아들이 우리한테 잡혀 있으니까.

고개를 돌려보니 형님은 됐으니 얼른 본론만 간단히 했으면 좋겠다는 얼굴을 하고 있었다.

"그래서 뭣 때문에 보자고 하신 겁니까? 우리가 웃으면서 서로 얼굴 맞대고 있을 관계는 아닌 것 같은데. 용건만 간단히 합시다."

"무엄하다! 감히 어느 안전이라고 그딴 소리를 지껄이는가!"

내가 말하기가 무섭게 원소의 옆에 있던 중년의 책사가 날 손가락질하며 소리친다. 장합이나 문추 그리고 그들이 데리고 온 병사들 역시 당장에라도 달려들 것 같은 얼굴로 날 노려보고 있었다.

"아니, 얘기 좀 하자며? 그래서 말하는 건데 뭐 문제 있나?"

"감히 네놈 따위가 그리 경우 없이 툭툭 나설 자리가 아님을 모른단 말인가?"

책사가 그렇게 말함과 동시에 형님이 적토마를 몰아 앞으로 나온다. 병사들은 흠칫하며 몸을 움찔거리고 장합과 문추가 자신도 모르게 원소의 앞을 가리고 있었다.

"내 아우에게 그따위로 이야기하고도 살아남기를 바라는가?"

서슬 퍼런 형님의 목소리에 장합과 문추가 이를 악물며 창을 고쳐 잡았다. 병사들 역시 마찬가지. 하지만 그런 병사들의 검은 부들부들 떨리고 있었다.

"아니, 저거 고르고 골라서 데리고 나온 놈들 아닌가? 형님이 말 한마디 한 게 전분데 손이 떨려?"

내가 어이가 없어서 말하는데 '되었다'라며 원소가 장합과 문추의 사이를 지나 앞으로 나온다.

"주, 주공!"

"허유. 이것은 그대의 무례다. 너그러이 넘어가 주지 않겠소? 위속 장군."

"뭐, 그럽시다."

별것도 아닌 걸 가지고. 원소가 이렇게 정중하게 용서를 구하기까지 하는데 쫌생이처럼 굴기도 뭐하다.

"그나저나 뭣 때문에 보자고 한 겁니까?"

"총군사를, 원상 그 아이를 돌려주시오. 두 사람을 무사히 돌려보내 준다면 내 이름을 걸고 약속하건대 그대로 병사를 몰아 북쪽으로 돌아갈 것이니."

나쁘지는 않은 조건이다. 우리가 원하는 게 아니라서 문제이긴 하지만.

"만약 싫다면?"

내가 그렇게 생각하고 있는데 옆에서 형님이 말했다.

동시에 저 멀리에서 기마 하나가 헐레벌떡 달려오는 게 시야에 들어왔다. 원소 쪽 본대에서 보낸 건 아닌 것 같고, 동쪽에서 오는 것 같은데. 제북과 태산이 넘어갔다는 걸 알리는 전령인가?

그 소리를 들은 원소가 잠시 고개를 돌려보더니 말을 이었다.

"권주를 마다한다면 벌주를 내릴 수밖에. 이곳에 모인 사십만 대군과 야전을 치러야 할 것이오. 게다가 지금 이 순간에도 내 첫째 아들놈이 이끄는 대군이 서주를 지나 북상해 오고 있을 터. 비록 산양에서는 홍수가 나 뜻을 이루지 못하였으나 이번엔 그럴 일도 없을 것임을 그대 역시 잘 알 것이 아니오?"

"나쁘지 않군. 그러면 삼십만지적이 아니라 사십만지적, 오십만지적도 가능해지는 게 아닌가."

"허세가 심하군. 제아무리 인중룡 여포라 한들 육십만 대군을 홀로 상대할 수는 없을 터. 이쯤에서 좋게 마무리하는 것이 서로를 위해서도 좋음을 인지해 주길 바라오."

"그러면 나도 조건을 하나 걸어보도록 하지. 저수와 원상을 돌려보내 줄 테니 너희가 데리고 나올 수 있는 병력은 전부 다 끌고 오는 게 어떻겠어? 한 백만 명쯤이면 딱 좋을 것 같은데. 안 그러냐? 문숙."

"하, 하하……. 뭐…… 그렇겠죠. 그럴 수도 있을 겁니다. 예. 그렇고말고요."

"백만? 백만 대군을? 그대가?"

내가 어색하게 웃으며 말하는데 원소가 형님을 무슨 허풍쟁이라도 되는 것처럼 쳐다보고 있다.

나도 저게 허세였으면 좋겠다. 그런데 저 양반, 지금 100% 진심일 거다. 백만 대군이 남하해 내려온다고 하면 백만지적을 지칭하며 달려 나가겠지. 누구보다도 용맹하게 이번에야말로 항우를 뛰어넘을 기회라면서.

머릿속에서 그림이 그려진다. 흐흐…….

"기어코 파국을 원한다는 것인가."

"뭐, 뭐라?"

원소의 얼굴이 점점 싸늘하게 변해갈 때쯤, 허유가 버럭 소리치는 게 들려왔다. 허유의 얼굴이 붉으락푸르락해지고 있다. 원소가 갑자기 왜 그러냐는 듯 허유를 응시했다.

"주, 주공."

허유가 원소에게 다가와 그 귀에다가 대고 나지막한 목소리로 말했다. 우리에겐 들리지 않을 자그마한 목소리다. 여기에서 원소 쪽 책사가 저렇게 반응할 만한 일이라면 그것밖에 없지. 호호.

"원담에 이어서 임성 쪽으로 북상해 올라오던 방통이 박살 났다는 게 기어코 알려진 모양이구만. 우리 공대 선생께서 잘 해주신 모양이고."

이제부터 진궁은 파란색 주머니 속에 담겨져 있는 계책대로 움직이기 시작할 거다.

내가 그렇게 생각하며 주변에다가 대고 들으라는 것처럼 말하니 원소의 눈매가 부들부들 떨리기 시작했다. 그런 원소의 손이 자신의 허리춤, 검집을 향해 있었다.

"네놈. 기어코 우리와 불구대천의 원수가 되고자 하는 것이더냐."

원소의 목소리가 파르르 떨린다. 그러거나 말거나 나는 어깨를 으쓱였다.

"이제 와서 새삼스럽게 불구대천은 무슨 얼어 죽을. 그쪽이 산양에 쳐들어오기 훨씬 전부터 이미 원수지간 아니었던가? 위로는 황실을 능멸하고 아래론 백성을 수탈하고, 뭐 그런 거 같아?"

"충의지사 행세를 하겠다는 것인가. 그래, 좋다. 네놈들 모두 후회하게 될 것이다. 모두 잡아다 산 채로 포를 떠주마."

"됐어. 대화는 이 정도면 다 나눈 것 같군. 안 그러냐? 문숙."

"예, 형님."

"좋다. 내 기필코 네놈들의 목을 베어, 내 아들과 총군사의 제단에 바치리라."

정말 분노에 가득 찬, 당장에라도 씹어 먹을 것처럼 우릴 쳐다보는 원소의 그 모습에 형님이 피식 웃으며 저 뒤쪽을 향해 소리치기 시작했다.

"관우, 장비!"

"예! 뭐 어쩌면 됩니까?"

그 쩌렁쩌렁한 목소리가 저 뒤쪽으로 퍼져 나감과 동시에 장비의 목소리가 들려왔다.

형님이 잘 보라는 듯 방천화극을 들어 원소군의 왼편을 가리키고 있었다.

"쩌어기 왼쪽 끝에서부터 여기 중간까지는 장비 네 거다. 여기부터 가운데는 내 거, 그리고 나머지는 관우 네게 주마! 너희 부족하다고 내 쪽으로 넘어오면 혼난다. 알지?"

"힘들다고 도와달란 소리나 하지 마시오!"

"화끈한 녀석들이야. 마음에 드는걸?"

형님이 씩 웃으며 말하는데 장합이, 문추가 어이가 없다는 듯 형님을 응시한다. 그런 그들은 저 뒤쪽에서 진형을 펼치고 있는 자신들의 병사들을 한 번씩 돌아보더니 고개를 절레절레 내저었다.

"싸운다면 죽음뿐일 것이다."

"죽음뿐이지. 너희한테. 전장에서 보자고. 가자, 문숙."

형님과 함께 말 머리를 돌려 우리 쪽 병사들을 향해 돌아오니 다들 눈이 똥글똥글해져 있다. 특히 관우, 장비는 명령이 떨어지기만 하면 당장에라도 달려 나갈 것처럼 형님을 쳐다보고 있었다.

"어떻게 할 거요. 가면 되오?"

"가야지."

형님이 고개를 끄덕이더니 적토마의 머리를 돌리며 방천화극을 들어 올렸다.

"가자! 삼십만지적이 너희와 함께한다!"

"와아아아아아아아-!"

온 사방에서 병사들의 함성이 들린다. 원소는 자신의 마차 위에서 자욱한 흙먼지를 일으키며 싸우는 양측 병사들의 모습을 지켜보고 있었다.

"이게 무슨……."

처음 싸움을 시작하던 때까지만 하더라도 원소는 무조건 자신이 승리할 것으로 생각했다.

사십만이나 되는 대군과 팔만 남짓한 병력의 싸움이다. 아무리 여포가 직접 나섰다고 해도, 그 수하인 위속이 기기묘묘한 계책을 펼친다고 해도 이만한 열세를 뒤집는다는 건 거의 불가능한 일이다.

그런 게 되려면 사십만 대군이 정말 훈련 한번 제대로 받아 보지 못한, 평생 농사만 짓던 이들을 마구잡이로 징집해 끌고 온 것이어야만 한다.

하지만 이들 중 대부분은 오랜 세월 훈련을 받아온 병사다. 농사철이 되면 각자의 논밭을 일구며 농부가 되어 지내지만, 가을이 되고 추수를 끝내고부터는 관의 지휘 아래 병사가 되어 훈련을 받아온 이들이다. 그런 이들이 사십만 명인데.

"급보입니다! 좌익의 장기 장군이 지원을 요청하고 있습니다! 장기 장군의 부대가 무너지기 직전입니다!"

"우익 역시 어렵습니다! 장비의 공세가 매섭습니다! 여위황 장군께서 공세를 버티다 못해 후방으로 물러나셨으며 문추 장군께서 직접 그 자리를 채우기 위해 움직이고 계시나 여포, 여포가…… 커헉!"

"이, 이보게! 정신 차리게!"

"이보시게!"

전령들의 보고가 쉴 새 없이 이어진다. 하나같이 아군의 급박함을 알리는 목소리들이다. 심지어는 전령이 보고를 채 끝내기도 전에 부상으로 피를 토하고선 말에서 떨어져 절명하기까지 하고 있었다.

원소가 이를 악물었다. 그런 원소의 움켜쥔 주먹이 분노로 부들부들 떨리고 있었다.

하지만 버텨야 한다. 여포가 직접 나서고, 유비 휘하의 맹장이던 관우와 장비까지 합세한 만큼 싸움을 시작하고 나면 쉽지만은 않을 것이라 애초부터 예상했었다.

"주공. 크게 보셔야 합니다. 전투가 시작된 지 이제 겨우 반나절이 지났을 뿐입니다."

옆에서 들려오는 허유의 목소리에 원소가 고개를 끄덕였다.

그러던 찰나.

뿌우우우우우우우우우우-!

저 멀리에서 뿔 나팔 소리가 들려오기 시작했다.

원소의 눈매가 가늘어지고 있었다.

"적진 후방으로 우회해서 간 장합 장군이 돌격을 시작한 모양입니다. 주공의 대군에 비하면 한 줌밖에 안 되는 적들이니 이를 기점으로 무너져 내리기 시작할 것임에 틀림이 없습니다."

"오냐. 이번 전투에서 여포와 위속, 그놈들의 목을 베어야만 할 것이다. 무조건 베어야 한다. 무조건!"

분노에 가득 찬 목소리로 원소가 소리쳤다.

뿌우우우우우우우우우우우우우-!

그때, 또 다른 뿔 나팔 소리가 들려왔다. 이번엔 가까운 곳에서 난 소리였다.

"주, 주공!"

원소의 곁에서 그를 호위하던 장합이 당혹스러운 목소리로 소리쳤다. 뿔 나팔이 난 쪽으로 홱 고개를 돌린 원소의 시야에 흙먼지 사이에서 휘날리는 여(呂)와 진(陳)이 새겨진 깃발의 모습이 희미하게나마 들어오고 있었다.

"여? 진?"

잘 이해가 되지 않는다는 듯 혼자 고개를 갸웃거리며 원소가 중얼거림과 동시에.

"역적 원소의 목을 베자! 역적을 참하라!"

수만 명이 동시에 외치는 우레와 같은 목소리가 들려오기 시작했다. 원소의 얼굴이 험악하게 일그러지고 있었다.

둥- 둥- 둥- 둥-

"하북의 역도들을 모조리 쓸어버려라!"

사십만 원소군의 측면, 그곳에서 병사들을 지휘하며 진궁과 함께 있던 부장들이 목청이 터지도록 소리쳤다.

삼만 명의, 사십만에 비하면 결코 많다고 할 수는 없는 병사들이 있는 힘껏 함성을 내지르며 원소군 동쪽의 측면으로 파고들어 가고 있었다.

"천지 분간 못 하는 멍청이들이 제 죽을 자리를 찾아왔구나! 한 놈도 남김없이 모조리 목을 베어주자!"

그와 동시에 측면을 지키던 원소군 장수의 목소리가 터져 나왔다. 그 휘하의 병사들이 함성을 내지르며 진궁이 이끄는 병사들과 부딪쳐 오고 있었다.

"선생. 적들의 저항이 거세어 보입니다."

그런 진궁을 향해 그와 함께 관세산으로 내려갔던 장수, 조성이 살짝 굳어진 얼굴로 말했다. 진궁의 입가에 미소가 피어오르고 있었다.

"거세겠지. 당연히 그럴 것일세."

"이대로라면 아군은 압살을 면치 못합니다. 방법을 내야 합니다, 선생."

조성의 얼굴이 조금 더 딱딱하게 굳어졌다. 진궁은 여유롭기 그지없는 얼굴로 말 위에 올라 자신의 수염을 쓰다듬고 있었다.

"선생!"

"재촉하지 말게, 조 장군. 우리는 이미 총군사의 머릿속 바둑판에 올라간 돌이 되어 있으니. 지금쯤 총군사는 우리를 이용해 원소의 뼈와 살을 추리고자 움직이고 있을 터."

"……예?"

잘 이해가 되질 않는다는 듯, 조성이 반문했다.

진궁은 그런 조성을 충분히 이해한다는 듯 허허, 하고 너털웃음을 터뜨리더니 저 뒤에서 쉴 새 없이 북을 두드리고 있는 왕삼의 모습을 응시했다.

그런 왕삼의 노력에 진궁 휘하의 병사들이 정말 있는 힘을 다해 창을 찌르며 원소군을 공격하고는 있지만, 역으로 밀려나는 건 원소군이 아니라 그들이었다.

"선생!"

그 모습을 보다 못한 조성이 재차 소리쳤을 때, 진궁이 고개를 끄덕였다.

"이쯤이면 된 것 같군. 신호를 보내 병사들을 뒤로 물리게."

"지금 같은 상황에서 그런 명령을 내렸다간 전멸을……."

"잘 들어보게. 누가 오고 있는지."

조성의 말을 끊으며 진궁이 손가락을 들어 서쪽을 가리켰다.

두두두두-

전장 전체를 가득히 메운, 자욱한 흙먼지 사이로 족히 수천 기는 될 것 같은 기마의 말발굽 소리가 들려오고 있다.

처음엔 그저 희미하기만 하던 그 소리가 점점 더 선명해지며 조성의 눈이 동그랗게 커졌다.

"내 말하지 않았는가. 총군사의 안배가 있을 것이라고. 어서 신호나 하시게."

"예, 예! 전군, 뒤로 물러나라! 방진을 유지한 채로 뒤로 물러난다!"

"뒤로 물러난다! 방진을 유지하라!"

"적들이 도주하고 있다! 있는 힘을 다해 몰아붙여라!"

조성이, 그 휘하의 부장들이 명령을 내리며 전선의 병사들이 조금씩 물러나기 시작함과 동시에 적 장수의 목소리가 터져 나왔다.

슬금슬금 몰아붙이기만 하던 원소군 병사들의 공격이 종전까지와는 비교도 되지 않을 정도로 거세게 변해갔다. 그렇게 변해가는 만큼, 오밀조밀하고도 단단하게 유지되던 그 병사들의 보병 방진이 흐트러지고 있었다.

그리고.

두두두두두두두-!

어느덧 바로 근처까지 다가온 말발굽 소리가 모두의 귓가에 선명하게 들려오기 시작했다. 그런 기마대의 선두에 갑옷 하나 없이, 오직 하얀색 장삼만을 걸쳐 입은 청년 장수가 있었다.

"내가 선두에 설 것이다! 나를 따르라!"

"장군! 안 됩니다, 마초 장군!"

"으하하, 적장은 어디에 있느냐! 마초 마맹기가 적장의 목을 베고자 예까지 왔노라!"

"저, 적들의 기습이다! 방진을 펼쳐라! 기병 방진을 펼쳐야 한다!"

원소군 장수가 허겁지겁 소리쳤지만, 모래 먼지 사이에서 육안으로 마초를 발견하는 건 이미 늦어도 한참 늦은 시점이었다.

쿵-!

쉴 새 없이 창을 휘두르며 질주하던 마초가 원소군 병사들 사이로 파고드는 것을 시작으로 오천 명에 이르는 기병대가 방진조차 만들어지지 않은, 원소군 보병대의 측면으로 파고들었다.

창을 휘두를 필요조차 없이, 마초가 이끄는 기병대가 진궁의 병사들을 추격하고자 움직이던 원소군 병사들을 확실하게 처리하고 있다.

"슬슬 우리도 가지. 전과를 확대해야 할 시간일세. 총군사의 머릿속 바둑판에서도 그리 계산되고 있을 게야."

진궁이 씩 웃으며 말을 몰아 앞으로 나아가기 시작했다.

"모두 밀어붙여라! 공대 선생께서 너희와 함께하신다!"

"우와아아아아아아아아!"

📱

"마초 장군께서 적 우익으로 우회, 진궁 선생과 합류해 적장 여광을 크게 물리치는 중이라 합니다!"

후성이랑 같이 서 있는데 전령 하나가 말을 타고서 헐레벌떡 달려와 외쳤다.

다른 사람도 아니고, 진궁이 있는 곳이다. 애초부터 걱정하지 않았던 만큼, 그쪽에서는 확실하게 전과를 확대할 거다. 마초까지 있으니까.

"장군. 우리 이거, 진짜로 이기는 겁니까?"

"인마. 그럼 가짜로 이기냐? 이기지도 못할 전투를 내가 왜 하자고 했겠어?"

전투가 시작된 이후, 지금껏 시종일관 걱정스러운 얼굴로 인상을 찌푸리고 있던 후성이가 환하게 웃는다. 그런 녀석과 함께 있던, 녀석의 오천인대를 구성하는 병사들 역시 마찬가지. 얼굴들이 다들 조금씩 밝아지고 있다. 전황이 좋아지고 있다고 생각들 하는 거겠지.

전투가 시작된 지도 벌써 세 시간이 넘게 지났다. 아직까지는 좋은 소식만 들려오고 있고.

그렇기는 하지만 후달린다. 진짜 겁나 후달린다.

더욱더 후달리는 건, 그렇게 후달리는 걸 주변에 티 낼 수가 없다는 점이다. 지금 내가 후달려 하면 다른 장수들, 병사들에게까지 안 좋은 영향이 갈 테니까.

할 수 있는 건 그저 아무렇지도 않은 척, 모든 일이 잘되어 간다는 것처럼 태연한 얼굴을 하는 것일 뿐이다.

그렇게 있었는데.

두두두두두-!

기묘한 말발굽 소리가 들려오기 시작했다.

"뭐지?"

마초가 돌아오려면 아직 멀었는데? 형님이 오는 것도 아니고, 관우나 장비도 아니고…… 이거 설마?

"저, 적습입니다! 장군!"

후성이가 다급하기 그지없는 목소리로 손을 들어 저 서쪽을 가리켰다. 흙먼지 사이로 원(袁)과 함께 장(張)의 깃발이 휘날리는 게 시야에 들어왔다.

하아. 원과 함께 있는 장은 장비가 아니라 장합이다.

"장군, 장군!"

후성이의 목소리가 다급해진다. 그런 녀석이 주변을 둘러보고 있다. 누구 도움을 요청할 상대가 있나 찾아보는 거겠지.

하지만 없다. 아무도 없다.

위월은 저 멀리 앞에서 원소의 본대를 상대하고 있고, 관우나 장비는 적의 양익을 공격 중이다. 형님? 당연히 적의 정면으로 치고 들어가 미친 듯이 휘젓는 중이고. 남은 건 나와 후성이 그리고 여기에 있는 오천 병력이 전부.

"후, 어쩔 수 없지."

"어, 어떻게 하시려는 겁니까?"

"뭘 어떻게 해? 우리가 가서 막아야지."

진짜 싫지만 여기서 장합이 우리 본대의 뒤통수를 맞깔나게 후려갈기고 나면 전투는 100% 진다. 그러면 나도 죽고, 후성이도 죽고, 형님도 죽는다. 무조건 막아야 한다.

"가자."

내가 나지막이 말함과 동시에.

"총군사께서 함께하신다! 가자!"

부장 중 하나가 소리치는 목소리가 들려왔다.

"승진할 기회다!"

"이번에 잘 싸우면 저희도 십부장이 될 수 있는 겁니까?"

"인마! 총군사님과 함께 다니면 백부장도 금방이다! 예전에 총군사님을 따라서 세양까지 다녀왔던 분들 대부분 백부장, 천부장까지 올라가셨다는 걸 모르냐?"

"오, 오오오! 그렇습니까!"

뭐지?

후방을 공격하러 온 기병대를 막으러 가는 만큼, 다들 겁을 먹거나 최소한 비장하거나 할 줄 알았는데 어째 좋아하는 것 같다.

내가 황당해서 주변을 돌아보는데 병사들 하나하나가 다 전의를 불태우는 모양새였다.

그런 와중에서.

"자, 장군! 저도 잘하면…… 만부장으로 올라갈 수 있는 겁니까?"

자기가 언제 겁을 먹었냐는 듯 후성이까지 눈을 반짝이며 날 쳐다보고 있다. 심지어는 녀석의 주변에 있는 다른 부장들 역시 마찬가지.

"총군사님! 기회를 주십시오! 저희들도 능력을 증명해 오천 인장으로, 만부장으로 올라가길 원합니다!"

"맞습니다! 명령만 내려주십시오! 저희가 선두에 서서 주공의 수하로서 부끄럽지 않은 자들임을, 저희 하나하나가 천인지 적임을 증명하겠습니다!"

"저 송월도 백인지적입니다! 죽더라도 적병 백 명은 잡고서 백인장이 된 이후에 죽겠습니다!"

"이 무지렁이도 마찬가집니다! 기회를 주십시오, 총군사님!"

"총군사님!"

"기회를!"

이것들 단체로 미친 거 아니야?

에이, 모르겠다.

"다들 들어라! 장합을 격퇴하고, 이번 전투에서 승리하고 나면 내가 여기에 있는 놈들 전부 다 책임지고 승진시켜 주마!"

"와아아아아아아아아아아아아!"

"승진! 승진! 승진! 승진!"

"승진! 승진! 승진! 승진!"

"가자! 승진이 너희를 기다린다!"

"와아아아아아아아아!"

📱

적들의 함성이 들려온다.

"장군. 적들이 다가오는 것 같습니다."

삼만 명의 기마를 이끌고 여포군 후방으로 빙 돌아 움직이던 장합에게 수하 장수, 장의거가 걱정스럽기 그지없는 얼굴로 말했다.

"위속이 뭔가 또 기묘한 술책을 부리거나 하는 것은 아닌지…….."

"위속 역시 한낱 인간일 뿐이고 전력 역시 우리가 압도적이다. 그래도 그놈을 두려워하겠다는 것이냐?"

한심하다는 얼굴로 장합이 인상을 찌푸리며 말했다.

"하, 하오나 위속은 뭘 해도 위속이지 아니겠습니까. 이번 전쟁만 하더라도 위속만 아니었다면 지금쯤 벌써…….."

"하, 정말……. 이놈이나 저놈이나 다 위속이라는 이름만 들으면 몸을 벌벌 떠는군. 이렇게 한심해서야. 네놈이 그러고도 장수라 할 수 있단 말이더냐!"

"죄, 죄송합니다, 장군!"

장의거가 고개를 숙이며 소리쳤다. 장합은 그제야 저 앞쪽으로 시선을 옮겼다.

그들은 여포군 후방으로 이동하는 상태다. 이대로 조금만 더 움직인다면 곧 연하디연한, 여포군의 속살이 그대로 드러나게 될 터.

한 줌도 안 될 저항하는 적들을 까부수고서 그대로 후방을 들이쳐 전과를 확대하고, 나아가 여포의 뒤를 따르는 놈들을 무너뜨리면 이번 대전의 승리를 끌어낼 수 있다. 그렇게만 된다면 자신은 이번 전투의 일등 공신이 되는 것이고.

"흐흐."

원소의 앞으로 불려가 일등 공신으로서 호명되는 그 모습을 떠올리던 장합의 귓가에.

"승-진! 승-진! 승-진! 승-진!"

기이한 외침이 들려오기 시작했다.

처음엔 이게 뭔가 싶었다. 너무 먼 거리에서 들려오는 통에 소리가 웅웅 울려 제대로 알아듣기조차 힘들었으니까.

하지만 조금씩 시간이 지나며 그 소리가 제대로 들려오기 시작했을 때.

"승-진! 승-진! 승-진! 승-진!"

"승진이라니?"

"승전을 기원하는 걸 잘못 들은 거 아닌가?"

"승진이라잖아, 승진."

병사들이 웅성이기 시작했다. 장의거도, 장합도 전혀 예상치 못한 그 단어에 고개를 갸웃거리고 있었다.

그러는 동안에도 목소리는 계속해서 가까워졌다.

이윽고 흙먼지 사이에서 휘날리는 여(呂)와 위(魏) 그리고 후

(侯)의 깃발이 나타났다. 장합의 뒤에서 흩날리던 깃발 역시 적들에게 보이기 시작했을 터.

그와 동시에.

"장합 똥쟁이! 장-합 똥쟁이! 장-합 똥쟁이!"

"뭐, 뭣?"

족히 수천 명은 넘을 인원이 한 번에 외치는 그 기괴한 외침이 장합의 귓가에 들려왔다.

장합의 눈이 동그랗게 변했다. 그가 지금의 상황이 이해되질 않는다는 듯 주변을 한차례 빙 돌아봤다.

그의 휘하에 있던 장수뿐만 아니라 병사들 역시 하나같이 황당하다는 얼굴들을 하고 있었다.

하지만.

"장합 똥쟁이! 장-합 똥쟁이! 장-합 똥쟁이!"

또다시 그 외침이 들려왔다.

장합은 그제야 상황을 이해할 수 있었다.

"위속…… 이 씹어 먹어도 모자랄 놈이."

빠드드득!

장합이 이를 갈며 저 앞을 응시하고 있을 때, 선두에 서 있던 적병과 눈이 마주쳤다. 그 병사가 번쩍 손을 들어 장합을 가리키고 있었다.

"장합이다! 장합이 나타났다!"

"장합이다! 적병이다!"

"적병이 나타났다! 적병이다! 드디어 적들이 나타났다!"

갑자기 또 다른 외침이 울려 퍼지기 시작했다.

장합은 그 목소리가 자신들을 발견하고서 두려워하며 외치는 것일 터라 생각했다. 하지만.

"승진이다! 승진의 제물이 나타났다! 우와아아아아아아아!"

"승진하자! 백인지적 송월 님이 나가신다!"

"가자아아아아아아! 승진하러 가자! 승진이다아아아아아아!"

"이, 이게 무슨……."

황당하다는 듯 그 모습을 지켜보던 장합이 중얼거렸다.

이해가 되질 않는다.

분명 적들은 소수다. 척 보기에도 알아볼 수 있을 정도다. 기껏해야 칠천 명이나 될까 하는 수준.

하지만 그런 적들이, 장수의 독려 없이 자기들끼리 승진을 외치며 떠들어대고 있다. 심지어는 흉흉하기 그지없는 눈빛으로 장수임에 분명한 자신마저 먹잇감을 노려보는 맹수의 그것과 같은 얼굴로 노려보기까지 하고 있었다.

"자, 장군! 돌격을, 돌격을 명령하셔야 합니다!"

그때 장의거가 장합에게 달려와 말했다.

장합이 이를 악물었다.

"돌……."

"돌격! 너희들의 승진을 위한 잡몹들이 저 앞에 있다! 때려 잡아라!"

"승지이이이이이이이인-!"

"승진이다! 백부장이 코앞에 있어어어어어!"

"끼야아아아아아아아오!"

"끼히히히히히히, 끼히히히호히히히히히히!"

장합이 채 돌격을 명령하기도 전에 적들이 괴성을 내지르며 돌진해 오기 시작했다. 두려움이라곤 찾아볼 수조차 없는, 흡사 광기에 사로잡힌 광신도들이라도 된 것 같은 모습이었다.

그래서일까?

"아, 악귀다……."

"위속이 악귀를 불러냈다!"

"악귀다! 위속이 악귀를 불러냈다!"

기세에서 완전히 밀려 버린 병사들이 슬금슬금 물러나자 장합이 이를 악물고선 소리쳤다.

"돌진! 돌격하라! 위속의 머리만 베면 우리가 이긴다! 티끌만큼이라도 위속에게 상처를 내는 놈에겐 내 직접 황금과 비단을 포상으로 내릴 것이다!"

"돌진하라!"

뿌우우우우우우우-!

📱

두두두두두두두두-!

장합과 그 휘하의 기마대가 돌진해 온다. 하지만 병사들은 하나같이 겁을 잔뜩 집어먹은 얼굴이다. 장합의 명령이 아니라면, 뒤에서 버티고 있을 백부장과 천부장이 아니면 절대 나서지 않았을 것 같은, 사기가 땅에 떨어진 모습이었다. 승산이 있다.

놈들과의 거리가 좁혀지고, 그 거리가 500m쯤이 되었을 때.

"전군 정지-!"

선두에서 병사들과 함께 돌진하던 천인장 성양의 목소리가 울려 퍼졌다. 동시에 미친 듯이 돌진하던 우리 쪽 병사들이 우뚝 멈춰 서며 양옆으로 기다랗게 밀집 대형을 갖추기 시작했다. 순식간에 거리가 삼백 미터까지 좁혀졌다.

"거창!"

"거창이랍시다!"

"거창이다!"

성양의 그 명령을 병사들이 복명복창하며 창끝을 땅에다가 대고, 장합의 기병들이 돌진해 오는 전면부를 향해 겨눈다.

어느덧 장합 측 기병과의 거리가 100m까지 좁혀져 있었다.

그리고 그와 동시에.

"크아아아아아악!"

돌진해 오던 기병들이 창에 꿰여 줄줄이 쓰러지기 시작했다.

가뜩이나 사기가 땅에 떨어진 놈들이다. 생각지도 못한 기병 방진에 동료들이 꿰여 쓰러지는 모습을 본 기병들이 말 머리를 돌리며 돌진을 포기하고 있다.

그런 이들과 선두에서 벌어지는 광경을 알지 못하는 이들이 뒤섞이며 기병대의 진형이 뒤엉켜 엉망진창이 되어가고 있었다.

"얘들아, 지금이다!"

"우오오오오-!"

"승진하러 가자!"

"승-진! 승-진! 승-진! 승-진!"

우리 병사들이, 후성이가 마치 서로 한 몸인 것처럼 승진을 외치며 장합과 그 휘하 기병대를 향해 돌진하기 시작했다.

"뭣들 하는 것이냐! 적들을 막아라! 공격하라고! 숫자는 우리가 훨씬 더 많단 말이다! 기병씩이나 되는 놈들이 어째서 보병 따위에게 밀리느냔 말이다! 크아아아아악!"

그런 와중에서 장합의 분에 가득 찬 목소리가 들려오기 시작했다. 엉망진창이 되어버린 그 진형의 사이에서 장합의 분을 주체하지 못하겠다는 듯 괴성을 내지르며 병사들을 향해 호통치고 있었다.

그 목소리가 울려 퍼졌기 때문일까?

"장-합 똥쟁이! 장-합 똥쟁이!"

전투의 와중에서 누군가가 외치는 그 목소리가 터져 나왔다. 그리고 그 외침이.

"장-합 똥쟁이! 장-합 똥쟁이! 장-합 똥쟁이! 장-합 똥쟁이!"

"장-합 똥쟁이! 장-합 똥쟁이! 장-합 똥쟁이! 장-합 똥쟁이!"

우리 군 병사들 전체로 퍼져 나가고 있다.

저 멀리, 흙먼지 사이로 희미하게나마 보이는 장합의 얼굴이 정말 당장에라도 폭발해 버릴 것처럼 시뻘겋게 달아올라 있었다.

이제부터는 내가 나서야 할 차례다. 그렇게 생각하며 심호흡을 하고, 말의 배를 걷어차려는 찰나.

"총군사님! 총군사님!"

저 뒤에서 낯선 목소리가 들려왔다.

전령 하나가 내 깃발 하나만을 보고서 황급히 달려오고 있었다.

"뭐야?"

"위월 장군의 전언입니다! 원소측 중앙군의 공격을 격퇴한 위월 장군께서 총군사님을 지원하기 위해 오시는 중입니다! 조금만 버텨주십시오!"

"알았다!"

전령이 이곳의 광경을 확인하고선 다시 위월 쪽으로 질주하기 시작했다.

이렇게 되면 무서울 게 없다.

"장합, 똥쟁아! 나와 자웅을 겨루자!"

싹 쓸어버릴 시간이다.

8장
이미 준비를 해놨거든요

"으하하하하, 모조리 쓸어버리자!"

수도 없이 많은 병사의 괴성이 사방에서 울려 퍼지는 전장이다. 그럼에도 불구하고 여포의 그 목소리는 선명하기만 하다.

원소군 중앙, 본대를 지휘하던 문추가 이를 악물고서 소리쳤다.

"무슨 수를 써서라도 여포를 죽여라! 백 명으로 안 되면 천 명, 천 명으로 안 되면 만 명으로라도 여포를 포위해서 그 목을 베어버리란 말이다!"

"야, 문추! 내가 삼십만지적인데 겨우 만 명으로 뭘 하겠다고?"

"삼십만지적?"

순간 어이가 없어진 문추가 황당하다는 듯 반문했다.

삼십만지적이라니. 무신이네, 마중적토 인중여포네, 인중룡이네 하는 소리들로 그 무위를 찬양받는 여포이지만 아무리 그래도 여포 역시 한 명의 인간일 뿐이다. 그런 인간이, 고작 자신의 무위 하나만을 믿고 삼십만지적을 자칭한다니?

"여포 네놈이 미친 게로구나! 몰아붙여라! 저 미친놈의 목을 베어버려라!"

"가자! 여포를 베자!"

문추의 부장이 그렇게 외치며 병사들을 몰아 저 앞으로 나아가기 시작했다.

흙먼지가 자욱한 그 와중에서 어느덧 태양이 저물고, 어둡기 그지없는 밤하늘의 달빛을 받은 방천화극이 반사하는 그 빛이 부장의 시야에 들어왔다.

방천화극이 번쩍일 때마다 병사들이 셋, 넷씩 쓰러져 가고, 여포가 움직일 때마다 바로 뒤를 따르는 여포군 병사 수천 명이 성큼성큼 창을 들이밀며 밀려드는 중이었다.

"미, 밀어붙여라! 여포는 한 놈일 뿐이다! 뭐가 됐건 상관없으니 찔러라!"

병사들을 향해 외치면서 부장은 저도 모르게 뒤로 물러나기 시작했다. 어둠 속에서 방천화극을 휘두르는 여포의 그 모습은 가히 항우의 재림이나 마찬가지라는 생각마저 들 정도였다.

"흐, 흐으, 찔러라! 여포를 죽이라고! 저놈을 죽여 없애란 말이다!"

부장은 병사들을 향해 발작적으로 외치며 부들부들 떨리는 손으로 창을 들어 올렸다. 핏빛보다 더 붉은 털을 흩날리며 적토마가 다가온다. 그 위에서 사신이 방천화극을 휘두르고 있었다.

그러던 여포가 방천화극을 휘두르는 걸 멈췄다. 그 여포의 시선이 정확히 부장을 향했다.

그것을 느낀 부장의 얼굴이 새하얗게 질리기 시작했다. 딱딱딱딱 이빨이 부딪히고 몸이 부들부들 떨리고 있었다.

이윽고는.

"야! 다른 놈들만 보내지 말고 네가 와서 싸워보는 건 어떻겠냐?"

"히이이이익!"

자신을 향한 여포의 그 목소리가 들려옴과 동시에 부장이 몸을 돌려 저 뒤쪽으로 도주하기 시작했다.

"하, 저 자식. 겁만 많아서는. 야! 나랑 싸워볼 쎈 놈 어디 없어? 선착순 열 놈만 받는다! 안 나오면 내가 들어간다?"

그런 부장을 향해 여포가 소리쳤지만 대답이 돌아올 리가 만무. 여포가 볼을 긁적이며 좀 전의 부장을 따라 전의를 잃고 도망치는 원소군 병사들의 모습만을 물끄러미 지켜볼 뿐이었다.

"쯧. 제대로 싸울 줄 아는 놈이 없구만. 하북의 지배자라는 놈이 뭐 이래?"

과장 조금 보태면 병사가 백만에 장수가 천 명은 된다는 원소다. 하지만 지금 여포의 시야에 보이는 건 잡졸, 그리고 또 다른 잡졸과 잡장이 전부다. 이래서야 싸울 맛조차 안 난다.

여포가 그렇게 생각하며 입맛을 다시고 있는데.

뿌우우우우우우우우우-!

둥, 둥, 둥, 둥! 두둥, 두둥, 두둥, 두둥!

지금까지와는 다른 뿔 나팔 소리와 북소리가 들려오기 시작했다. 완전히 무너져 내려가는 원소군 중앙 본대의 안쪽에서 지금까지 보지 못했던, 또 다른 병사들이 밀려오고 있었다.

그리고 그들을 이끄는 건.

"오, 좀 싸울 줄 아는 놈이 나오는 건가?"

국(麴)이 새겨진 깃발을 휘날리는 원소군 장수 국의와 그 휘하의 병사들이었다.

"오냐, 한번 어울려 보자!"

📱

"빌어먹을."

창끝을 땅바닥에 찔러 넣은 채, 문추는 빠드득 소리가 날 정도로 이를 갈았다.

국의다. 공손찬을 상대로 수세에 몰리던 원소가 공세로 전환할 수 있도록 결정적인 계기를 만들어냈으며, 전풍의 계책을 받아 유주를 평정하는 데 정말 눈부시다는 말로도 부족할 활약을 했던 하북의 맹장 국의. 현장의 지휘관으로서 문추는 그런 국의를 아끼고 또 아꼈다.

어제 아침나절 시작됐던 전투가 밤중을 지나 꼭두새벽이 다 된 지금까지 이어지는 동안 국의와 그 휘하의 이만 병력은 후방에서 얌전히 앉아 있기만 했다. 여포군이 무너질 기미가 보일 때쯤, 결정적인 한 방을 가할 비밀 병기나 마찬가지였으니까. 그랬던 국의를 지금 현장에 투입해 버린 것이었다.

"주공께 국의 장군이 전장에 투입되었음을 알려라!"

저 멀리 앞에서 휘날리는 국(麴)의 깃발을 뚫어지게 노려보던 문추가 소리쳤다. 옆에서 대기하고 있던, 정신을 놓지 않은 부장이 서둘러 원소를 향해 달리기 시작했다.

그런 와중에서 문추는 생각했다. 국의가 나선 만큼, 여포에 의해 미친 듯이 돌파당하는 전선의 상황도 이제는 좀 진정될 것이라고.

그랬는데.

"장군! 장군! 문추 장군! 어디에 계십니까!"

문추로서는 이름도 알지 못하는, 그저 오며 가며 얼굴만 간신히 익혀두었던 허유를 보좌하는 부장 하나가 이쪽을 향해 달려오는 것이 시야에 들어왔다.

"여기에 있다!"

"장군! 급보입니다!"

손을 들어 그 부장에게 자신의 위치를 알림과 함께 문추가 고개를 갸웃거렸다.

허유의 부장이다. 허유는 국의와 마찬가지로 진의 후방에서 만약의 상황에 대비한 예비대를 이끄는 와중이었다. 그런 허유에게서 급보라니?

"무슨 일이냐!"

"지, 지금 군사님께서 예비대를 이끌고 산양으로 향하셨습니다!"

"산양?"

잘 이해가 되질 않는다는 듯 문추가 반문했다.

산양이라니? 갑자기 거길 왜 간단 말인가? 산양이면 이곳에서 거의 팔십 리나 떨어진 먼 곳이다. 그런 곳으로 가야 할 이유가 없다. 적어도 지금의 문추가 생각하기엔 그러했다.

"어째서? 허유 선생이 왜 산양으로 갔단 말이냐?"

"지금과 같은 흐름이면 전투는 무조건 주공의 승리로 끝날 터이니 이 틈에 산양을 공격해 여포의 퇴로를 틀어막겠다고……."

순간 문추는 자신의 귀를 의심했다.

하지만 부장이 이야기한 그 이야기의 의미는 확실했다. 사만 명의, 비록 오늘 낮에 한 차례 전투에 참여하기는 했으나 비교적 온전한 상태를 유지하며 또 다른 전선에 투입되어야 할 예비대가 사라졌다는 것.

"이, 이자가 기어코! 그래서 지금 어디까지 갔다는 것이냐! 출발한 지는 얼마나 되었고!"

"이미 한 시진이 지났습니다! 지금쯤이면 거야현에 도착하셨을 것입니다! 중간쯤에 소장을 보내 장군께 이 상황을 알리라 하시어서……."

예비대 사만 명이다.

사만 명의 보병 전력이 있으면 정말 미친 듯이 뚫리고 있는 좌익과 우익의 방어를 조금 더 보존할 수 있을 것이다. 그렇게 버티며 여포군의 체력이 다 떨어져 더는 움직일 수 없을 때가 되면 한 번에 몰아쳐 모조리 몰살시킬 수도 있는 전력. 그런 전력이 사라져 버렸다.

문추가 이를 악물었다. 그 얼굴이 시뻘겋게 달아오르자 부장은 채 말을 잇지 못한 채, 고개를 숙이며 입을 다물고 있었다.

"후……."

지금은 분노할 때가 아니다.

문추가 나지막이 한숨을 내쉬며 머리를 식혔다.

따지고 보면 허유의 말이 틀린 것도 아니다.

여포나 위속은 병사들을 있는 대로 끌고 나온 만큼, 산양은 지금쯤 거의 비어 있는 것이나 마찬가지일 터. 빠르게 산양을 점령해 낸다면 체력이 남아 있다고 해도 여포군의 사기는 땅에 떨어질 거다. 나름 유용한 방책이다. 가깝게 갈 길을 살짝 멀리 돌아가는 것이지만 아주 말도 안 되는 건 아니다.

문추는 그렇게 스스로를 세뇌하며 치밀어 오르는 분기를 가라앉혔다. 저 멀리 앞에, 새로 투입된 국의와 그 휘하 중장보병이 여포의 전진을 생각보다 잘 막아내는 와중이다.

이제 남은 건 허유가 산양으로 진출하고 있다는 사실을 좀 더 유용하게 활용할 방법을 만들어내는 것일 뿐이었다.

"장군, 이렇게 하시지요."

문추의 옆에서 그를 보좌하던 장수, 곽원이 다가와 말했다.

"국의! 이리 나와라! 장수라는 놈이 언제까지고 병사들의 뒤에 숨어만 있을 셈이냐!"

여포의 목소리가 울려 퍼진다. 쉴 새 없이 방천화극을 휘두르며 여포는 앞으로 나아가고자 했다. 하지만 그런 여포의 방천화극이 허공을 가르며 병사들을 쓰러뜨릴 때마다 새로운 병사가 쓰러진 동료의 빈자리를 채워 방진의 형태를 유지하고 있었다.

"밀어붙여라! 밀어붙여……."

그런 여포의 모습에 병사들을 독려하며 앞으로 나아가던 백부장 하나가 적들의 창에 찔리며 힘없이 푹 쓰러졌다. 그 주변의 병사들 역시 하나둘 쓰러져 가는 건 마찬가지.

아직 멀쩡하게 서 있는 이들조차도 얼굴의 피로감이 역력하다. 심지어는 밤새도록 이어진 전투로 자리에 서 있는 것조차 힘들 정도로 지친 이들의 숫자 역시 적지 않았다.

"싸워라! 조금만 더 밀어붙이면 된단 말이다!"

한 번 방천화극을 휘두를 때마다 두 명, 세 명씩. 전투가 시작되었을 그때와 비교해 전혀 달라지지 않은 모습으로 여포는 병사들을 독려했다.

그러나 전황은 달라지지 않았다. 여포는 계속해서 앞으로 나아가고 있고, 그를 따르던 병사들은 계속해서 밀려날 뿐이다. 여포의 얼굴이 점점 더 딱딱하게 굳어지고 있었다.

"여포! 수십만의 대군이 모인 전투는 네놈의 무력 하나만으로 해낼 수 있는 것이 아님을 어찌 모른단 말인가!"

저 멀리, 두텁기 그지없는 갑옷을 입고 검과 도끼를 쥐어 들고서 척척척 밀고 내려오는 병사들의 뒤에서 국의의 목소리가 울려 퍼졌다.

갑옷과 함께 검 한 자루만 든 채 말 위에서 쩌렁쩌렁하게 외쳐대는 국의의 모습에 여포의 눈이 더없이 사납게 변해갔다.

하지만 지금의 상황에서 여포가 할 수 있는 건 없었다. 그저 자신을 향해 밀려드는 원소군 병사를 베어내고, 또 베어내면서도 숫자가 전혀 줄어들지 않는 것 같다는 생각에 답답함을 느끼는 것 정도가 할 수 있는 전부일 뿐이었다.

"주공! 이 이상은 위험합니다!"

"맞습니다, 주공! 물러나십시오! 물러나서야 합니다!"

저 뒤에서 병사들과 마찬가지로 지친 기색이 역력한 학맹과 성렴, 둘의 목소리가 들려왔다. 여포는 그 모습을 힐끔 쳐다보더니 방천화극을 쥔 손에 힘을 더했다.

"적들을 코앞에 두고 내가 왜 물러나나! 젠장. 문숙, 그 녀석만 여기에 있었어도……."

위속이라면 지금의 상황에서도 뭔가 기발한 계책을 내지 않았을까. 그 계책이라면, 전황을 뒤집을 수 있을지도 모른다.

여포가 그렇게 생각하고 있을 때.

"우와아아아아아-! 아군이다! 아군이 왔다아아아아아!"

저 뒤에서 기쁨에 가득 찬 병사들의 환호성이 들려왔다.

자신을, 적토마를 향해 도끼를 휘두르며 덤벼드는 원소군 병사를 베어 넘기며 여포가 고개를 돌려 뒤쪽을 응시했다.

어느덧 슬금슬금 태양이 떠오르며 밝아지고 있는 전장의 저 뒤편에서 위(魏)가 새겨진 깃발들이 힘차게 휘날리며 이쪽을 향해 다가오고 있었다.

📱

척, 척, 척, 척!

구호도, 신호도 필요가 없다. 그냥 원래부터가 한 몸이라도 됐다는 것처럼, 병사들은 자신들끼리 발을 맞추며 앞으로 나아간다.

그 발소리에 형님과 함께 밤새도록 싸우느라 지쳐서 쓰러지기 일보 직전이던 녀석들이 반갑다는 듯 우릴 쳐다보며 양옆으로 물러나 길을 열어주고 있었다.

그렇게 열린 길을 따라 나아가길 잠시, 저 앞에서 형님이 원소군 병사들에 의해 포위된 것을 발견한 후성이가 상기된 얼굴로 말을 몰아서 내게로 달려와 소리쳤다.

"장군! 명령을 내려주십쇼! 소장이 저 병사들을 쓸어버리고 주공을 구하겠습니다!"

"네가? 너 원래 이렇게 일선으로 나서는 스타일 아니잖아?"

"에이, 장군! 왜 이러십니까? 저 후성입니다, 후성. 맡겨만 주십쇼! 진짜 확실하게, 깔끔하게 청소하겠습니다!"

후성이가 자기 가슴을 두드리며 소리친다. 그런 녀석이 정말 자신 있다는 것처럼, 승진에 눈이 먼 나머지 겁까지 상실해 버린 얼굴을 하고 있었다.

뭐, 괜찮겠지. 쉴 만큼 쉬며 체력을 회복한, 경험 많고 노련한 병사들을 데리고 싸우러 가는 거니까.

"오냐. 가봐라."

"가, 감사합니다! 가자! 주공께서 저 앞에 계신다!"

"가자아아아아아아아! 주공께서 보고 계신다!"

"우와아아아아아아아아아!"

"승-진! 승-진! 승-진! 승-진!"

우레와 같은 함성을 내지르며 병사들이 국의의 병력을 향해 질주하기 시작했다. 분명 장합을 무찌르는 걸 돕기 위해 올 때까지만 하더라도 멀쩡하던, 위월이 이끌던 병사들 역시 마찬가지.

진짜 쟤들 어제 뭐 잘못 먹은 거 아니야? 싸우러 나가는 게 저렇게 좋아?

이해가 안 돼서 멍하니 그 모습을 지켜보고 있는데.

"하남의 형제들이여! 하북의 정병 오만 명이 산양성을 점령하러 움직이는 중이라네!"

낯선 외침이 들려왔다. 소리가 웅웅 울린다.

산양 뭐라고 했던 것 같은데?

"하남의 형제들이여! 하북의 정병 오만 명이 산양성을 점령하러 움직이는 중이라네!"

내가 인상을 찌푸리고 있는데 또다시 그 소리가 들려왔다.

그리고 그게 무슨 소리인지 알아들었을 때.

"벌써 진행 중이었구만."

병크다. 슬슬 진행 중이지 않을까 했는데 벌써 이렇게까지 되어 있을 줄이야.

내가 그렇게 생각하며 웃고 있는데 익숙한 얼굴 둘이 내 쪽을 향해 달려오고 있었다.

"위, 위속 장군!"

"총군사! 산양, 산양성이 위험하오!"

학맹, 성렴이다.

꼴이 말이 아니군. 두 장수가 살짝 멘탈이 나가 버린 것 같은 얼굴을 하고 있다.

주변을 돌아보니 형님과 함께 지금까지 싸우고 있던 녀석들 역시 마찬가지.

이런 와중에서 멀쩡한 건.

"승-진! 승-진! 승-진! 승-진!"

단체로 무슨 약이라도 한 것처럼 승진에 눈이 돌아가 버린 채 미친 듯이 무기를 휘두르며 국의와 그 휘하의 병사들을 몰아붙이는 후성과 위월의 병사들일 뿐이었다.

"총군사! 아니, 위속 장군! 예서 우리가 이러고 있을 시간이

없단 말이외다! 적들의 저 이야기가 사실이라면 산양성의 함
락은 시간문제요! 아군의 안방이 하북에 넘어갈지도 모른단
말이오!"

"성렴 장군의 말씀이 옳소! 산양을 지켜야 하오. 지금이라
도 병력을 물리시오. 주공을 모시고 산양으로 돌아가야 하오
이다!"

성렴이 하얗게 질린 얼굴로 소리쳤다. 학맹 역시 마찬가지.

"갈 필요 없습니다."

"아니, 그게 도대체 무슨!"

"이미 준비를 해놨거든요."

"주, 준비라니? 설마, 성벽을 증축해 놓았던 것을 말씀하시
는 게요? 위속 장군! 산양에 남은 병력은 고작 해봐야 삼천 명
에 불과하다는 걸 그대 역시 잘 알고 있질 않소이까!"

성렴이 꽥 소리친다.

뿌우우우우우우우우우우우우우-!

그와 동시에 저 멀리 동남쪽 어딘가에서 낮고 굵은 뿔 나팔
소리가 울려 퍼지는 것이 귓가에 들려왔다.

당장에라도 날 붙잡고 억지로라도 병력을 물리라며 협박할
것처럼 굴던 성렴의 눈이 동그랗게 커졌다.

학맹은 설마설마하는 얼굴로 나를, 동남쪽을 번갈아 쳐다
보고 있었다.

두두두두두두두-!

군대가 질주해 온다. 이 전투를 끝낼, 비장의 한 수가 저

동남쪽에서부터 달려오고 있었다.

"도대체 이게 무슨……."

병사들의 전의를 북돋기 위한 북이 달린 마차에 앉아 사방에서 들려오는 보고를 전해 듣고 있던 원소의 얼굴이 딱딱하게 굳어졌다. 그런 원소의 옆에 그를 보좌해 전장으로 나온 또다른 책사, 순심이 서 있다.

언제나 여유를 잃지 않으며 어지간해선 항상 미소를 짓던 원소의 그 얼굴이 점점 더 일그러지고 있었다.

"내가 하북에서 이끌고 내려온 병력이 사십만이고, 장수가 천 명이다. 그런 대군으로 고작 팔만 명밖에 안 되는 여포 놈의 잡졸을 상대하고 있는데 어찌 이리도 무력하기만 하단 말인가!"

"주공, 고정하십시오. 적들의 강성함은 찰나일 뿐입니다. 이제 시간이 지나며 체력이 떨어져 적의 예기가 무뎌지고 있으니 오래잖아 저들을 일소할 기회가 찾아올 것입니다."

"도대체 그것이 언제인가? 여포는 여전히 날뛰고 있고, 적의 후방을 공격해 저 무리를 흩어버려야 할 장합은 대패했다. 문추도 국의를 내보냈기에 중앙의 붕괴를 막았을 뿐인데 이제 위속 그놈까지 전장에 합류했다질 않는가?"

차갑게 가라앉은 원소의 그 목소리가 주변으로 울려 퍼진다.

화북의 지배자이자 작금 천하에서 가장 강력한 세력을 지배하고 있는, 군웅의 목소리다.

바로 옆에 있어서 그 목소리를 명명백백하게 알아들은 이들은 물론이고, 너무 멀리에 있어서 제대로 알아들을 수조차 없는 이들조차 원소의 그 얼굴을 보고선 고개를 조아리고 있다.

하지만 오직 한 명, 순심만큼은 허리를 꼿꼿이 세운 채 노기로 가득한 원소의 그 눈동자를 응시하고 있었다.

"앞으로 한 시진입니다, 주공. 적들은 이미 체력이 떨어질 대로 떨어져 있으니 조금만 더 참으면 빠짐없이 몰아칠 수 있을……."

순심이 채 말을 끝내기도 전에.

뿌우우우우우우우우우우우우우우-!

동남쪽에서 뿔 나팔 소리가 울려 퍼지기 시작했다.

원소의 시선이 동남쪽을 향했다.

"지원이 오는 것인가?"

여포와 위속이 동원할 수 있는 병력은 이제 없다. 적어도 원소가 알기론 그러한 만큼, 새롭게 전장에 진입할 병력은 아군일 수밖에 없을 터.

게다가 동남쪽이라면 서주 쪽 방향이다. 전장에서의 합류를 위해 급하게 북상해 올라오던 원담과 방통 휘하의 대군이 서주에 있을 것인 만큼, 동남쪽에서 나타날 군대는 그들일 수밖에 없을 것이다. 원소는 그렇게 믿어 의심치 않고 있었다.

"첫째가 드디어 오는 모양이다. 사람을 보내 녀석이 오는 게 맞는지를 확인하라."

"예, 주공."

"만에 하나를 대비해야 합니다, 주공. 일단은 방어 태세를 갖추는 것이 좋지 않겠습니까?"

흐뭇한 얼굴이 되어 동남쪽을 응시하고 있던 원소에게 순심이 말했다.

"그대는 저것이 적일 수도 있다고 보는가?"

"가능성이 없지만은 않은 일입니다. 만에 하나라도 저것이 또 다른 적이라면 방어 태세를 갖춰야만 합니다. 부디 헤아려 주십시오, 주공."

"허락하마."

"방어 태세를 갖춰라! 방진을 펼쳐두어라!"

"방진을 펼쳐라! 적들이 다가오는 것일지도 모른다!"

원소의 허락을 얻은 순심이 외침과 동시에 장수들이 병사들을 움직여 방어 태세를 갖추기 시작했다.

그러나 방진이 펼쳐지는 그 속도가 느리기 그지없다. 선 채로 졸다가 헐레벌떡 움직이는 자들도 있고, 너무 지쳐서 무기며 방패나 투구 따위를 떨어뜨리는 자들조차 사방에서 나올 정도.

순심이 주변에 들리지 않을, 자그마한 목소리로 한숨을 내쉬었다.

반나절이면 끝나야 할 전투가 너무 길어지고 있다. 전투의 쐐기를 박기 위해 뒷전에 두어 체력을 보존토록 한 병사들조차 물에 젖은 솜처럼 몸이 무거워진 꼴이다. 뭔가 더 변수가 만들어지기 전에 어서 전투를 끝내야만 한다.

순심이 그렇게 생각하며 지금의 상황을 처음부터 마지막까지 차근차근 머릿속으로 되짚어보고 있을 때.

"주공, 주공!"

저 멀리에서 또 다른 병마가 달려오는 것이 시야에 들어왔다.

허(許)의 깃발이다. 그 깃발 곳곳에 피가 튀어 얼룩져 있다. 심지어는 화살이 꽂혀 있고, 찢어지기까지 한 상태다.

원소의 눈매가 가늘어졌다.

"저자가 왜 저 꼴을 하고 돌아오고 있는 것인가?"

잘 이해가 되질 않는다는 듯 원소가 반문했다.

그리고 그와 동시에.

"역적 원소를 처단하라!"

낯선 목소리가 저 멀리에서 들려왔다.

원소가 획 고개를 돌렸다. 당연히 아군이리라 생각했던, 그 군대의 사이에서 유(劉)의 깃발이 휘날린다. 그뿐만이 아니다. 감(甘)이며 제갈(諸葛), 곽(郭)에 진(陳)까지 포함되어 있었다.

두둥- 두둥- 두두둥-!

그 깃발들의 아래에서 돌격을 알리는 북소리가 울려 퍼졌다.

잡아도 오만 가까이는 될, 지켜보는 것만으로도 기운이 넘친다는 걸 알 수 있을 그 병사들이 원소를 향해 돌진해 오고 있었다.

"허, 허허……."

"주공을 보호하라! 방진을 더욱 견고하게 펼쳐야 할 것이다!"

"적이다! 적들의 급습이다!"

어이가 없다는 듯, 원소가 헛웃음을 내뱉을 때 사방에서 장수들이 다급하게 소리치며 병사들을 지휘하기 시작했다.

그런 그들을 향해 대군이 성난 파도처럼 거세게 밀려들고 있었다.

📱

함성이다.

저 멀리에서 들려오는 거다. 모르긴 몰라도 조금 전, 뿔 나팔과 함께 북소리를 울리며 돌격한 녀석들이 만들어내는 거겠지.

"저, 적습이다!"

"후방이 공격을 당하고 있다!"

"동요하지 마라! 적들은 소수다! 기껏 해봐야 몇천 명도 안 되는 부나방들이 죽음을 각오하고 공격하는 것일 터! 신경 쓸 필요조차 없다!"

병사들의 사이에서 동요가 생겨나기가 무섭게 적장, 국의가 소리친다. 무표정한 얼굴로 가만히 말 위에서 병사들을 지휘하는 그 모습에 병사들의 혼란이 조금씩 진정되어 가고 있었다.

미안한데, 나도 지금 급해서 이 기회를 놓칠 수가 없거든?

"적들의 후방을 공격한 병력은 오만 명, 강남을 순식간에 정복하고 방통과 주유에게 거하게 엿을 먹였던 우리 군의 최정예 부대다!"

내가 우리 쪽, 그리고 저쪽 병사들 모두에게 들릴 정도로 정말 목청이 터져라 소리쳤다.

"와아아아아아아아아아아! 지원군이 또 왔다!"

"위속 장군 만세! 몰아붙이자!"

"승진이 코앞이다! 나도 백부장이 될 수 있다고!"

"형제들! 가자아아아아아! 모조리 쓸어버리자!"

역시 반응 좋군. 내 외침 한 번에 우리 쪽 병사들이 광분하며 소리친다.

"개소리하지 마라! 우리 후방은 안전하다고!"

"저 뒤에서 들려오는 소리를 듣고도 그런 헛소리를 하는 거냐?"

"밀어붙이자! 저 앞에서 주공이 보고 계시고, 뒤에선 총군사님이 보고 계신다! 한 계급이 아니라 두 계급 올라갈 수도 있다고!"

우리 쪽의 병사, 부장 중 누군가가 외치는 그 목소리에.

"으아아아아아아아! 그러면 백인장이 아니라 오백인장이 될 수도 있는 거잖아!"

"나는 천인장이 될 수도 있다! 으하하하하하! 천인지적 백광 님께서 가신다! 곱게 죽여줄 테니 목을 길게 빼라, 이놈들아!"

십부장, 백부장들이 정말 미쳐서 날뛰기 시작했다.

처음 내가 병사들을 끌고 싸움을 시작했던 때와는 비교도 되지 않을 기세다. 그래서일까? 아니면 저 후방이 기습당했다는 내 외침 때문일까? 국의의 앞에서 우리 쪽 병사들을 막아내던 원소군 병사들이 불안해하며 한 번씩 슬금슬금 뒤를 돌아보고 있다. 국의의 얼굴이 딱딱하게 굳어지고 있었다.

그리고.

"으하하하하, 내 동생 맛이 어떠냐!"

형님이 껄껄 웃으며 소리친다. 그런 형님의 방천화극이 더욱더 빠르게, 더욱더 강력하게 허공을 가르며 국의 휘하의 병사들을 베어 넘기고 있었다.

아니, 저 양반은 갑자기 저게 무슨 소리야. 동생 맛이라니?

내가 황당해서 보고 있는데.

"역시 우리 문숙이야! 빨아줄 맛이 난다니까? 으하하하!"

"으아아아악! 형님! 도대체 그게 무슨 소립니까!"

얼굴이 화끈거려 나도 모르게 창대를 들고, 말을 몰아 형님 쪽을 향해 달려갔다.

"총군사께서 우리와 함께하신다!"

"와아아아아아아아!"

"위, 위속이다! 위속이 온다!"

"우리 동생 말이야!"

"형님! 안 된다고요! 제발! 안 돼요! 안 된다고!"

계속 그런 소리를 했다간 역사서에 끔찍하게 기록될지도 모른단 말입니다, 형님! 형님 혼자만 그렇게 적히는 게 아니라 나까지 그렇게 된다고요!

수만 명이 지켜보는, 그것도 반절은 아군이고 반절은 적군인 이 상황에서 형님이 뭔가 또 떠들고자 하는 걸 간신히 막으며 나는 정말 죽기 살기로 창을 휘둘렀다.

이 창에 내 목숨이 아니라 역사를 마주할 나, 위속의 정체성과 존엄성이 걸려 있다.

자칫 역사서에 이상한 표현이 올라가기라도 한다면 무릉도원의 삼덕들이 무슨 소리를 할지 모른다. 생각하는 것만으로도 끔찍하다.

으으…… 지켜내야 한다, 내 커리어. 지켜내야 한다, 내 존엄성!

내가 휘두르는 창대에 적병이 둘, 셋씩 쓰러진다. 그들이 쓰러지며 생겨난 빈자리를 내 뒤를 따르던 우리 쪽 병사들이 채우며 자그맣게 생겨났던 균열을 더욱더 크게, 더욱더 넓게 만들어가고 있었다.

그렇게 한 1분이나 지났을까?

"왔냐?"

형님이 씩 웃으며 날 쳐다본다.

"아오, 형님! 그런 거 얘기하지 말라고요! 오해하잖아요, 오해!"

"오해는 무슨. 너랑 나 정도면 이런 말 할 수도 있지. 안 그러냐?"

정말 진심을 담은, 나에 대한 정이 뚝뚝 묻어나오는 목소리로 말하며 형님이 날 쳐다본다.

해맑은 미소다. 든든하면서도 듬직하고 신뢰가 가득 담긴, 절대적인 호의가 묻어나오는 미소다.

"아오, 진짜…… 형님. 이런 상황에서 그런 표정을 짓는 건 반칙 아닙니까?"

"이게 왜?"

"하아…… 됐습니다. 됐다고요."

푹 한숨을 내쉬며 주변을 돌아보는데 어느덧 국의 휘하의 병사들이 펼치고 있던 방진이 거의 무너지고 있다.

국의도 상황이 심상치 않게 돌아간다는 것을 인지했는지 슬금슬금 뒤로 물러나며 병사들의 방진을 저 뒤쪽으로 땅겨서 다시 짜고 있었다.

"좀 더 밀어붙여야 합니다, 형님."

"그러냐? 그래도 괜찮은지 모르겠다. 쟤들 진형이 점점 딱딱해지고 있거든. 물렁물렁한 느낌이 전혀 없어."

형님이 고개를 갸웃거린다.

"위속 장군! 주공! 멈추십시오! 이제 그만 멈춰야 합니다!"

그와 동시에 뒤늦게 우리를 따라 달려온 성렴의 목소리가 들려왔다. 성렴과 학맹, 두 장군이 더없이 진지한 얼굴로 나와 형님을 번갈아 쳐다보고 있었다.

"적은 사십만 대군입니다. 생각지도 못한 용전을 펼쳐 우리가 이만큼 몰아붙였다고는 하나, 이제 한계입니다. 만족함을 알고 물러나야 합니다."

이번엔 학맹이 형님을 향해 말했다.

"문숙은 계속 밀어붙여야 한다는데?"

"안 될 말씀이십니다, 주공! 이미 아군 병사들은 체력적으로 한계에 다다른 상태이질 않습니까."

직접 보라는 듯 학맹이 우리 쪽 병사들의 모습을 손으로 가리킨다. 내가 데리고 온 녀석들은 그나마 체력이 남아 있다. 승진 뽕을 맞아서 눈동자도 번쩍번쩍하는 중이고.

그러나 형님이 처음부터 데리고 전투를 해오던 녀석들은 확실히 지친 기색이 역력했다.

"흠. 애들 말이 틀린 건 아닌 것 같은데. 문숙, 네가 보기엔 그래도 계속 밀어붙이는 게 맞는 거냐?"

"예."

"네가 그렇다면 그런 거겠지. 너희들 총군사가 계속 공격하란다! 가자!"

"와아아아아아아!"

형님이 선두에 서서 방천화극을 휘두르며 나아가자 사기가 오를 대로 오른 우리 병사들이 그 뒤를 따른다.

승진 뽕에 빠진 녀석들뿐만 아니라 지친 기색이 역력하던 녀석들 역시 마찬가지였다.

"총군사! 아니, 위속 장군! 어찌 이리도 무모하단 말이오?"

"작은 공을 탐하다 모든 것을 잃어버릴 수도 있음을 총군사 역시 잘 알고 있질 않소이까! 지금의 이 상황은 소탐대실의 전형이외다, 전형!"

내가 그 모습을 지켜보고 있는데 정말 화가 난 기색이 역력한 얼굴로 성렴과 학맹 둘이 다가오며 소리쳤다.

"진짜 그렇게 생각해요?"

"그리 생각하오!"

"나 또한 성 장군과 같소이다!"

"그럼 내기할래요? 누구 말이 맞는지?"

"내기라니! 그대는 이 상황이 그리도 우습소이까!"

얼굴이 정말 시뻘겋게 달아올라선 학맹이 날 향해 삿대질까지 하며 소리친다. 성렴은 아예 입가를 씰룩이고 있기까지 했다.

"하, 그래도 내가 지금까지 한 게 있으니 좀 이해해 줄 줄 알았는데. 너무들 하시네."

"장군이 지금껏 올려온 전과가 화려하다는 것은 나 역시 알고 있으나 이것은 참으로 무모하단 것을 어찌 모르는 것이오!"

"그러니까 내기하자고요. 이렇게 계속 몰아붙이면 상황을 보다 못한 원소가 직접 우릴 막겠다고 앞으로 나올 겁니다. 유사군이 직접 공격해 온 후방도 후방이지만 중앙이 무너지면 모든 게 끝이니까. 그 과정에서 원소가 힘이 빠질 대로 빠진 국의나 문추의 병력을 뒤로 뺄 것이고, 후방에서 그걸 지켜보고 있던 곽도는 원소가 패주하는 것으로 오해해 전열이 와르르 무너지게 될 거고요."

"뭐, 뭐가…… 어쩌고 어째?"

성렴이 황당하다는 듯 반문한다. 이게 무슨 말도 안 되는 소리를 하느냐는 것처럼.

내가 어깨를 으쓱였다.

"천문을 보고서 읽은 겁니다. 그러니까 어떻게 하실래요? 내기 한번 해볼랍니까? 만약 제가 지면 두 분 중 누가 됐건 밑으로 들어가서 부장이 되도록 하겠습니다. 갈구든 굴리든 갈아 먹든 그건 절 부장으로 삼은 장군의 마음대로일 것이고요. 그러나 만약 제가 이기면…… 아시죠? 누가 누구의 부장이 되어야 할지."

"아무리 장군이 천문에 능통하다고는 하나 그건 정말 말이 안 되오, 말이! 좋소이다, 내 장군의 그 내기에 응하겠소!"

성렴이 가슴을 탕 두드리며 소리쳤다.

"좋소. 나도 그 내기, 받아들이도록 하지. 다만 한 가지만 약속해 주시오. 상황이 조금이라도 이상해진다면 모든 힘을 다해 병력을 수습해서 산양으로 퇴각하겠다고 말이오."

"콜. 그럼 내기한 겁니다."

내가 그렇게 말함과 동시에.

"워, 원소다! 원소가 나타났다!"

형님과 함께 국의의 방진을 뚫고 뚫으며 깊숙이 들어가던 병사들 중 누군가의 목소리가 울려 퍼졌다.

"워, 원소라고?"

성렴이 화들짝 놀라며 저 앞을 응시했다. 원(袁)이 새겨진, 화려하게 수놓아진 휘황찬란한 원소의 장군기가 저 멀리에서 이쪽을 향해 다가오고 있었다.

"서, 설마?"

그 눈이 동그랗게 커지고 있다.

학맹 역시 황당하다는 듯 나를, 저 앞의 군기를 번갈아 쳐다보고 있었다.

뿌우우- 뿌우우-

그리고 짧게 울리는 뿔 나팔 소리도 들려온다.

그게 퇴각 신호라도 되는 듯, 국의와 문추의 병력이 뒤로 슬금슬금 물러나고 있었다.

"아, 안…… 안……!"

성렴이 원소 쪽을 향해 손을 뻗으며 다급하기 그지없는 목소리로 소리친다. 하지만 그 말을 채 끝맺지는 못하고 있다. '안 돼!' 그렇게 말한다는 건 적이 패주하지 않기를 바라게 되는 꼴이나 마찬가지니까.

"이럴 리 없소. 아무리 위속 장군, 그대라 할지라도 천문을 읽는 것만으로도 그러한 것을 알아낸다는 것은……."

그 옆에서 학맹이 원소의 장군기를 뚫어지게 쳐다보며 중얼거린다. 말만 않았을 뿐이지, 내가 말한 그 방식 그대로 원소군의 진형이 무너지지는 않기를 바라는 기색이 역력한 얼굴이었다. 하지만.

"어? 어? 원소군이 무너진다!"

"주공을 구하라! 주공을 구해야 한다!"

"원소가 패주한다! 원소가 도망치고 있다!"

"우와아아아아아아아아-!"

곧이어 들려온 그 외침 속에서 학맹과 성렴의 얼굴이 웃기고 슬픈 표정으로 물들었다.

울지도 못하고, 웃지도 못하는 그 표정을 한 두 사람이 어쩔 줄을 몰라 하고 있었다.

"흠. 내기는 내기니까 화내기 없습니다?"

"위, 위속 장군, 아니, 총군사! 설마 농담으로 한 것을 진담으로……."

"진담 맞는데요? 한 치의 웃음기도 없이 백 퍼센트 리얼 다큐였는데?"

"이, 이보시오. 아니, 총군사님. 소장이 아까 총군사님께 올렸던 이야기는 어디까지나 충심으로……."

"이 짜식들이. 하늘 같은 장군님한테 이보시오?"

"하, 하하……."

학맹이 어색하게 웃는다. 내가 진심이라는 걸 이제야 알아차린 모양이다.

"이보시오, 장군. 내 그래도……."

"어어? 아직도?"

"불세출의 명장, 신출귀몰 대군사 위속 장군! 소장, 성렴 지금껏 장군을 존경해 마지않아 왔습니다! 앞으로 어찌하면 되겠습니까? 명령만 내려주십시오!"

내가 눈을 가늘게 하는데 성렴이 군기가 잔뜩 든, 마치 갓 자대 배치를 받은 이병이라도 되는 것 같은 모습으로 소리쳤다.

"이, 이보게 성렴. 자네 정말……."

그런 성렴을 향해 뭔가를 말하려던 학맹이 입을 다문다.

정말 배신감 느낀다는 듯 성렴의 얼굴을 잠시 쳐다보던 학맹이 땅이 꺼지도록 한숨을 푸우우우욱 내쉬고 있었다.

9장
협상?

"으허!"

깜빡 졸았다.

몸이 살짝 기울어지는 걸 느끼고서 화들짝 놀라서 보니 성렴이 내 팔을 붙잡고 있었다.

"거의 도착했습니다, 장군."

"어, 고마워."

정신을 차리고 보니 후성이는 아예 말 위에서 꾸벅꾸벅 졸고 있다. 다른 병사들도 비슷하게 비몽사몽으로 반쯤은 졸면서 걷는 중이고.

전투를 24시간도 넘게 연속으로 치렀으니 무리도 아니지. 그나마 멀쩡한 건 억지로 잠을 쫓고자 계속해서 자신의 뺨을 때려가며 움직이는 위월 그리고 선두에 서 있는 학맹과 내 옆의 성렴 정도일 뿐이었다.

"보십시오, 장군. 벌써 영채가 완성되어 있습니다."

내가 그렇게 주변을 확인하는데 성렴이 손을 들어 저 멀리 앞을 가리킨다. 그 말대로 여(呂)의 깃발이 사방에서 휘날리는 영채가 세워져 우릴 기다리고 있었다.

"진궁 선생과 제갈 낭자 쪽의 병력은 이미 도착했다고 합니다. 원소군은 본래의 영채에서 백 리를 더 물러나 동평으로 들어갔다는 모양이고 말입니다."

"원소가? 동평까지?"

"예, 이게 다 총군사님의 그 신묘한 책략 덕분이 아니겠습니까? 흐흐."

그러면서 성렴이 마치 아부하는 환관이라도 되는 것처럼 손을 비비고 있다. 어떻게든 내게 잘 보이겠다는 것처럼.

그런 성렴의 모습을 저 멀리 앞에 있던 학맹이 힐끔 쳐다보더니 푹 한숨을 내쉬며 고개를 절레절레 젓고 있었다.

"생각했던 것보다 피해가 더 컸던 모양이네."

"예?"

"나는 적당히 서로 비기기만 하는 정도 선에서 전쟁을 흐지부지하게 만드는 거로 생각하고 계책을 짰었거든."

"하하. 총군사님께서 주공과 함께 북상해 올라오신다는 이야기를 들은 것만으로도 저들은 겁을 집어먹었을 것입니다. 그러니까 이십만도 아니고, 사십만이나 되는 대군을 있는 대로 끌어모았겠지요. 안 그렇습니까?"

뭔가 살짝 더 과장된 목소리로 성렴이 그렇게 말하며 날 쳐다본다. 자신의 정성을 알아달라는 것처럼 영업용임에 분명할 미소를 지어 보이기까지 하고 있었다.

"소장이 장담컨대 병사들의 피로가 회복되는 대로 총군사님께서 주공과 함께 북쪽으로 나아가 북만 한번 두드리시면 적들은 그대로 겁을 집어먹고 도망을……."

"거기까지만 하자, 성렴. 아부도 좀 재미있고 참신하게 해야 들어주지. 이건 뭐 재미도 없고 감동도 없고."

"하, 하하…… 그렇습니까?"

풀이 죽어선 푹 고개를 숙이는 녀석을 뒤로하며 나는 말을 몰아 앞으로 나아갔다.

그렇게 한 10분정도 지났을까? 활짝 열린 영채의 문 너머로 익숙한 얼굴들이 그 모습을 드러냈다.

우리보다 먼저 영채에 도착한 형님, 진궁 그리고 제갈영과 감녕 심지어는 유비와 관우 장비 삼 형제까지 모두 입구로 나와 있었다. 그들의 시선이 하나같이 날 향해 집중되어 있었다.

"이야, 드디어 왔구만!"

형님이 양팔을 활짝 벌리며 소리쳤다.

내가 말에서 뛰어내리니 형님이 성큼성큼 걸어와 내 어깨를 두드리고 있었다.

"언제부터 빨아줄까? 지금 바로 해주랴?"

"아, 진짜 형님! 그런 말씀 하시면 다들 오해한다니까요?"

"크흠, 주공. 언행을 조금만 삼가시는 것이……."

역시 우리 공대 선생밖에 없다. 진궁이 헛기침을 하면서 그렇게 말하니 형님이 고개를 갸웃거리고 있었다.

"내가 뭘 어쨌다고? 들어가자. 너도 서 있기 힘들지?"

형님이 그렇게 말하면서 내 어깨에다가 체중을 싣는다. 이제 보니까 형님의 갑옷 사이로 시뻘겋게 물든 붕대들이 보인다.

와, 도대체 몇 군데나 다친 거야? 팔은 아예 붕대투성이고 가슴께 쪽으로도 붕대가 감겨 있다. 멀쩡한 건 얼굴이며 손이며 하는, 겉으로 드러난 부분들일 뿐이었다.

"하, 이제 좀 살 것 같구만."

영채의 안쪽, 장수들이 모두 모여 회의하기 위한 용도로 만들어진 커다란 군막에 들어서기가 무섭게 형님이 한숨을 푹 내쉬며 상석으로 가 앉았다.

자리에 앉는 형님의 얼굴에 피곤한 기색이 가득하다. 지금 보니 이마에 땀방울이 송골송골 맺혀 있기까지 했다.

그냥 좀 서 있다가 걸은 게 전부일 거다. 날씨도 이제 꽤 쌀쌀해진 탓에 더워서 땀이 난 건 절대 아닐 터. 지금 당장으로선 서 있는 것조차 힘에 벅차다는 의미가 된다.

마음 같아선 뭐라고 한마디 하고 싶은데 차마 그러진 못하겠다. 아무렇지도 않은 척, 병사들과 장수들 앞에서 센 모습을 보여줘야 사기가 유지될 테니.

한숨을 푹 내쉬며 내 자리로 가서 앉는데 저 밖에서 웬 병사 하나가 황급히 달려 들어왔다.

"무슨 일이더냐?"

진궁이 반문하자 병사가 형님을 향해 포권하더니 말했다.

"원소의 사자가 도착했습니다, 주공!"

"원소가? 사자를?"

"예! 어찌할까요?"

형님의 시선이 날 향한다.

"문숙. 네가 보기엔 어떤 것 같으냐?"

"뭐, 만나본다고 손해 볼 건 없겠죠."

"총군사가 그렇다고 하는군. 데리고 와라."

"예, 주공!"

병사가 밖으로 나가기가 무섭게 진궁이 말했다.

"협상에 응할 생각이시오?"

"그래야죠. 지금 상황에서 더 싸웠다간 우리 세력 전체를 날려 먹을 겁니다. 안 그래? 위월."

"예? 아, 그런 상황이긴 합니다. 죽거나 다친 병사들이 상당히 많습니다. 간략하게 파악한 것으로만 전장에 투입된 십삼만에 이르는 병력 중, 삼만 명에 가까운 이들이 죽거나 다쳤습니다."

"허어……."

"삼만 명이나……."

장수들이 술렁인다.

24시간이 넘어가는 전투, 그것도 전투 초반에는 오만 명밖에 안 되는 병력으로 사십만을 공격했던 걸 생각해 보면 납득하기 어려운 피해는 아니다.

하지만 이곳에서 동원한 병력은 사실상 우리 쪽에서 영혼까지 박박 긁어서 모은 병력이니 다들 저렇게 술렁이는 것도 무리는 아닐 터.

"사자를 들이겠습니다, 주공."

내가 그렇게 생각하고 있을 때, 밖으로 나가서 사자가 오는 걸 기다리고 있던 후성이 말했다.

형님이 고개를 끄덕이니 밖에서 말끔한 차림의 부장 하나가 성큼성큼 들어왔다.

그 모습을 지켜보던 형님이 나보고 직접 이야기하라는 듯, 손짓하고 있었다.

"소장, 기주목 겸 사공이신 원본초의 수하 황백이라 합니다. 우리 주공의 명을 받들어 전쟁을 끝내기 위한 협상을 제안하러 왔습니다."

"허, 협잡질을 하며 원술을 이끌고 다짜고짜 공격해 올 때는 언제고 이제 와서 전쟁을 끝내자? 원소라는 자에겐 염치가 있는 것인가!"

"옳소이다! 이런 식으로 나올 것이면 애초에 시작을 말았어야지!"

성렴이가, 학맹이가 버럭 소리친다. 황백은 그러거나 말거나 자긴 신경 쓰지 않겠다는 듯 나를, 형님을 번갈아 쳐다보고만 있을 뿐이었다.

"설마하니 협상 조건을 이렇게 전달하지는 않을 테고. 협상 할지, 안 할지를 묻는 거겠지?"

"그렇습니다. 여 장군께서 동의하신다면 하루 휴식을 취하고서 내일 사시(巳時)에 각각 병사 천 명만을 대동한 채 양측의 중간에 있는 초원에서 만나자 하셨습니다."

"그렇게 하지."

"그럼 그리 전하겠습니다."

내가 말하기가 무섭게 황백이 형님을 향해 포권을 하고선 들어왔을 때처럼 성큼성큼 밖으로 걸어 나갔다.

이렇게 되면 하루쯤 시간을 벌게 되는 건가? 너무 피곤해서 식은땀이 다 난다.

내가 자리에 털썩 주저앉으며 마른세수를 하는데 진궁이 수염을 쓰다듬으며 황백이 나간 쪽을 응시하고 있었다.

"이번의 전투로 원소의 체면이 말이 아니게 되었을 터. 어쩌면 협상을 통해 아군의 방심을 유도해 야습을 가하려는 게 아닌가 하는 생각이 드는구려."

"야습이요?"

"그렇지 않겠소이까? 정면으로 싸운다면 주공과 장군을 비롯해 내로라할 맹장이 줄줄이 있으니 승산이 없다고 판단하였을 것이오. 오늘의 패전으로 군의 사기가 땅에 떨어졌으니 더더욱 그렇겠지. 하나 야습이라면 이야기가 다르지 않겠소이까?"

일리가 있는 말이다. 이러면 매복이라도 준비해 봐? 아니면 역으로 우리가 야습해 버려?

내가 그렇게 생각하고 있을 때.

"적이 야습을 시도하진 못할 것입니다. 소녀가 이미 확인한바, 적은 탈영병이 나오는 것을 막느라 사력을 다하는 중입니다."

감녕과 함께 저 아래쪽에 서 있던 제갈영의 그 듣기 좋은, 청아한 목소리가 울려 퍼진다.

진궁이 그런 제갈영 쪽으로 시선을 옮기며 말했다.

"벌써 적들의 동태를 확인했단 말이오?"

"적이 퇴각할 때 감녕 장군의 수하들을 보내 계속해서 확인하고 있습니다. 적지 않은 숫자가 영채를 벗어나 기주로, 북연주로 향하는 중입니다. 원소와 그 휘하 장수들은 그 탈영 행렬을 막고자 안간힘을 쓰는 중이라 하고요."

"흐음, 그렇다면 야습에 대비해 경계를 철저히 하는 것으로도 충분하겠군. 장군은 어찌 생각하시오?"

"저도 같은 생각입니다."

야습해 올 가능성이 크다면야 병사들이 피로해지는 걸 감수하고서라도 매복이든 뭐든 해야겠지만 그게 아니면 굳이 그렇게까지 해야 할 필요가 없었다. 지금은 병사들의 체력을 회복시키는 것에 집중해야 할 때다.

"자, 그러면…… 현황이나 어서들 서로 파악하고 쉬러 갑시다."

진궁은 피곤한 기색이 역력한 얼굴로 그렇게 말했다.

체력을 회복해야 하는 건 병사들뿐만이 아니었다.

쏴아아아아-

바람이 싸늘하기만 하다. 그 바람을 맞으며 나는 진궁 그리고 형님과 함께 병사들을 이끌고 앞으로 나아갔다.

그렇게 나아가길 한 시간여, 저 멀리 앞에서 원(袁)의 깃발이 휘날리는 모습이 시야에 들어왔다.

원소다. 그가 자신의 장수들, 책사들을 이끌고 호위와 함께 우리가 있는 쪽으로 다가오고 있었다.

"……."

거리가 서로의 얼굴뿐만 아니라 그 표정을 명확하게 알아볼 수 있을 정도까지 좁혀졌다.

우리는 아무런 말도 하지 않았다. 그것은 원소 측 역시 마찬가지.

"크흠…… 어쨌든 이렇게 만나게 되었구려."

먼저 이야기를 꺼낸 건 원소의 옆에 있던 전풍이었다.

"우리 공대 선생의 매복에 걸려서 호되게 당했던 거로 아는데. 고생 많으셨겠네. 수고하셨습니다."

내가 포권하며 말하자 전풍이 피식 웃는다. 마치 내가 이렇게 나올 줄 알았다는 것처럼. 그런 전풍의 이마에서 핏줄이 꿈틀거리고 있었다.

"환영은 확실히 받아두었소. 언제고 기회가 된다면 나 역시 열렬하게 환대해 주고 싶구먼."

"그럴 기회가 없을 것 같은데, 뭐 한번 해보시죠."

내가 그렇게 이야기하니 전풍이 이를 악문다. 벌써부터 빠
드득 이 가는 소리가 들려온다. 그런 전풍의 모습을 원소가 물
끄러미 쳐다보더니 한숨을 푹 내쉬며 고개를 절레절레 젓고
있었다.

"내 전부터 느끼는 것이지만 그대의 격장지계는 참으로 놀
라운 경지인 것 같소."

"제가 잘 때리는 게 아니라 그쪽 책사분들이 잘 당해주시는
겁니다. 홍수 때도 그렇고, 이번에 강남까지 유람 갔다 오셨던
것도 그렇고요."

전풍의 얼굴이 벌겋게 달아오른다. 눈빛만으로 사람을 죽일
수 있다면 이런 느낌이 아닐까 싶을 정도로 전풍이 살벌하기
그지없게 날 노려보고 있다.

"그래서 무슨 협상을 하자는 겁니까? 우린 아직 더 싸워도
되는데. 안 그렇습니까? 형님."

"나야 환영이지."

형님이 씩 웃으며 방천화극을 고쳐 잡는다.

원소가 그런 형님의 모습을 물끄러미 쳐다보더니 한숨을 푹
내쉬고 있었다.

"우리나 그대들이나 피차 더는 싸울 여력이 없다는 것을 알
고 있다. 그러니 그대들 역시 이렇게 협상에 나선 것이겠지. 불
필요한 기 싸움은 이쯤에서 마무리하고 싸움을 끝내는 것이
서로에게 좋을 것이다. 전풍 그대도 그쯤 하도록."

"예, 주공."

원소를 향해 포권하면서도 전풍이 이를 악물며 날 노려본다.

그러거나 말거나 난 원소의 얼굴을 응시했다. 어제의 싸움으로 좀 지친 것 같기는 한데, 얼굴 표정으로만 봐서는 지난번에 만났을 때와 별로 다를 게 없는 것 같다.

'흠, 아직은 모르는 건가?'

"그래서 뭘 어쩌자는 겁니까?"

"내가 그대들에게 원하는 것은 간단하다. 내 아들과 저수를 돌려줄 것. 그리해 준다면 지금 당장 병사들을 물려 내 영지로 돌아갈 것이다."

"불필요한 싸움을 벌여 연주와 예주의 병사와 백성을 괴롭힌 보상도 없이 그저 물러가기만 하겠다는 것이외까?"

가만히 옆에서 이야기를 듣고만 있던 진궁이 반문했다. 원소가 싸늘하기 그지없는 눈으로 그런 진궁을 응시하고 있었다.

"나는 황명을 받아 제멋대로 연주와 예주, 서주의 주인을 참칭하는 자들을 토벌하러 군을 일으켰을 뿐이다. 역도가 감히 조건을 논하려 드는 것인가."

"허, 다른 이도 아닌 원본초 그대에게서 그런 이야기를 듣게 될 줄은 내 몰랐구려. 작금의 황상을 폐하고 새로운 황제를 옹립하고자 목소리 높였던 제후 연합의 맹주는 어디에 있던 누구란 말이오?"

진궁이 비웃는 기색이 역력한 목소리로 말했다.

원소는 아무런 말도 하지 않았다. 진궁의 그 이야기는 무시하겠다는 듯, 나와 형님 쪽으로 시선을 옮기고 있을 뿐이었다.

그러던 와중에서.

두두두두두-!

다급하기 그지없는 말발굽 소리가 들려오기 시작했다.

저 멀리 북쪽의, 동평 쪽 방향에서 전령 하나가 이쪽을 향해 황급히 달려오고 있다. 그 소리를 들은 전풍이 말을 몰아 전령이 전하는 이야기를 전해 듣고 있다.

곧 전풍의 얼굴이 딱딱하게 굳어지기 시작했다.

"주공, 잠시……."

전풍이 원소의 귓가에다가 대고 뭔가를 이야기하기 시작했다.

원소가 인상을 찌푸리고 있었다. 저 정도면 아직 큰 건 안 알려진 모양.

"참으로 맹랑한 짓을 벌였군."

"태산과 제북, 두 성은 잘 받았습니다."

내가 공손하기 그지없는 몸놀림으로 원소를 향해 포권하며 말했다.

원소가 이를 악문다. 그런 원소의 얼굴이 살짝 벌겋게 달아오르고 있었다.

"내 진작부터 그대의 재주는 알고 있었다. 북연주는 조맹덕이 백성을 옮겨 사실상 빈 땅이 된 것이나 마찬가지인 만큼, 얼마든지 넘겨줄 수 있다."

"이거 다음으로 전해질 소식은 좀 다를 텐데."

"뭐라?"

원소가 미간을 찌푸린다.

두두두두두-!

그와 동시에 또 다른 말발굽 소리가 저 멀리에서부터 들려오기 시작했다.

원소가 홱 고개를 돌린다. 다급히 달려오는 그 전령의 모습에 원소의 얼굴이 일그러지고 있었다.

"내 경거망동하지 말라 그렇게 일렀거늘, 이번엔 또 뭐란 말인가!"

"알려줘요? 내 제자가 한 일을 보고하러 오는 것 같은데."

"아, 기주 말이오?"

진궁이 그렇게 말하자 원소의 눈이 동그랗게 커졌다.

"뭐라? 기주?"

"진정하시오, 사공. 별거 아니외다. 그저 전투가 시작되기 전에 우리 총군사가 제자를 보내 포로로 잡은 그대의 총군사를 앞세워 남기주의 성들을 점령하라 일렀을 뿐이오."

"주공. 말이 안 되는 이야기입니다. 주공의 눈과 귀를 현혹하고자 하는 것이니 무시하십시오. 기주는 감히 위속의 제자 따위가 함부로 넘볼 수 있는 곳이 아닙니다!"

옆에서 전풍이 당혹스럽다는 듯 소리쳤다.

그러거나 말거나 전령은 계속해서 그들을 향해 질주해 오고 있었다.

전풍이 전령에게 달려갔다. 멀찌감치 떨어진 곳에서 전령이 하는 이야기를 전해 들은 전풍의 낯빛이 창백하게 변해가고 있다. 그 모습을 지켜보고 있던 원소 역시 마찬가지.

"주, 주공!"

"사실인가?"

"그, 그러한 것 같습니다."

전풍이 목소리가 파르르 떨린다. 그걸 들은 원소의 몸도 파르르 떨리고 있었다.

"위, 위속…… 네놈이 기어코!"

"뭐야. 협상하자고 온 거 아니었어요? 싸우자고?"

"해보자는 것인가?"

형님이 옆에서 방천화극을 들고 앞으로 나서니 분노하는 와중에서도 원소가 몸을 움찔거린다. 이 양반도 분노 조절 잘해인 듯.

"선택하쇼. 계속 싸우면서 저수와 원상의 목을 받아 갈지, 아니면 곱게 우리 쪽의 조건을 받아들여 둘의 목숨을 건지던지."

"조건을 말하라!"

"뭐, 간단합니다. 우리 형님께서 남기주와 연주 전체를 지배하는 걸 인정하고 동평에서 물러날 것 그리고 원술이 점령하고 있는 서주의 팽성과 하비성을 유 사군에게 돌려줄 것."

빠드드득!

이를 악물고 있던 원소에게서 이 가는 소리가 들려온다. 원소가 정말 날 죽일 듯이 노려보고 있다.

근데 별로 무섭지가 않네. 지가 날 노려보면 뭐 어쩔 건데?

"와, 이 정도면 진짜 내가 조건 후하게 불러준 건데. 마음에 안 들면 말하쇼. 다른 조건으로 바꿔줄 마음도 얼마든지 있으니까."

"네, 네놈…… 네놈!"

"네놈 뭐? 그래서 하겠다는 거요, 말겠다는 거요?"

원소의 얼굴이 정말 터질 듯이 벌겋게 달아오른다.

온몸이 분노로 부들부들 떨리고 있는 것을 보며, 이거 잘하면 원소도 골로 보낼 수 있겠다는 생각이 들던 찰나.

"받아들이마!"

원소의 목소리가 들려왔다.

📱

"우후후."

콧노래가 절로 나온다. 리얼로다가 편안하다.

원소와 직접 협상한 이후, 동평에 모여 있던 원소군 병사들은 모조리 북방으로 물러났다. 원술에게도 압력을 가한 것인지 팽성과 하비를 점거하고 있던 손책과 주유 휘하의 병사들이 물러났고.

"참으로 고맙소이다, 위속 장군. 우리 삼 형제 모두가 장군께 크나큰 은혜를 입게 되었소."

"내 진짜 앞으로 위속 형님의 말씀이라면 지푸라기를 몸에 두르고 불길에 뛰어들라는 말도 뭔가 이유가 있겠거니 하고

들을 수 있을 것 같소. 정말 고맙소, 형님!"

"고맙네, 아우. 진심일세."

이야기를 전해 들은 유비와 장비, 관우는 그렇게 이야기하며 천 명 남짓하던 병사들을 이끌고 서주 쪽으로 향했다. 비록 서주 전체를 점유하던 시절에는 비할 바가 못 되지만 팽성과 하비, 단 두 곳이라도 돌려받은 게 어디인가.

"좋다, 좋아."

아직 내 집을 만들지는 못했지만 산양성 태수부 한쪽에 새로 만든, 정원이 딸린 외실 한쪽에 드러누워 물 흐르는 소리나 듣고, 한 번씩 고기를 가져다가 숯불에 바비큐를 만들어 집어먹는 삶이다. 내가 원하는 삶이 이런 거였다고.

지금만 하더라도 그렇다.

지글지글-

이글이글 타오르는 불꽃이 불판을 뜨겁게 달구고, 그 위에 올린 고기가 노릇노릇 향긋한 냄새를 뿜어내며 구워진다.

가만히 서서 그 모습을 기다리다가 잘 구워진 고기를 한 조각씩 입에 넣으며 맛을 감상하는 거다. 이렇게 평온하게 지내는 동안엔 정말 부러울 게 없다.

솨아아아아-

어느덧 쌀쌀해진 밤바람이 불어와도 뜨거운 불꽃의 그 열기가 내 몸을 따듯하게 감싸준다. 이러고 있으니 갑자기 노천 온천이 땡기네. 그냥 여기에다가 노천탕이라도 하나 만들어봐?

"어째 이 평온함에 만족해하시는 것 같소이다? 총군사."

내가 그렇게 생각하며 고기를 한 점 집어 먹고 있는데 저 밖에서 익숙한 목소리가 들려왔다.

진궁이다. 그가 공명이와 함께 설렁설렁 내가 고기를 굽고 있는 후원으로 걸어오고 있었다.

"아, 공대 선생. 공명이도 왔네? 기주 쪽은 벌써 마무리된 거냐?"

"형님과 교대했습니다. 사마 숙부께서도 곽 사군 어르신과 함께 기주로 가셨고요. 치국에 대해서만큼은 능력이 확실한 세 분이시니 이제 걱정할 게 없죠."

공명이가 그렇게 말하며 내 옆으로 다가왔다.

"한 점 먹어봐도 될까요? 스승님."

"오냐."

젓가락으로 잘 익은 소불고기 한 점을 들어 이 시대의 재료들을 가져다 직접 만든 쌈장을 찍어 그 입에 넣어줬다. 오물오물 고기를 씹던 녀석의 눈이 동그랗게 커져 있었다.

"이, 이건 뭡니까? 무슨 양념을 바르셨기에 고기 맛이 이렇게."

"쌈장이라는 거다. 입맛에 맞아?"

"맛있습니다!"

"호, 그런가? 그럼 나도 한 점 먹어봐도 되겠소?"

"그러십쇼. 고기도 많고, 시간도 많은데 안 될 게 뭐가 있겠어요?"

진궁이 씩 웃으며 공명이에게서 젓가락을 받아다 불고기를 쌈장에 찍어 먹는다. 그런 진궁 역시 공명이와 마찬가지로 눈을 동그랗게 뜨더니 신기하다는 듯 고기를, 쌈장을 번갈아 쳐다보고 있었다.

"굉장히 기묘한 맛이로군. 혹시 이걸 어떻게 만드는지 내게도 좀 알려줄 수 있겠나?"

"그러죠, 뭐."

제대로 된 재료가 없어서 적당히 이것저것 되는 대로 다 가져다가 최대한 비슷한 맛만 내게 한 건데 이게 또 입맛에 맞는 모양이다.

옆에서 있던 공명이가 이제는 아예 시종을 불러다 젓가락을 받아 들고선 직접 고기를 굽고 있었다.

"그나저나 축하하오, 위 장군."

"예?"

"제갈자유가 그러더군. 이제 다급한 일들은 다 해결된 것 같으니 슬슬 제갈 낭자와 장군과의 혼인을 진행해 보겠다고 말이오."

"컥, 커헙."

진궁이 그렇게 말하는데 고기를 몇 점이나 입안에 쑤셔 넣고 오물오물 씹고 있던 공명이가 화들짝 놀라선 가슴을 두드린다. 그런 녀석이 무슨 귀신이라도 본 것 같은 얼굴로 나를, 진궁을 번갈아 쳐다보고 있었다.

"호, 혼인이라뇨?"

"자네는 못 들었는가?"

"정말, 진짜로 누님이 스승님과 혼례를 올리신다고요?"

"지금 바로 하겠다는 건 아니고, 이제 연애라는 걸 좀 해봐야지. 평생을 함께할 반려를 맞이하는 일인데 대충할 수는 없는 거잖아?"

"아, 안 됩니다. 절대 안 돼요. 스승님의 미래를 위해서라도 혼인은 딴 여자랑 하셔야 한다고요!"

내가 그렇게 말하는데 공명이가 얼굴이 하얗게 질려선 소리쳤다.

'뭐야, 얘. 갑자기 왜 또 이래?'

"누님이 얼마나 폭력적인 여인인지를 스승님께서 아신다면 결코, 절대로 그런 생각을 안 하실 거예요. 스승님 앞에서야 얌전한 척, 안 그런 척하겠지만 누님은 사실!"

저벅, 저벅.

공명이가 목청 높여 이야기하고 있던 그때, 저 멀리에서 또 다른 발소리가 들려왔다. 공명이나 진궁의 그것과는 또 다른, 사뿐사뿐 조심조심 움직이는 발소리.

공명이가 더 말을 잇지 못하고 몸을 흠칫거린다. 마치 한겨울 날의 서릿바람이라도 맞은 것처럼 몸을 부들부들 떨고 있기까지 했다.

"여기에 있었구나, 공명."

뒤이어 들려오는, 맑고 생기가 넘치는 데다 듣는 사람의 마음을 평온하게 만들어주는 제갈영의 그 보드라운 목소리에 공명의 이마에서 식은땀에 배어 나오고 있었다.

"아, 식사 중이셨군요. 소녀가 결례를 범했다면 용서해 주시어요."

나와 시선이 마주치자 제갈영이 화사하게 웃으며 살짝 무릎을 굽혀 인사한다.

내가 고개를 저었다.

"결례라뇨, 전혀 아닙니다."

"감사합니다, 총군사님."

제갈영이 한 차례 나를 향해 더 웃어 보이고선 공명이 쪽으로 시선을 옮긴다. 그 시선을 받아내는 공명이가 어색하게 웃고 있었다.

"하, 하하…… 누님."

"바로 제갈부로 오라고 서신을 보낸 것으로 기억하고 있는데. 받지 못한 것이니?"

"그, 그게 아니라."

"소녀, 가문의 일로 공명과 의논해야 할 일이 있어 그러한데 이 아이를 데리고 먼저 물러나도 될까요?"

제갈영이 그렇게 말하는데 공명이가 다급한 눈으로 날 쳐다본다. 제발 살려달라는 것처럼, 그 눈동자가 나를 향해 격렬한 SOS 신호를 보내오고 있었다. 공명이의 그 신호가 절박하기 그지없다.

내가 그 신호를 접수해 녀석의 편을 들어주고자 마음먹었을 때, 바로 옆에서 진궁이 고개를 끄덕이며 말했다.

"그러도록 하시구려. 먼저 가보게, 공명. 난 총군사와 긴히 나눠야 할 이야기가 있으니."

"그럼 소녀, 물러나겠습니다."

제갈영이 공명이를 데리고 외당을 빠져나가기 시작했다. 그
녀에게 손을 붙잡혀서 끌려 나가는 공명이는 모든 걸 체념해
버린 얼굴을 하고 있었다.

녀석이 그렇게 끌려 나가고 나서, 나와 진궁은 별다른 말없
이 고기를 집어다가 쌈장에 찍어 먹었다. 공명이가 없는 자리
에서 먹는 고기는 참으로 맛있었다.

그리고 나와 나눠야 할 긴한 이야기라던 것이 궁금해져서
물었을 때.

"제갈자유가 부탁했네. 어지간해선 공명이보다 제갈 소저
의 편을 들어주라더군. 버릇이 나빠진다고. 그나저나 이거 정
말 맛있군. 혹시 남은 거 있으면 조금 주지 않겠나?"

그렇게 말하며 진궁은 더없이 해맑은 얼굴로 웃고 있었다.

그 녀석, 괜찮으려나 모르겠네. 진짜 가기 싫어하는 것 같았
는데. ……뭐, 괜찮겠지. 나중에 볼 때 토닥토닥 위로해 주면
될 거다.

나는 침상에 누워 이불을 덮었다.

타닥, 타다닥- 장작을 머금으며 불타오르는 그 불 소리를 들
으며 눈을 감았다. 하는 일 없이, 놀고먹는 행복한 하루를 마

무리할 시간이다.

그러면서 잠을 청하고 있는데.

솨아아아아아-

익숙한 바람 소리가 들려오고 동시에 내 몸을 휘어 감던 피로감이 한순간에 눈 녹듯 사라지는 게 느껴졌다.

상쾌하다. 잠을 청하는데 이런 느낌이 밀려오는 건 한 달에 단 한 번밖에 없다.

"벌써 그날인가?"

내가 잠을 청했던 그 침실의 모습이 시야에 들어왔다. 침실 전체에 짙은 안개가 가득하다.

머리맡으로 손을 뻗으니 내가 살아가던 이 시대와는 전혀 어울리지 않을, 그러나 익숙하기만 한 그 물건이 만져지고 있었다.

"후후."

핸드폰이다.

무릉도원의 삼덕후들이 무슨 소리들을 하고 있을지 괜히 기대된다. 핸드폰을 들고 침상에 걸터앉으며 나는 무릉도원으로 들어갔다.

그러기가 무섭게 '님들. 제갈영 진짜 쩔지 않음?', '이번에 삼크래프트 나온 거 제갈영 능력치 진짜ㅋㅋㅋㅋㅋ', '제갈영을 얻은 위속이 인생의 승리자인듯ㅋㅋㅋㅋㅋㅋㅋ'같은 글들이 눈에 들어온다.

삼크래프트라니? 그런 게임도 있었나?

저게 무슨 소리인가 싶어서 글 하나를 클릭해 봤다.

〈여포군 선택해서 플레이하는 중인데 여포에 위속, 제갈량, 허저, 제갈영으로 군단 하나 만드니까 걍 무적이네여. ㅋㅋㅋㅋㅋ 다 쓸고 다님. ㅋㅋㅋㅋㅋㅋㅋㅋㅋ 이거 완전 미쳤음. ㅋㅋㅋㅋ〉

└하루세번제갈영찬양: 여포, 위속도 그렇지만 제갈영이 진짜 개오피인듯. 안 그래도 이쁜데 통솔 쩔고 지력 쩔고 무력까지 좋아서 어지간한 장수는 다 쓸고 다님. ㅋㅋㅋㅋㅋㅋ

└호원소구: 역사에서도 위속한테 항상 털리던 원소. 삼크래프트에서는 위속제갈영 부부한테 만날 털림. ㅠㅠㅠㅠㅠ 아낌없이 주는 경치 셔틀 원소니뮤ㅜㅠㅠㅠㅠㅠ

└갓갓쯔쯔: 나 진짜 조빠인데 삼크래프트에선 도저히 조조 못하겠다; 삼크 개발진 전부 위빠임;; 위속만 존나 쎔;;;; 아니, 무슨 평야에서 홍수 만드는 스킬이 있음?? 거기다가 화공 대미지 200% 버프는 진짜. ——

└방통대삽질학과: 실제 역사에 나온 대로 스킬 먹이면 위속 너무 개사기라 그나마 이것도 너프한 거임. ㅋㅋㅋㅋ 아니면 주유, 가후 첩보 2레벨일 때 위속 혼자 시작부터 만렙으로 허구한 날 예언하면서 다닐 텐데. ㅋㅋㅋㅋㅋㅋ

└여포조무사: 여포로 여포짓 하려고 여포군 골랐는데 만날 제갈영이랑 위속이 여포함;;; 부부 쌍으로 붙여놓으니까 미침; 계략 간파, 매복 간파, 보급 효율 50% 상향에 버프 진짜ㅋㅋㅋㅋ 개미쳤음. ㅋㅋㅋㅋㅋㅋㅋ

뭔 소리들을 하는 건지 모르겠다. 삼국지 시대를 배경으로 한 게임이 하나 새로 나온 모양이긴 한데, 나하고 제갈영이 거기에 부부로 등장하는 것 같고, 우리가 함께 전장으로 나가면 보너스 버프가 붙는다는 모양.

"흠."

제갈영의 능력이 출중하다는 의미에서 이렇게 떠드는 것 같다.

확실히 능력이 좋기는 하지. 내가 기억하는 것만 하더라도 전장에서 몇 번씩이나 번뜩이는 계책들을 내놓기도 했고, 서주를 구원하러 가던 때엔 후성이 정도는 상대도 되지 않을 정도의 무위를 선보이기까지 했었으니까. 여남군 쪽에서 장난질을 하던 감녕이를 때려잡던 때에도 그랬었고.

"무조건 잡아야겠다."

예쁘고 이 시대의 여자들과 다르게 능동적으로, 자기 주도적으로 활약하며 전장에서도 얼마든지 도움이 될 수 있는 여자다. 내가 안 나가고 제갈영이 나가는 것만으로도 전장을 커버하는 건 충분히 가능할 터. 게다가 제갈 씨니까 똑똑한 건 또 얼마나 똑똑하겠어.

"결혼하지 않아야 할 이유가 없지. 암."

몇 달만 연애를 해보고 나면 진짜 확신이 설 것 같다.

나는 그렇게 생각하며 이번엔 삼국지 토론 게시판으로 옮겨 갔다. 어쨌든 무릉도원에 들어온 이상, 우리 군의 앞날이 어떻게 되는지를 확인해야 하니까.

"어디 볼까……."

키워드를 걸어서 막 검색을 해보려는데 글 하나가 눈에 확 들어와 꽂혔다. '님들이 삼국지 시대에서 환생한다면 가후랑 위속 중 누굴 부하로 선택하시겠음?'이란 제목의 글인데, 댓글이 30개가 넘게 달려 있었다.

"아."

진짜 중요한 걸 봐야 하는데. 키워드에 여포, 위속, 위기, 전쟁을 걸어놓고 검색을 해야 하는데 손이 떨어지질 않는다.

저 글을 확인하고 싶다. 볼까, 말까. 봐야 되나 말아야 되나.

10초도 안 되는 시간 동안에 격렬하게 고민한 끝에 나는 그 글을 클릭했다. 빨리 보고 다른 거나 보러 가지 뭐. 어차피 연합군을 격파한 지도 얼마 지나지 않았으니 당장엔 별일 없을 거다.

〈조조가 단시간에 관중, 서량, 서촉을 집어삼킬 수 있게 해준 일등 공신이 가후죠. 군략 하나는 진짜 삼국지 시대 전체를 통틀어서 위속이랑 제갈량, 주유 정도만 간신히 비벼볼 수 있었다고 하고. 그리고 진짜 위속은 ㅋㅋㅋㅋ 미친 능력의 예언자에 도발 본좌, 역사상 최고의 방화범, 여포를 말 그대로 업어 키운 인물이죠. 님들이 삼국지 시대에서 환생해서 부하를 한 명 만든다면 누굴 선택하실 건가여?〉

└가후문화상품권(글쓴이): 전 가후 선택할 생각. 진짜 가후가 시키는 대로만 하면 전통 가능할 것 같아여. ㅇㅇ

└조건달: 가후랑 위속이면 무조건 가후지. 위속 깝 ㄴㄴ.

└원술이롤모델: 난 죽택 주유 있으면 주유 하겠는데 위속이랑 가후는 좀;

└똥유똥공근: 오빠 위빠들 양심좀;; 하왜주냥위냥을 빨아주나여?

└최강미모저수지: 위에 오빠는 제정신 아닌 듯; 솔직히 아무리 위속이 싫어도 그렇지 주유랑 비교하는 건 진짜 ㅋㅋㅋㅋㅋㅋ 오죽하면 병사들까지 주유한테 똥쟁이라 했겠음. ㅋㅋㅋㅋㅋㅋ

└돌돌허저: 주유도 똥쟁이, 장합도 똥쟁이, 원소도 똥쟁이 아님? 무려 정사에 기록된 얘기일 건데??

└가후문화상품권(글쓴이): 아니, 그만 좀 싸우시져;; 가후 선택할 거임 위속 선택할 거임?? 내가 묻는 건 이거잖슴여.

└간손미의 미: 난 유비빠지만 위속 선택함. 솔직히 가후랑 비교가 안 됨. 의리도 쩔지, 능력 쩔지, 머리 좋아 싸움도 잘해. 솔직히 이거 밸붕임. ㅋㅋㅋㅋㅋㅋ 어디 가후를 위속한테 갖다 댐?

└망탁조의: 연의에서야 위속이 짱이지만 정사로 보면 또 달라요. 기록이 워낙에 부실해서 정확하게 알 순 없지만 제갈영, 진궁, 제갈량 심지어는 제갈근이랑 허저, 감녕이 세운 전공까지 다 위속이 한 거로 오해하고 있을 수도 있음.

└원소본초: ㅇㅈ 또 ㅇㅈ합니다. 배송지도 정사에다가 주석 달 때 그랬잖음. 위속에 대한 얘기는 허무맹랑한 게 너무 많다고.

└저격수여포: 전공이 거품일 순 있어도 위속 한 명만 데리고 오면 제갈량, 손권, 유비, 관우, 장비, 감녕, 허저 전부 다 옴. 삼웨이 다단계에서 위속이 다이아몬드임. ㅋ

└주유핵미남: 솔직히 이건 위속이지; 아무리 기록이 불확실하다고

해도 가후는 그냥 창업 공신이지만 위속은 여포군 그 자체임. -.-a 망해 가는 거 위속이 그냥 혼자 다 업어 키웠잖음. 그래서 여포가 빨아줬다 는 소리도 있던데?

└위속킬러방통: ㅋㅋㅋㅋㅋㅋㅋㅋㅋㅋㅋㅋㅋㅋㅋㅋㅋㅋㅋㅋ 여포 게이 설 또 나오나요?ㅋㅋㅋㅋㅋㅋㅋㅋㅋㅋㅋㅋㅋㅋㅋㅋ

"푸흡."

아오. 형님이 그 소리 하던 게 결국엔 역사서에 기록이 된 모양이다. 내가 이럴 것 같아서 형님이 그 소릴 못 하게 하려 고 그렇게 떠들었던 건데. 망했다, 망했어…….

"흐."

그나저나 뭐가 어떻게 된 건지 잘 모르겠다.

어차피 유비한테 땅을 돌려준다고 해도 자기가 그걸 끝까지 지키면서 독립적인 세력으로 살아남을 가능성은 0%에 수렴할 것 같아서 팽성이랑 하비를 돌려주는 거로 하기는 했는데. 그 게 결국엔 먹힌 건가?

유비, 관우, 장비가 내가 만든 다단계에 들어가 있다는 게 무슨 의미인지 모르겠다. 이 시대의 기록이 정확하지가 않다 는 것도 그렇고.

"흠…… 기록에 대해서 좀 더 신경을 써봐야겠군."

사소한 것까지 다 기록을 남기도록 장수들, 문관들을 닦달 하면 다음 무릉도원에선 뭔가 좀 더 괜찮은 정보가 나오겠지.

10장
예, 예? 제가요?

"기록 좀 열심히 하자! 이게 다 피가 되고 살이 되는 거라니까?"

"아니, 장군. 귀찮아 죽겠는데 일기를 제가 왜 씁니까……."

"안 그래도 쓰고 있었습니다, 장군. 보십시오. 이게 다 이 성렴이 지난 인생을 되돌아보며 만들어온 겁니다. 이건 어제, 그제의 일들을 되짚으며 쓴 것이고요."

일기를 왜 써야 하는지 모르겠다는 듯, 한숨을 푹푹 내쉬는 후성의 옆에서 성렴이 눈을 반짝인다. 그런 성렴이 자신의 책상 위에 쌓인 죽간들을 탁탁 두드리고 있다.

그리고 그 옆으로는.

"이건 제가 데리고 있는 만인대의 천인장과 오백인장, 백인장 녀석들이 쓴 겁니다. 글자를 모르는 놈들은 쓸 줄 아는 놈들에게 부탁해서까지 쓰고 있죠."

죽간이 거짓말 조금 보태서 산더미처럼 쌓여 있다. 성렴이 그걸 손으로 가리키며 자신이 정말 잘하지 않았냐는 듯 칭찬을 바라는 얼굴로 날 쳐다보고 있었다.

"저거 쓰느라 애들 힘들어서 죽어났겠는데……."

옆에서 후성이가 자그맣게 중얼거리는 목소리가 들려왔다.

아, 갑자기 양심에 찔린다. 사단장이 방문할지도 모른다는 소리에 눈이 돌아간 대대장이 먼지는 한 올도 나오면 안 된다며 부대 전체에 미싱을 지시했던 기억이 떠오른다.

가만히 앉아만 있어도 땀이 줄줄 흐르는, 미치도록 더운 날이었다. 바닥에다가 벽, 심지어는 천장에까지 치약을 발라다가 칫솔로 미싱을 하며 욕을 얼마나 했던지…….

어쩌면 여기 애들도 날 그렇게 욕하고 있을지 모르겠다. 본의 아니게 부조리를 만든 것 같은 느낌적인 느낌이 든다고나 할까.

"시간만 더 주신다면 제가 일반 병사들에게까지 일기를……."

내가 그렇게 생각하고 있는데 의욕에 넘치는 성렴이의 그 목소리가 들려왔다.

"일반 병사들한테까지?"

"맡겨만 주십쇼. 저부터 시작해서 말단 병사까지 하나도 빠짐없이 일기를 쓰도록 하겠습니다."

"야, 일 절만 해."

"예?"

"병사들한테까지 시키지 말라고. 너랑 천인장 이상한테만 하게 해. 군대가 싸우는 거 잘하고, 훈련 열심히 하면 됐지.

글도 제대로 쓸 줄 모르는 놈들한테 일기 쓰라고 강요하는 게 말이 되냐?"

"아…… 그렇습니까?"

"스승님!"

내가 황당해서 하는 소리에 성렴이가 풀 죽은 얼굴로 고개를 숙일 때, 저 뒤에서 손권이의 목소리가 들려왔다. 녀석이 환한 얼굴로 죽간을 들고 서 있었다.

"어, 권아."

"저도 썼습니다! 일기요!"

그러면서 녀석이 들고 있던 죽간을 내미는데 시작한 지 일주일은 되는 모양이다. 며칠 치는 될 일기가 죽간에 쓰여 있었다.

<오늘은 할 일이 없었다. 온종일 집에서 병법을 공부하고, 무예를 수련했다.>

<비가 내렸다. 오늘도 할 일이 없었다. 온종일 집에서 병법을 공부했다. 자유 선생이 여기에 계셨으면 여쭤볼 게 많았을 텐데. 아쉽다.>

<활을 열심히 쐈다. 상향이 무예를 수련하기에 함께 목검으로 수련했다. 상향이 내게 물었다. 왜 아무것도 안 하고 놀고만 있느냐고. 나도 모르겠다. 나도 공명 사형처럼 중책을 맡아 일하고 싶은데…… 나는 뭘 해야 하는 걸까?>

천천히 내용을 읽어 내려가는데 막 가슴이 아린다.

손권이가 기대감 가득한 눈으로 날 쳐다보고 있었다.

"아, 그리고 스승님. 주공께서 스승님을 찾고 계십니다."

"응?"

"지금 제갈부에 계세요. 바로 모시고 오라고 하셨거든요."

아니, 형님이 갑자기 왜? 그것도 제갈부면 공명이네 집인데? 뭐지?

"일단 가자. 가서 보면 알겠지."

📱

"어, 문숙! 왔냐?"

제갈부에 도착하니 형님이 날 맞이한다. 그 옆으로 울상이 된 공명이가, 여전히 무표정한 얼굴의 제갈근이 함께 서 있었다. 뭔가 안 어울리는 조합이다.

내가 가만히 서서 그 모습을 지켜보는데 형님이 씩 웃고 있었다.

"우리 문숙. 너도 장가가야지."

"예?"

"네가 나이가 몇인데 아직까지 총각으로 남아 있으려고 해? 쇠뿔도 단김에 빼랬다고 오늘 다 해버리자."

"뭐, 뭘 해요?"

아니, 이 양반이 지금 또 뭐라는 거야?

내가 황당해서 제갈근을 쳐다보는데 그가 조용히, 그러나 정중히 날 향해 읍하며 인사하더니 다가와 말했다.

"주공께서 총군사님과 영의 이야기를 듣더니 직접 혼례를 주선하겠다며 오셨습니다."

"마침 오늘이 길일이라더라. 오늘 혼례를 치르면 백년해로 할 수 있다더라고. 그래서 준비도 다 해놨지. 다들 들어와라!"

형님이 그렇게 말함과 동시에 사람들이 우르르 밀려들어 오기 시작했다. 그런 이들의 손에 음식이며 장식이며 하는 게 잔뜩 들어 있다. 마치 몇 번이고 이런 일을 해봤다는 것처럼, 그들은 능숙하게 제갈부의 시종들과 함께 장원 곳곳을 장식하며 테이블을 가져다가 세팅하고 있다.

아니, 이게 이렇게 해도 되는 건가?

"축하드리오, 총군사!"

내가 황당해서 서 있는데 갑자기 진궁의 목소리가 들려왔다. 활짝 열린 제갈부의 대문 너머로 진궁이 껄껄 웃으며 들어온다. 그 뒤로 온갖 선물을 주렁주렁 든 시종들이 따라오고 있기까지 했다.

"내 오늘 아침에야 이야기를 들었소이다. 좀 미리 알 수 있었더라면 더 좋은 것들을 준비했을 터인데 참으로 아쉽소. 다시 한번 축하드리오!"

진궁이 내게 포권하며 그렇게 말하고선 제갈근 쪽으로 걸어간다.

형님이 제갈근과 함께 진궁을 맞이하며 껄껄 웃더니 내 쪽으로 다가와 말했다.

"문숙."

"예?"

"표정이 왜 그래. 제갈 소저와 혼인하는 게 싫은 거냐?"

제갈영과의 결혼이라.

솔직히 싫지는 않다. 똑똑하지, 잘 싸우는 데다 이 시대의 여자들과 다르게 자기 주도적이며 똑 부러지기까지 하다. 그리고 예쁘기까지.

제갈영의 그 곱디고운 자태를 떠올리니 나도 모르게 히죽 웃음이 나온다. 이런 내 모습을 본 형님이 씩 웃고 있었다.

"싫지는 않은 모양이네. 그럼 됐다."

📱

정신이 하나도 없다. 결혼식이라는 게 이런 건가?

형님이 데리고 온 시녀들이 옆에서 일러주는 대로 하다가 보니 어느덧 나는 신혼방에 들어와 있었다.

그리고 내 앞에 다소곳이 무릎을 꿇고 앉아 있는 건 붉은 색의, 화려하기 그지없는 신부복을 입고 있는 제갈영이었다.

"하, 하하…… 좀 덥네."

어색하다. 진짜 어색하다. 제갈영이랑 결혼을 하는 게 싫은 건 아닌데 막 몸에서 식은땀이 난다.

손으로 부채질을 하는데 제갈영이 날 쳐다보고 있었다.

"더우신가요?"

"아니, 더운 것보다…… 아직 연애랄 것도 안 해봤는데. 갑자기 이렇게 결혼을 해버린다는 게. 이게 좀."

"빠르죠?"

다행이다. 제갈영도 나랑 생각이 같은 모양이다.

"빠르죠. 이게 이래도 되나? 싶고 막."

"이래도 될걸요?"

으응? 이래도 된다니?

제갈영이 갑자기 앉아 있던 자리에서 일어나더니 내 손을 붙잡고선 나까지 일으켜 세운다. 제갈영의 입가에 고혹적인 미소가 피어올라 있고, 그 눈매가 묘하게 웃고 있다. 마치 먹잇감을 응시하는 야수의 그것과 같은, 그냥 쳐다보는 것만으로도 혼이 빨려 버릴 것 같은 색기까지 감도는 눈이다.

당황스럽다. 뭔가 이상해서 내가 뒷걸음질을 치는데 뒤에서 뭔가가 다리에 걸린다.

"어, 어?"

내가 채 정신을 차리기도 전에, 몸이 뒤로 쓰러졌다. 동시에 푹신한, 이불이 내 몸을 받아내는 것이 느껴졌다.

천장이 보인다. 그런 내 위로 제갈영이 올라오고 있었다.

아니, 이래도 돼? 이 시대엔 결혼이 이런 거야?

"이래도 되기는 하는 거구나……."

태수부의 외당. 그곳에 새로 마련한 원탁에 앉아 있는데 문득 제갈영과 혼례를 치렀던 날의 기억이 떠올라 중얼거리는데 옆에서 형님이 팔꿈치로 툭, 내 옆구리를 친다.

고개를 돌려보니 형님이 씩 웃으며 날 쳐다보고 있었다.

"신혼 분위기가 좋지?"

"예? 하, 하하…… 이걸 좋다고 해야 할지, 뭐라고 해야 할지."

"원래 신혼 때는 다 그런 거야. 벌써 태기까지 있다면서? 축하한다."

"오, 그렇습니까? 총군사가 드디어 후사를 보다니. 참으로 경사스러운 일이 아닙니까? 축하드리오, 총군사."

옆에서 있던 진궁이 환하게 웃는다.

"축하드립니다, 장군."

"축하드리오!"

"축하드립니다, 총군사님!"

회의를 위해 모여 있던 이들이 하나같이 자리에서 벌떡벌떡 일어나 내게 포권하며 말했다.

입가에 미소가 피어오르기는 하는데, 이거 참 묘하다. 나한테 자식이 생긴다니. 혼례를 치른 지 이제 겨우 석 달밖에 안 지났는데.

"문숙. 이렇게 하자. 아들이면 내가 직접 훈련을 시켜주마. 딸이면…… 흠, 그래. 군사로 키우는 게 낫겠군."

"허허. 총군사와 제갈 부인의 자녀라. 이거 벌써 기대가 되는군요. 천하를 뒤흔들기에 부족함 없을 일세의 영재가 태어

날 것입니다. 아니 그렇습니까? 주공."

"흐흐. 당연히 그렇지. 나 여포와 문숙 그리고 제갈 가문의 핏줄을 타고 이 세상에 태어날 녀석인데 당연히 그렇겠지."

진궁의 말에 형님이 기분 좋게 웃는다.

다들 기뻐하고 있는데 어째 좀, 나한테는 실감이 안 나는 이야기다. 자식이 태어난다니. 한국에서 살 때엔 결혼도 포기하고 그냥 농사만 지으면서 살던 나인데.

잘 키울 수 있을까? 내가 좋은 아버지가 될 수 있을까?

그런 생각이 들어서 심각하게 혼자 고민하고 있는데 뭔가 싸한 시선이 느껴진다. 고개를 돌려서 보니 형님이 심심해서 죽을 것 같다는 얼굴로 날 쳐다보고 있었다.

"왜, 왜 그래요?"

"문숙. 전에 얘기했던 거. 그거 어떻게 됐냐?"

"그거라뇨?"

"그거 있잖아, 그거. 애들 다 모아놓고 비무 대회 하는 거."

"아니, 형님. 그거 진짜로 하시려고요?"

내가 황당해서 반문하는데 형님이 더없이 진지한 얼굴로 고개를 끄덕이고 있었다.

"아니, 전쟁도 끝났겠다. 이제 슬슬 좀 편하게 지내면 좀 좋아요? 앞으로 최소 1년, 2년 정도는 전쟁도 없이 군대고 장수고 푹 쉴 수 있는데. 굳이……."

"문숙. 유비무환이라는 말을 아느냐?"

"당연히 알죠."

"이렇게 평화로울 때일수록 병사들은 편하게 쉬어도 장수들은 꾸준히 노력해야 해. 한번 마음이 놓여서 쉬기 시작하면 끝도 없거든. 내가 단순히 심심해서 비무 대회를 하자는 걸로 보이냐?"

'네. 진짜 그렇게 보이거든요?'

그 말이 목구멍까지 치밀어 올라왔지만 차마 입 밖으로 뱉지는 못했다. 솔직히 아무리 봐도 이건 그냥 형님이 심심해서 싸우고 싶으니 일을 벌이는 느낌이라.

"총군사. 주공의 말씀에도 일리가 있소이다. 주공의 말씀대로 병사는 쉬어도 장군은 언제나 몸과 마음을 갈고 닦으며 다가올 전투에 대비해야 하오. 날카롭고도 예리한 그 감각을 유지해야만 적들의 움직임에 바로바로 반응하며 나아가고 물러날 수 있을 터."

"오, 진궁 자네는 내 마음을 제대로 알아주는구만."

"과찬이십니다, 주공."

형님은 좋아하고, 진궁은 겸손해하며 고개를 숙인다.

다른 사람도 아니고 진궁이 저렇게 얘기하니 나도 약간은 설득당하는 것 같다. 그냥 해버릴까? 이제는 어차피 짬도 차서 이런 일은 군이 내가 움직여야 할 필요도 없다. 그냥 밑에 사람들한테 형님 말씀대로 지시하라고 하면 되는 거니까…….

"까짓것 하죠, 뭐. 준비하겠습니다."

"흐흐. 좋다. 그럼 바로 진행하는 것으로 하지. 진궁. 당장 사람을 보내서 장군들을 모이도록 해. 우리 영토 외곽을 지키는 녀석들은 제외하고 여유가 넘치는 녀석들은 다 오도록. 유비 쪽으로도 사람을 보내서 비무 대회가 열림을 알리도록 하고. 아, 나도 참가할 거니가 그거 꼭 얘기해라. 알았지?"

"알겠습니다, 주공."

진궁이 포권하며 회의장을 나선다.

허저는 눈동자를 반짝이며 형님을 쳐다보고 있고, 성렴과 학맹 역시 비무 대회에서 좋은 성적을 거둔다면 승진을 할 수 있지 않을까 하며 혼자 설레는 중이다.

오늘 회의가 시작될 때까지만 해도 다들 왠지 모르게 축 늘어져서 있던 것 같았는데 갑자기 긴장의 끈이 팽팽하게 잡아당겨지는 모습들이다.

그래, 가끔은 이런 것도 나쁘지 않겠어.

다각, 다각.

조(曹)의 깃발과 함께 하후(夏侯)의 깃발이 휘날린다. 그 아래에서 병사 이백 명과 함께 조조가 여포에게 보내는 사신으로서 산양성에 들어선 하후돈이 고개를 갸웃거리고 있었다.

"성 전체가 들떠 있군."

사방에서 환호성과 함께 풍악이 들려온다.

그런 와중에서 백성들은.

"마초 장군이 그렇게 강하다며?"

"에이, 아무리 그래도 장비 장군만 못하지. 내가 봤을 때 장장군이 이길 걸세."

"허저 장군이 그렇게 강하다던데? 장비, 마초 이 사람들이 다 나와도 허저 장군만 못하지 않겠나?"

"떽! 그 무슨 말도 안 되는 소리인가? 허저 장군이 최골세. 아니, 아니지. 가장 강한 건 주공이시고 그다음이 위속 장군이실 걸세. 그다음은 허저 장군쯤 되겠지. 뭐로 보나 허 장군은 삼 순위일세, 삼 순위."

여포와 유비 휘하의 장수들이 서로 싸우면 누가 이길지에 대해 이야기하며 돌아다니고 있다. 그것도 한둘이 아니다. 모여 있는 사람마다 다 똑같은 이야기들을 하고 있었다.

여포와 유비 휘하의 장수들이 도대체 왜 싸움을 벌인단 말인가? 이해가 되질 않는다. 하후돈이 인상을 찌푸리고 있었다.

그러던 때.

"장군! 저쪽을 보십시오!"

선두에서 움직이던 병사가 소리치며 손을 들어 저 앞을 가리켰다. 산양성 안쪽, 원소의 삼십만 대군이 공격해 오는 것을 막기 위해 왔던 때엔 병영이 자리하고 있던 그 자리에 수도 없이 많은 사람들이 구름 떼처럼 모여 있는데, 그들이 환호성을 내지르고 있었다.

"와아아아아아아아아-! 장비 장군 힘내시오!"

"마초 장군! 할 수 있습니다! 힘내십시오!"

"마-초! 마-초! 마-초! 마-초!"

"장-비! 장-비! 장-비! 장-비!"

사람들이 마초와 장비의 이름을 연호하며 소리치는 중이다.

캉, 카강-! 카카캉-!

그 사이에서 쇠와 쇠가 부딪치는 소리가 들려오고 있는 것으로 보아 싸움이 벌어지는 모양.

"가보세."

하후돈이 말을 몰아 앞으로 나아갔다.

병사들이 선두에서 백성들을 조금씩 밀어내고 길을 만들어냈다. 그 사이를 지나며 움직이던 하후돈의 시야에 들어오는 것은 장비와 마초, 두 장수가 공터 한가운데에서 서로를 향해 창을 휘두르며 공방을 주고받고 있는 모습이었다.

캉, 카강-!

장비의 장팔사모가 미친 듯이 마초의 가슴팍을 향해 찌르고 들어온다. 그러한 공격을 마초가 창을 휘둘러 가며 일일이 하나하나 다 막아가는 중이고.

완전히 수세에 몰린 것인가 싶던 상황에서 마초는 기합성을 토해냄과 함께 계속해서 찔러오는 장팔사모를 아슬아슬하게 피해내고선 장비의 가슴팍 쪽으로 파고들어 가 창대를 휘둘렀다.

퍽-!

요란하기 그지없는 그 소리와 함께 창대에 복부를 강타당한 장비가 씩 웃으며 한 걸음 뒤로 물러난다. 그러면서 장비는 전혀 아프지 않다는 듯, 손으로 제 복부를 탁탁 두드리더니 계속하자는 듯 자세를 바로 하고 있었다.

"허, 저게 무슨……."

당혹스럽다. 장수라는 자들이 어찌 백성들의 앞에서 한낱 광대가 되어 서로에게 창을 휘두른단 말인가. 그것도 정말 죽이기라도 할 것처럼 전력을 다해서 서로 공격과 방어를 주고받기까지 한다니. 이해가 되질 않는다.

하후돈이 그렇게 생각하며 고개를 절레절레 젓고 있을 때, 한참이나 공방을 주고받던 마초가 한 걸음 뒤로 물러나며 고개를 숙이고 있었다.

"내가, 졌소."

"좋은 승부였소."

"와아아아아아아아아아-!"

마초의 인정과 동시에 사람들이 환호성을 내지른다. 귀가 다 따가울 지경.

하후돈이 귀를 막으며 주변을 돌아보는데 저 멀리 앞에 꾸며진, 단상 위에 여포와 위속이 앉아 있는 것이 시야에 들어왔다. 하후돈이 그들을 향해 나아갔다.

원소를 격퇴하는 과정에서 여포가 획득한 동평과 제북, 태산의 백성들을 이주시키는 일에 대해 의견을 나누며 사안을 깔끔하게 정리해야 할 필요가 있다. 하후돈은 그러한 이유로 연주에 사자로서 파견되어 온 것이었다.

"여 사군! 소장 하후돈 우리 주공의 명령을 받아 사신으로서 산양을 찾아왔습니다!"

여포를 향해 다가가며 하후돈이 소리쳤다.

하지만 여포의 시선은 여전히 위속을 향해 있었다. 백성들의 목소리가 너무 커서 들리지 않았던 모양이다.

계속해서 여포를 향해 나아가며 하후돈은 있는 힘껏 재차 소리쳤다.

"여 사군! 문숙 형님! 소장 하후돈 주공의 명을 받아⋯⋯."

"응? 오, 누군가 했더니 하후돈이네? 너도 참가하러 왔어?"

"사신으로서⋯⋯ 예? 참가라뇨?"

황당한 마음에 하후돈이 반문하는데 여포가 자리에서 벌떡 일어나더니 위속과 함께 단상에서 내려와 성큼성큼 다가오기 시작했다.

조금 전, 장비와 마초의 대결로 환호성을 내지르며 즐거워하던 백성들의 시선이 그들을 향해 집중되어 있었다.

"이야, 오랜만이네. 너도 참가하러 왔구나?"

여포가 하후돈의 모습을 위아래로 쳐다보더니 씩 웃으며 말했다.

"예, 예? 제가요? 참가를? 아니, 제가 무슨 참가를⋯⋯."

하후돈이 황당하다는 듯 재차 반문하며 자신의 방문 목적을 설명하고자 하던 찰나.

"와아아아아아! 하후돈 장군도 비무 대회에 참가하러 오셨다!"

"새로운 참가자다!"

"우와아아아아아아-! 하후돈! 하후돈! 하후돈!"

사방의 백성들이 하후돈을 연호하며 소리치기 시작했다.

"하, 하하⋯⋯ 이게 무슨⋯⋯."

그 외침 속에서 하후돈이 실소했다.

그런 하후돈의 모습을 여포가 재미있다는 듯 응시하고 있었다.

"도니 쟤, 멘붕하는 게 보이는구만."

딱 봐도 북연주 쪽 일 때문에 협상하러 온 것 같은데 생각지도 못하게 형님에게 붙잡혀 비무 대회에 참가하게 된 꼴이다.

멘탈이 깨져서 황당해하는 꼴이 쌤통이다, 쌤통. 그러게 원소랑 원술이 몰빵해서 쳐들어올 때 누가 구경만 하고 있으래?

"병주 쪽으로 원소 뒤통수라도 한 대 갈겨줬으면 또 몰라."

죽어라 싸우는 걸 구경만 하다가 사신이랍시고 찾아왔는데 그걸 예쁘게 봐주면 그게 미친놈이지.

"주공!"

내가 그렇게 생각하고 있는데 허저가 우리 쪽으로 성큼성큼 걸어온다. 녀석이 그 똘망똘망한 눈으로 형님을 쳐다보고 있었다.

"오냐, 허저. 너 잘 싸우던데? 백인장이랑 천인장을 몇 명이나 때려눕힌 거야?"

"헤헤. 일곱 명, 아니, 여덟 명이랑 붙어서 이겼습니다."

"잘 해봐라. 다 때려눕히고 결승전에서는 나하고 붙어야지."

"엥, 형님이 결승전에는 왜요?"

"주공도 참가하시는 겁니까?"

내가 황당해서 반문하기가 무섭게 허저가 말했다.

"오냐. 나도 참가한다."

"우와! 그럼 소장 열심히 하겠습니다! 꼭 결승전까지 갈게요!"

그러면서 허저가 신이 나서는 무대로 올라간다. 그런 허저의 다음 상대인, 장비가 서주에서 데리고 온 백인장 하나가 관우의 것과 비슷한 기다란 언월도를 들고 무대 쪽으로 올라가고 있었다.

보나 마나 허저가 이기겠지.

이런 식으로 장수들이 열심히 무예를 수련할 동기를 만들고, 백인장이나 천인장 중에 능력이 있으나 이름이 알려지지 않은 애들을 찾는 게 이번 비무 대회의 목적이어야 한다.

나와 진궁이 생각하기론 확실히 그러했다. 그러한데.

"잘 싸우는 놈들이 많아서 좋구만. 그냥 결승전은 빼고 제일 잘 싸운다는 놈 셋만 데려다가 삼 대 일로 붙어볼까?"

이 양반은 그저 잘 싸우는 장수들과의 대결이 기대된다는 얼굴을 하고 있었다.

"아니, 형님. 비무 대회를 열었으면 그냥 장수들이 싸우는 걸 보면서 잘하는 애한테 칭찬해 주고, 상이나 내려주면 되지 형님이 왜 그걸 참가해요?"

황당한 마음을 잔뜩 담아서 이야기하는데, 기분 좋게 웃고만 있던 형님의 얼굴에서 미소가 사라진다.

형님이 더없이 진지한 얼굴로 날 응시하고 있었다.

"아니, 당황스럽게 갑자기 왜 그렇게 진지해져요?"

"난 진지하다. 항우를 뛰어넘으려면 당연히 나 역시 천하제일의 무장이 되어야 할 터. 우물 안 개구리가 되지 않으려면 계속해서 강자를 찾아야 하지 않겠느냐? 그래야 나도 자극을 받아 끊임없이 무예를 갈고닦지."

"아무리 그래도……."

"우와아아아아아아아아아아-!"

형님이 주관한 대회에 형님까지 끼어드는 건 좀 아니잖아요? 애들 기 다 죽을 건데.

그 말을 하려는 찰나, 갑자기 사람들의 환호성이 들려왔다.

뭔가 싶어서 보니 장비가 데리고 온 백부장이 허저를 몰아붙이고 있었다.

'뭐야?'

"으아아아!"

허저가 함성을 내지르며 창을 휘두른다.

형님에 준하는, 정말 무지막지하다고 할 수밖에 없을 괴력을 자랑하는 허저가 창을 내려친다. 저기에 맞으면 갑옷을 입었건 어쨌건 간에 최소한 사망일 거다.

하지만 허저를 상대하는 백인장은 그것을 옆으로 몸을 굴려 아슬아슬하게 피해내고 있었다.

쾅-!

창이 사람 대신 애꿎은 땅을 강타하며 굉음이 울려 퍼졌다.

"씨이!"

허저가 이를 악무는 그 순간, 백인장의 창이 허저의 가슴팍을 향해 찔러진다.

저건 못 피한다. 그대로 맞으면 저것도 무조건 사망이다.

"허저야!"

나도 모르게 주먹을 움켜쥐며 자리에서 벌떡 일어났는데

허저가 몸을 간신히 비틀어 그 공격을 피해냈다.

카앙-!

녀석이 입은 갑옷의 가슴 부분을 창이 스치듯 지난다.

허저가 녀석을 향해 있는 힘껏 발길질했다. 쾅 소리와 함께 복부를 강타당한 녀석이 커헉 신음을 내뱉으며 뒷걸음질 친다.

그런 녀석을 향해 허저의 창이 미친 속도로 찔러지며 들어가고 있었다.

캉, 카가강-!

쇠가 쇠를 쳐내는, 그 날카로운 소리가 울려 퍼진다. 백인장이 그 창을 자신의 창으로 쳐내며 또다시 허저의 가슴팍으로 파고 들어가고 있었다.

그랬는데 둘이 뭔가 주먹을 주고받는 듯하더니 허저가 멈춰 섰다. 백인장 역시 마찬가지.

"뭐, 뭐야?"

"끝났군."

옆에서 흥미롭다는 듯 둘의 대결을 지켜보고 있던 형님이 자리에서 벌떡 일어났다. 형님의 손가락이 허저를 가리키고 있었다.

"문숙. 안 보이냐?"

"보이다니 뭐가…… 어?"

허저의 목 바로 아래에 날카롭기 그지없는 단검이 대어져 있다. 허저가 황당하다는 듯 그 단검을, 자신의 앞에서 얼떨떨해하는 백인장의 얼굴을 번갈아 쳐다보고 있다.

내가 그 상황을 인지함과 동시에.

"와, 우와아아아아아아아아-!"

사람들이 환호성을 내지르기 시작했다.

망할. 뭐야. 허저가 졌어? 그것도 유비군 백인장 나부랭이한테?

누군지는 모르겠지만, 저거 무조건 겟 해야 한다. 새로운 맹장이다. 갑자기 피가 끓는다.

"가시죠."

내가 앞장서서 움직이며 형님과 함께 무대에 올라갔다. 허저가 정말 속상하다는 듯 백인장을, 형님과 나를 번갈아 쳐다보고 있었다.

"주공!"

"야. 어떻게 져도 백인장한테 지냐?"

"네, 네? 아니, 그게……."

"허저도 갔네, 갔어. 우리 문숙이랑 같이 만날 좋다고 고기만 구워 먹더니 애가 확 가버렸네."

"씨잉……."

억울하다는 얼굴을 한 녀석의 입술이 삐쭉 튀어나온다.

"짜샤. 내가 그러니까 수련 좀 열심히 하라고 했잖아."

"아, 아니, 장군! 위속 장군님! 분명 저한테 먹는 게 남는 거라고 하셨……."

"그러게 억울하면 이기지 그랬어. 에잉, 쯧쯧."

형님에 이어 내가 말하니 녀석의 그 크고 맑은 눈망울에 눈물이 고이기 시작했다. 조금만 더 놀리면 울겠네, 울겠어.

"힘내, 짜샤. 한 번 진 거잖아."

녀석의 어깨를 가볍게 두드려 주고서 녀석과 함께 싸우던 백인장의 얼굴을 확인했다.

생각보다 앳된 얼굴이다. 이제 스물이나 됐을까 싶다. 그런 녀석이 상기된 얼굴을 하고 있었다.

"너, 진짜 백인장 맞아?"

"그, 그렇습니다!"

"진짜로? 장비가 비무 대회에서 한번 이겨보겠다고 누구 잘 싸우는 장군 데려다가 백인장으로 위장시킨 거 아니고?"

"절대 아닙니다!"

"흐흐. 우리 쪽 애들이 좀 잘 싸우는 편이기는 합니다. 우리 첫째 형님부터 시작해서 둘째 형님이랑 나랑 밑에 애들까지 싹 다 최소 천인지적은 된다니까요?"

내가 녀석을 쳐다보고 있는데 뒤에서 장비의 목소리가 들려왔다. 장비가 득의양양한 얼굴로 무대에 올라오고 있었다.

"너무 그렇게 실망하지 말게, 중강. 이 녀석이 아직은 백인장에 불과하지만 대단한 놈이거든. 우리 관우 형님이 무예 수련을 하실 때 옆에서 상대역을 해주는 게 얘라니까?"

"그, 그렇습니까?"

"얘가 아직은 나이도 어리고 경험도 없어서 백인장이지, 내가 장담하는데 시간만 좀 충분히 지나면 대장군도 해먹을 수 있는 놈이야."

마치 유비의 휘하엔 이렇게 재능 있는 장수들이 많다는 듯 자랑하는 뉘앙스다. 유비 밑에서 대장군까지 할 정도면 아마 나도 이름을 알지도 모르겠다.

"장비야. 그래서 이 녀석 이름이 뭔데?"

"얘요? 위연입니다, 위연. 위연 문장. 기억해 두십쇼. 저랑 관우 형님이 늙어서 꼬부랑 할배가 되고 나면 저희 뒤를 이어서 대장군이 될 녀석이니까."

"위연?"

그러고 보니 확실히 들어본 기억이 난다. 내가 이름을 알 정도면 얘도 원래의 역사에서 한가락 크게 했던 녀석이니까…….

"나 위속이다. 우리 형님이 누구신지는 알지?"

"예, 예! 알고 있습니다!"

"앞으로 잘 지내보자. 오며 가며 인사도 하고. 무슨 소린지 알지?"

"예! 감사합니다!"

군기가 잔뜩 든 모습으로 녀석이 외치듯 말했다.

녀석은 뭔가 하고 싶은 말이 있는 것 같은 얼굴로 나를, 형님을 뚫어져라 쳐다보고 있다. 그러면서도 한 번씩 장비의 눈치를 살피는 게 얘 아무래도…….

"위연이라고 했지? 넌 내가 꼭 기억해 두마."

"감사합니다!"

"자, 슬슬 나도 싸워봐야겠지. 대진표를 가지고 와라."

"여기에 있습니다, 주공!"

한쪽에서 경기를 관리하던 천인장이 헐레벌떡 대진표가 그려진 비단을 가지고 달려와 내밀었다.

뭐야.

"형님 이름이 대진표에까지 올라 있었어요?"

"내가 힘 좀 썼지. 애들이 우리 애들이잖아?"

그러면서 형님이 씩 웃는다.

아니, 이런 걸 나한테는 보고를 안 했다고? 이 짜식들이 진짜.

"감녕! 네 다음 상대가 바로 나 여포다! 어디에 있느냐?"

형님이 쩌렁쩌렁하게 외치는 그 목소리에 저 아래에서 감녕이 그 모습을 드러냈다. 갑옷과 함께 창을 들고 서 있는 녀석의 얼굴에 긴장한 기색이 역력했다.

"감녕 너 이 자식……. 힘내라. 파이팅. 다치면 나한테 얘기하고. 산재 적용해 주마."

"사, 산재요?"

"일하다가 다치면 보장해 주는 거 있어."

어안이 벙벙하다는 듯 꿀꺽 굵은 침을 삼키고 있는 녀석의 어깨를 가볍게 두드려 주고서 나는 다시 단상으로 올라갔다.

그런 단상 위에서 하후돈이 날 쳐다보고 있었다.

"오랜만에 뵙습니다, 형님."

"내가 형님으로는 보이냐? 원소랑 원술이랑 상대하느라 죽을 뻔했는데 통수라도 한번 좀 쳐주지. 총군사는 너희에게 매우 실망했다."

"하, 하하…… 그게 저희도 그럴 사정이 좀. 오, 시작하려는 모양입니다."

어색하게 웃던 하후돈이 감녕과 형님 쪽을 손으로 가리킨다.

'짜식, 불리하니까 말 돌리는 거 보소.'

어차피 다 지나간 일, 계속 도리랑 싸울 필요는 없다. 적당히 넘어가려고 고개를 돌리는데 하얗게 질려 버린 감녕의 얼굴이 시야에 들어왔다.

'와, 쟤 진짜 제대로 긴장했나 본데?'

"주, 주공. 진심으로 하실 겁니까?"

그런 와중에서 감녕이 반문했다. 혹여 형님이 손속에 사정을 둬주지 않을까 기대하는 눈치였다.

하지만.

"진심으로 할 건데? 대충 할 거면 뭐 하러 이런 걸 열어?"

"하, 하하……."

역시 형님은 형님이다. 싸울 기회가 왔는데 적당히 넘길 양반이 아니지.

"그래서 말인데, 감녕아."

"예, 예 주공!"

"네가 여기에서 날 이기면 널 군주로 삼아주마."

"……예?"

"푸흡!"

'아니, 이게 무슨 소리야?'

여유롭게 한 잔 마시던 곡주를 나도 모르게 뿜어버렸다.

옆에서 하후돈이 이게 무슨 콩가루 집안이냐는 듯 나와

형님을 번갈아 쳐다보고 있었다.

"그게 진짭니까, 주공?"

"이 정도는 걸어줘야 네가 진심으로 싸우지 않겠냐? 덤벼. 나 여포는, 내 입으로 뱉은 말을 모른 척하는 위인이 아니다."

"아니, 형님! 그게 도대체 무슨 말도 안 되는 소립니까!"

"문숙 네가 증인이다!"

황당해서 반문하는데 형님이 그렇게 외치더니 감녕을 향해 방천화극을 휘두르기 시작했다.

부웅-!

빠르다! 허저가 있는 힘을 다해 창을 휘두르는 것보다 훨씬 더 묵직하다. 그냥 보는 것만으로도 질려 버릴 정도.

형님을 이기면 군주가 될 수도 있다는 말에 아주 잠시, 황당해하면서도 혹하던 감녕이의 얼굴이 다시 사색으로 변해가고 있었다.

캉!

"으헉!"

한 번, 딱 한 번일 뿐이다.

감녕이 형님의 방천화극을 자신의 창으로 막아냄과 동시에 당혹스럽기 그지없는 소리를 내질렀다. 멀리에서 보기에도 창을 쥔 녀석의 손이 부들부들 떨리고 있었다.

"이제 시작인데 뭐 벌써부터 그래?"

"주공! 항복하겠습니다!"

"항복? 진짜로?"

"예!"

감녕이 정말로 그러하다는 듯 고개까지 끄덕이는데 형님이 씩 웃더니 또다시 방천화극을 부웅- 휘두른다.

카앙-!

이번엔 조금 전보다 더 소리가 크다.

감녕이 진짜 넋이 나갈 것 같은 얼굴로 형님을 쳐다보고 있었다.

"야. 너 힘 아직 남았잖아."

"예, 예? 제가요?"

"내가 공격하는 거 잘 막는구만. 힘이 남아 있으면 아직 항복이 아니지. 흐흐."

형님은 정말 기분 좋게 웃고 있지만, 감녕이의 얼굴에서 핏기가 가시고 있다.

부디 영면하시길. 좋은 곳으로 가길 바랄게.

"으, 으어어……."

눈탱이가 밤탱이가 되어버린 감녕이가 완전히 탈진하기 직전의 모습이 되어선 무대를 내려온다. 자세히 보니 입술도 터지고, 얼굴이 벌써부터 붓기까지 하고 있었다.

"고생했다."

"자, 장군……."

"안 죽었으면 된 거지. 살아남은 것만으로도 이긴 거야. 잘했어."

녀석의 어깨를 가볍게 두드려 주고서 나는 형님이 들고 있던 대진표를 확인했다.

'다음 상대가 애들이었어?'

"장비! 하후돈! 올라오너라. 너희 차례다!"

형님이 그렇게 외치며 무대에서 뛰어내려 단상으로 향했다.

단상 쪽에서 하후돈이 한숨을 푹 내쉬며 무대 위로 올라가고, 그런 하후돈을 장비가 맞이하고 있었다.

"오랜만이오, 하후 장군."

"이렇게 만나는 건 거의 십 년 만이로군. 오랜만이외다, 장 장군."

한 번씩 인사를 나누기가 무섭게 장비가 장팔사모를 치켜든다. 그러면서 싸늘하기 그지없는 얼굴로 하후돈을 응시하고 있었다.

"한번, 제대로 어울려 봅시다."

"잘 부탁…… 아니, 이 사람이!"

부웅-!

하후돈이 채 말을 끝내기도 전에 장비가 장팔사모를 휘두른다.

장팔사모가 마치 사냥감을 노리는 뱀의 그것처럼 하후돈을 향해 찔러져 들어가고 있었다. 서늘하기 그지없는 일격.

하후돈이 기겁하며 자신의 창을 들어 장팔사모를 쳐내며

이를 악물었다.

'단순히 흥을 돋우기만 하겠다고 설렁설렁했다간……'

저 장팔사모가 자신의 가슴을 꿰뚫어 버릴 것만 같다. 장비는 지금 진심이다.

어이가 없다. 이게 뭐라고 이렇게 전력을 다해서 붙어온단 말인가?

"장 장군이 제대로 싸우는 것을 원한다면 좋소. 내 어울려 드리리다!"

하후돈의 눈빛이 달라졌다. 그가 자신의 창을 고쳐 잡으며 장비를 향해 맹공을 퍼붓기 시작했다. 장비 역시 마찬가지.

캉, 카가강─! 카가가가강─!

하후돈이 미친 듯이 휘두르는 창을 장비가 하나하나 다 막아내며 장팔사모를 휘둘러 역공을 가해온다. 그 움직임이 마치 장팔사모가 화살이 되어 날아오는 것처럼 섬뜩하기 그지없었다.

하후돈이 이를 악물었다. 진심으로 붙기로 한 이상, 뒤로 물러날 수는 없는 일.

"어디, 제대로 해봅시다!"

장비와의 거리가 살짝 벌어졌을 즈음, 하후돈이 창을 무대 한쪽에 내려놓고서 검을 뽑아 들었다. 오른손에는 검, 왼손에는 검집이다. 하후 가문에서 전해져 내려오는 비전검술을 펼치고자 하는 것.

장팔사모를 들고서 기수식을 취하던 장비가 씩 웃더니 오라는 듯 손짓한다.

하후돈의 눈매가 가늘어졌다.

"어디, 계속 그리 여유를 부릴 수 있나 봅시다!"

타다다닷-!

두텁기 그지없는 갑옷을 입고 있는 와중이라고는 생각할 수 없을, 날렵하면서도 재빠른 움직임으로 하후돈이 장비를 향해 신형을 쏘아냈다. 하후돈의 보검이 장비의 목을 향해 찔러져 들어가고 있었다.

장팔사모를 들어 막고자 하는 것을 발로 차 옆으로 쳐내며 하후돈은 계속해서 보검을 찔러 넣었다. 하지만 어떻게 한 것인지 장비가 현란하기 그지없는 발놀림을 펼쳐 보이며 계속해서 뒤로 물러나고 있었다.

하후돈과의 거리가 어느덧 열 걸음 이상 벌어져 있었다.

"허?"

하후돈이 황당하다는 듯 그런 장비의 모습을 응시하고 있을 때.

"하후 장군. 아무래도 승부는 정해진 것 같소이다."

생각지도 못한 말이 들려왔다. 장비가 정말로 자신의 패배를 인정한다는 듯 자세를 바로 하며 하후돈을 향해 포권하고 있었다.

"한 수, 크게 배웠소."

"나, 나야말로……."

하후돈이 마주 포권하며 고개를 숙이고 보니 장비가 씩 미소 짓는 게 시야에 들어왔다. 순간 싸하기 그지없는 느낌이

등골에서부터 밀려 올라오는 게 느껴졌다.

'뭐지?'

하후돈이 인상을 찌푸리며 그 느낌의 정체를 고민하고 있을 때.

"부디 잘 버티시오, 하후 장군."

장비가 그렇게 말하고선 부대를 내려갔다.

'잘 버티라니? 버텨? 뭘? 뭐가 어떻게 되었단 말인가?'

하후돈이 황당한 마음에 검을 꽂아 넣고서 내려놨던 창을 다시 드는데 누군가 성큼성큼 무대 위로 올라오는 소리가 들려왔다.

정신을 차리고 보니 무대에 올라오는 것은.

"여, 여 사군?"

"여어. 좋은 승부였다."

"하후 장군이 손속에 사정을 남겨주셨기에 버텼을 뿐이오."

여포였다.

여포가 장비와 가볍게 인사를 나누고선 하후돈의 앞으로 걸어오더니 씩, 섬뜩하기 그지없는 미소가 입가에 번지고 있었다.

"준결승이다. 하후돈, 너하고 나. 우리 둘이서 말이야."

"예?"

"너랑 나, 둘이 싸울 차례라고."

"아니 그게 무슨! 위속 장군! 아니, 위속 형님!"

말도 안 되는 소리다. 여포와 싸우라니?

하후돈이 절박함을 가득 담아 위속을 향해 소리쳤다.

위속은 자신이 들고 있던, 대진표를 확인하더니 고개를 절레절레 젓고 있었다.

"장비랑 너랑 둘이 싸워서 이긴 쪽이 형님이랑 붙게 되어 있었어."

"그렇다는 것은…… 아뿔싸!"

당했다! 완벽하게 당해 버렸다!

하후돈이 이를 악물며 무대 아래에서 냉수를 들이켜고 있는 장비의 얼굴을 응시했다. 그런 장비가 자기는 살았다는 듯, 만족해하는 모습으로 여유로이 손을 흔들고 있었다.

빠드득!

하후돈이 자신도 모르게 이를 가는 사이.

"자, 시작해 볼까?"

여포가 방천화극을 들고 자세를 잡으며 말했다.

"저, 여 사군."

"어. 왜?"

"전 사신으로 왔습니다."

"그래서 뭐?"

"사신으로 왔다고요."

아무리 여포라지만 이쯤 얘기하면 충분히 알아들을 거다. 적국도 아니고, 서로 협력하며 도움을 주고받아야 할 관계의 제후가 사신을 비 오는 날 먼지 나도록 때리는 경우는 없다. 없어야 한다.

하후돈은 그렇게 생각하며 작게 한숨을 내쉬었다.

그런 하후돈을 응시하며 여포가 장난감을 앞에 둔 아이의 그것과 같은 얼굴로 환하게 웃고 있었다.

쿵! 카가가가강-!

방천화극이 허공을 가른다. 창을 들어 간신히 막았지만 손이 다 아렸다.

하후돈이 이를 악물었다. 방천화극이 기묘한 궤적을 그리며, 정말 미쳤다고 할 수밖에 없을 속도로 자신의 가슴팍을 향해 찔러져 들어오고 있었다.

"크아아악!"

두렵다.

하후돈이 자신도 모르게 괴성을 내지르며 창을 쥔 손에 힘을 더했다.

깡!

창날의 쇠붙이가 방천화극의 그 날과 부딪치며 불꽃이 튀었다가 사라졌다.

고작 열 번쯤 무기가 부딪쳤을 뿐이다. 그것만으로도 온몸에서 힘이 쭉 빠져나가는 느낌이다.

하후돈이 뒷걸음질 치며 여유 만만한 얼굴로 서 있는 여포의 모습을 응시했다. 여포는 아직 제대로 된 싸움은 시작조차 하질 않았다는 듯, 손을 흔들고 어깨를 움직이며 몸을 풀고 있었다.

'이 인간이 내 말을 못 알아들은 건가?'

어쩌면 그럴지도 모르겠다.

하후돈이 굵은 침을 한번 꿀꺽 삼키고선 입을 열었다.

"사군!"

"어. 왜 또?"

"전 사신입니다! 천하 그 어디를 가도 사신을 이리 막 대하는 법은 없는 법입니다!"

"응? 아, 미안. 내가 좀 심했지?"

여포가 진심으로 미안하다는 듯 그렇게 말했을 때, 하후돈은 안도의 한숨을 내쉬었다. 이제 여포가 좀 말을 알아들은 모양이다.

하후돈이 그렇게 생각하고 있는데.

"그래도 사신으로 왔는데 좀 정중하게 대해야 한다는 생각이 들어서 살살하고 있었지. 기분 나빴다면 미안. 이제부터 진심으로, 전력으로 상대해 줄 테니까 기분 풀어."

여포가 하는 말은 그가 의도했던 것과는 정반대의 것이었다.

"……예? 아니, 제가 하고 싶은 말은 그게 아니라. 으아악!"

오해한 것이라며 하후돈이 해명을 하기도 전에 여포의 방천화극이 조금 전과는 비교도 할 수 없을 정도로 강맹한 힘으로, 정말 미쳤다는 말 이외엔 형용하는 게 불가능할 속도로 휘둘러져 오기 시작했다.

캉, 카가가가가가강-!

하후돈이 이를 악물고서 그 공격을 막아내기 위해 온 힘을 끌어내기 시작했다. 막지 못하면 죽는다. 다른 제후라면 사신을 죽이진 않겠지만, 이 여포라면 정말 죽일지도 모른다. 그게 예의라면서.

'살아남아야 한다. 여기에서 죽을 순 없다'

속으로 여포에 대한, 장비에 대한 온갖 쌍욕을 퍼부어가며 하후돈이 있는 힘, 없는 힘을 전부 끌어내기 시작했다.

그런 하후돈의 머릿속에서 장비가 항복하겠다며 이야기했을 때 지었던 그 사악한 미소의 형상이 떠오르고 있었다.

📱

다음 날.

"오, 문숙. 왔느냐?"

아침 일찍이 회의를 시작한다는 소리에 외당으로 가니 형님이 씩 웃으며 번쩍 손을 흔든다. 그런 형님의 주변으로 장수들이 모여 있는데 어째 다들 얼굴이……

"감녕아. 너 괜찮냐?"

"하, 하하……. 괜찮…… 습니다."

입으로는 웃고 있는데 애 상태가 너무 안 좋다. 어제는 그래도 그냥 조금 붓기만 한 수준이었는데 지금은 아예 팅팅 부어있다. 얼굴이 어제보다 두 배는 커진 느낌이랄까.

그런 감녕이 옆에 앉아 있는 하후돈은…….

"우리 도니, 죽지 않았구나."

다행이다.

얼굴이 감녕이보다 더 심하게 부어 있는 상태에서 도니가 원망스러운 기색이 가득 담긴 눈으로 나를, 장비를 번갈아 쳐다보는 중이고.

이쯤 되니 조금은 걱정이 된다. 쟤 그래도 사신으로 온 건데. 이렇게 때려도 되나?

"허어……."

내가 그렇게 생각하고 있을 때 외당의 입구 쪽에서 익숙한 한숨 소리가 들려왔다. 진궁이 마치 나라 꼴 참 잘 돌아간다는 것 같은 얼굴로 재차 한숨을 내쉬며 외당으로 들어오고 있다.

그런 와중에서도 형님은 여전히 기분 좋다는 얼굴로 껄껄 웃고만 있을 뿐이었다.

에이, 뭐 별일이야 있겠어? 다른 것도 아니고 서로 무예의 수준을 비교하다가 다친 건데.

"그래, 하후 장군께서는 무슨 일로 연주를 방문한 것이오?"

내 옆에 마련된 자신의 자리에 앉으며 진궁이 말했다.

"제북과 태산, 동평의 백성의 이주가 끝나지 않은 상태에서 원소에게 점령을 당했었지요. 그 땅을 여 사군께서 회복하셨으니 이전의 약속에 대해 논의해야 할 필요가 있어 이리 찾아…… 쓰으, 왔습니다."

찬찬히 이야기를 꺼내던 하후돈이 고통스럽다는 듯 잠시 인상을 찌푸리더니 말을 이었다.

진궁이 고개를 끄덕였다.

"그대 주군의 뜻이 어떠한지 잘 알겠소. 일어나시오. 그 일은 나와 함께 가서 따로 이야기합시다."

진궁이 형님에게 포권을 해 보이고선 하후돈을 데리고 외당을 나선다.

뭐, 사전에 이미 조조에게서 사신이 오면 어떻게 할지 다 정해놓은 일이니까 우리 쪽 방침을 통보하고 적당히 조율만 하면 될 일이다.

"그러면 이제는……."

진궁이 나감과 동시에 한쪽에 앉아서 있던 우리 쪽 관리가 당장의 상황에 대한 보고를 시작했다.

지난번의 전쟁에서 부상당했던 이들의 회복 정도가 어느 수준인지, 슬슬 다가오는 봄철에 대비해 새로운 농지를 개간하는 걸 어떻게 하고자 하는 중인지.

그리고 거기에 더해 감녕과 우리 와이프가 잠시나마 점령했던 강남에서 가지고 온, 원술과 그 일가의 보물들을 어떻게 처리하는 중이며 그로 인해 확보된 재화가 어느 정도인지에 대해서까지. 하나같이 좋은 소식밖에 없다.

앞으로도 계속 이랬으면 좋겠다. 완전 좋아. 너무 좋아. 너무 짜릿해.

놀면서 일이 잘 풀리는 게 짱이다. 흐흐.

쏴아아아아-

보름달이 떠오를 땐 언제나 그랬던 것처럼 그 익숙한 바람 소리가 들려온다. 나는 익숙하기 그지없는 몸놀림으로 누워 있던 자리에서 일어나 머리맡의 핸드폰을 꺼내 무릉도원으로 들어갔다.

"아, 커피 땡기네."

원소와 원술, 그 둘이 연주를 집어삼키겠다고 연합해 공격해 온 지도 벌써 4년이 지났다.

처음 삼국지의 시대에서 깨어나 꿈속에 들어왔던 것부터 생각해 본다면 오십 번을 훌쩍 넘으니까. 적응이 안 되면 오히려 그게 더 이상할 일이다.

"주유가 어디까지 했으려나 모르겠네."

침상에 걸터앉아 다리를 꼰 채, 나는 핸드폰을 만지작거리며 무릉도원에 접속했다.

얼마 전까지만 해도 무릉도원에 접속하는 게 마냥 편하지만은 않았다. 언제 어디에서 또 무슨 일이 터질지 확실하게 보이지를 않았으니까.

하지만 이제는 그 움직임이 꽤 구체화 되어 있다. 이 상황에서 내가 해야 하는 건 계속해서 무릉도원을 통해 그 움직임을 추적하고, 확인하는 것뿐. 당장에는 급할 것도 없고, 걱정할 것도 없다.

그렇게 느긋해진 마음으로 침상에 반쯤 누운 상태에서 삼국지 토론 게시판을 확인했다.

'조조의 봄날, 한중 입성', '유장은 왜 조조에게 항복하지 않은 것일까?', '연주 대전 최고의 수혜자, 조조'와 같은 제목의 글들이 올라와 있다.

"조조가 벌써 한중까지 들어간 모양이구만."

글을 읽어보니 딱 석 달 전의 이야기다. 서기 201년, 추수가 끝난 직후 한중에 입성해 지역을 안정시켰다고 했으니까.

슬슬 한중을 공격하려 한다는 얘기까지는 들었던 것 같은데, 이러면 곧 세부적인 이야기가 전해져 오겠군.

장로의 세력이 막 자리를 잡을락 말락 한 상황에 조조와 갈등이 생겨서 후달려 한다는 얘기를 무릉도원에서 본 기억이 있다. 간자들을 통해서도 그 비슷한 뉘앙스의 정보가 전해져 왔었고.

그런 상황이었으니 안 봐도 알 것 같다. 가후든 순욱이든 누가 계책을 써서 손쉽게 집어삼킨 거겠지.

이제 이러면 다음 순번은 서촉이거나 서량 중 하나일 건데, 역시 서촉일 가능성이 크겠지? 서량은 유목민이 대부분이어서 점령하기도 어려울뿐더러, 점령한다 한들 당장에 큰 도움이 되지는 않을 거다. 골치 아플 일만 잔뜩이지.

"어디, 서촉 쪽으로도 좀 볼까."

키워드에 조조, 서촉, 유장을 넣어 검색하니 또 다른 글들이 나타났다.

'유장 이건 진짜 사람이 좀 모자랐던 것 같음', '서촉을 지배하는 게 유장이 아니라 유비였다면?', 'if_법정의_처신이_좀_더_좋았더라면?'

유장이면 서측을 지배하고 있다던, 사람 좋은 호구를 말하는 것 같은데. 무슨 일이 있었던 건가?

〈ㄹㅇ진짜 유장이 아니라 유비가 서측의 주인이었으면 이렇게 답답하진 않았을 것 같음. 아니, 자기랑 친한 신하들 친구가 잘못한 걸 벌했다고 사람을 좌천하다시피 하는 건 도대체 무슨 개념임? 그렇게 좌천시킨 게 하필이면 법정인데 미친 거 아님???〉
  ㄴ효(법정)직: 유장이 사람이면 법정 같은 인재를 못 알아봤겠어요? 사람 자체가 노답이니까 조조가 한중 먹자마자 항복하네 마네 떠들었던 거잖음.
  ㄴ패왕조조: 우리 유장 까지 마셈. 유장은 유약한 게 아니라 천하를 위해 한시라도 빨리 통일되도록 타이밍을 노리고 있던 거임.
  ㄴ(주)서서갈비: 개소리 오셨죠. 걍 노답이 노답 짓 하는 거 운 좋게 주워 먹고 큰 게 조존데 타이밍은 무슨. ㅋㅋㅋㅋㅋㅋㅋ
  ㄴ대군사가후: 진짜 좀 아쉽기는 해요. 법정이 제대로 뜻만 펼칠 수 있었어도 조조 상대로 잘 버텼을 것 같은데.
  ㄴ원술이롤모델: ㅋㅋㅋㅋ 그랬다고 해도 노답이었을 듯. 이때부터 이미 법정 마음이 떠나기 시작했잖음. ㅋㅋㅋㅋㅋ

법정의 마음이 떠났다? 얘기하는 걸 보면 법정이 좀 잘나가는 사람이었던 모양인데.

"사자를 보내서 정중하게 초빙해 봐?"

어떤 사람인지는 잘 모르겠지만, 인재라면 무조건 우리 밑에 있는 게 낫다.

지난 세월, 평화 속에서 무릉도원을 통해 온갖 인재들을 다 영입하기는 했다. 강남에 가 있던 장소, 장굉, 보즐 등 이름도 들어본 적 없던 행정 업무의 달인 수십 명까지.

그래도 인재는 많으면 많을수록 좋은 법이다. 그래야 내가 할 일이 조금이라도 줄어들지.

'기억해 놔야겠다.'

그렇게 생각한 내가 한 손으로 스크롤을 휙휙 올려가며 다른 글들을 살펴보고 있었는데…….

"이거 또 올라왔네."

'주유_필생의_역작_위속_사냥기.txt'라는, 벌써 몇 번이고 봤던 그 제목이다.

주유가 무엇을 노리는지, 우릴 공격하기 위해 뭘 어떻게 준비했는지 나는 이미 알고 있다. 지난번과 비슷한 방식이다.

원소는 북쪽에서 병사들을 몰아 내려오고, 주유는 팽성과 하비에 웅크리고 있는 유비와 그 형제들을 포위해 놓은 상태에서 곧장 예주를 관통해 연주로 진격해 올라오는 거다.

전력이 분산되는 일 없이 폭풍처럼 밀어붙이며 원소와 함께 곧장 우리 쪽을 끝장내 버린다는 게 전략의 기초였다.

"뭐, 그래도 봐두기는 해야지."

뭐가 또 어떻게 바뀌었을지 모를 일이니.

〈실소분속(失笑焚續)-웃음을 잃고 위속을 불태우다. 주유가 서주성에서 위속한테 모욕을 당한 이후, 결국엔 복수에 성공하며 만들어진 사자성어죠. 요즘 다시 삼국지 소설을 한번 쭉 보는데 확실히 주유가 서주성에서 타격이 크긴 컸던 모양이에요. ㅋㅋㅋ 이거 이후로 완전 대군사로 각성함.)

└역대급똥쟁이: ㄹㅇ 위속한테 관광당하기 전에는 그냥 그저 그런 수준이었는데, 관광 탄 이후로는 주유 능력치가ㅋㅋㅋㅋㅋㅋㅋㅋㅋㅋ 완전 지력+20에 어떤 상황에서도 냉철함을 잃지 않는 특성까지 붙어버림. ㅋㅋㅋㅋㅋㅋ

└월세사는유비: 주유가 그렇게 각성했어도 책사로서의 수준은 위속이 더 나았을 걸여? 위속 쪽 병력이 조금만 더 많았어도 원소, 원술 쪽 공격하는 거 막았을 듯하네요. 가후도 처음부터 그렇게 전면전으로 나설 생각이 있었던 건 아닌 모양이고 하니…….

└오패왕손책: ? 유빠는 패시브로 위빠 속성까지 가지고 있다드니 진짠가 보네여. 위속이 주유가 만든 합종군한테 다굴당해서 망한 거 보고도 어떻게 그런 소리가 나옴?;

└월세사는유비: 병력이 15만밖에 안 되는 여포군 때려잡겠다고 병력을 몇십만씩 동원하면서 삽질을 두 번이나 한 게 주유인데 당연히 위속이 우위 아닌가요?

└대군사위속: 주빠 양심 어디??? 아무리 혐성이어도 인정할 건 인정해야지. ㅋㅋㅋㅋㅋㅋㅋㅋㅋ 주유가 마지막에 한 번 이겼다고, 그거 하나 가지고 어떻게 위속보다 나은 게 됨??? 당장 2차 연주 대전에서만 해도 위속이 고슴도치 계책 세운 것 때문에 개피 보고 그로기 상태 돼서 간신히 이긴 게 합종군인덬ㅋㅋㅋㅋㅋㅋㅋㅋㅋㅋㅋㅋㅋ

ㄴ삼국지쪼아(글쓴이): 고슴도치 계책?? 그게 뭔가요? 제가 삼국지 초보라…… 알려주심 안 될까요?ㅠㅠㅠ

ㄴ대군사위속: 북쪽 전선에 위치한 성들이 농성을 벌이고 있으면 여포와 위속이 별동대를 이끌고 다니면서 후방을 급습, 교란하거나 경우에 따라 격파하며 출혈을 강요하는 계책임. 예주 쪽에서는 감녕과 허저가 그 역할을 맡았고여.

ㄴ오패왕손책: 그런 거 계책 아무리 짜봐야…… ㅋㅋㅋㅋㅋㅋ 원소랑 원술에 조조까지 붙으면서 계책이고 나발이고 그냥 문자 그대로 전부 박살 남. ㅋㅋㅋㅋㅋㅋㅋㅋㅋ

ㄴ조건달: 위속도 결국엔 사람이라 어쩔 수 없었음. ㅋㅋ 조조 믿고 있다가 통수 맞고, 가후가 옆구리 툭 치니까 그대로 멘탈 터져서 와르르 무너진 거 보면 위속은 그냥 딱 운 좋게 몇 번 얻어걸렸던 게 맞는 듯. ㅋ ㅋㅋㅋㅋㅋ

ㄴ전투AI_가후: 사실 멘탈 안 무너졌다고 해도 이건 별수 없을 듯해요. 조조, 원소, 원술 셋이 세 방향에서 연합해서 공격하는 건데 이건 이미 전술적인 승리 몇 번으로는 어떻게 감당이 안 되는 수준인 거라. :-)

"……뭐냐, 이거."

갑자기 머리가 멍해진다.

조조가 전쟁에 끼어든다니? 우리랑 동맹 아니었어?

도대체 이게 뭐가 어떻게 된 거지? 어디에서부터 변수가 생긴 거야? 분명 조조가 이 전쟁에 끼어든다는 얘기는 없었는데?

갑자기 온몸에서 피가 싹 빠져나가는 것 같다. 똥줄이 타들어 가는 느낌.

곧바로 키워드에 2차 연주 대전을 넣고 검색하는데, 익숙하기만 한 그 소리가 들려오기 시작했다.

스아아아아아-

고개를 들어보니 천장이 녹아내리고 있다. 내가 앉아 있던 침상이며, 새로 장만한 내 집의 안방 벽면 역시 마찬가지. 꿈속의 시간이 다 되어가는 거다.

쓰바. 무조건 방법을 찾아야 한다.

황급히 검색을 누르며 핸드폰 액정에 새로 떠오르는 글들을 확인하려는 찰나, 눈앞에 들어오는 풍경이 달라졌다.

"……"

활짝 열려 있는 창문 너머로 햇빛이 들어오고 있다.

저 아래에선 타닥, 타다닥- 하며 화로의 장작이 불타오르고 있고. 내 손에 쥐어져 있던 핸드폰은 온데간데없이 사라진 지 오래다. 꿈속이 아니라 현실로 돌아온 것이었다.

"망할…… 이거 이러면 나가린데."

"왜 그래요?"

내가 침상에서 벌떡 일어나는데 저 옆 침상에 누워 있던 와이프가 이상하다는 듯 날 쳐다본다. 그 얼굴에 내 갑작스러운 이 움직임이 이해가 되질 않는다는 듯 의아해하는 기색이 역력했다.

"나 나갔다 올게. 급한 일이 생겼어."

"상공?"

"혹시 모르니까 짐 싸놓고 있어! 피난 가야 할지도 몰라! 애 잘 챙기고!"

대충 겉옷만 걸치고서 헐레벌떡 안채를 나서니 마당을 쓸고 있던 녀석들이 인사를 건네온다.

평소 같으면 느긋하게 웃으며 손을 흔들어줬을 텐데 지금은 그럴 정신이 없다.

"지금 당장 공대 선생을 모셔와. 아니, 내가 가야겠다."

시종을 보내는 것보단 내가 직접 진궁의 집으로 가는 게 빠를 거다.

나는 곧장 마구간으로 가 절영을 건네 타고 진궁의 집이 있는 곳을 향해 달렸다.

그동안 준비했던 게 모조리 물거품이 될 판이다.

갑자기 조조가 끼어든다니? 가후가 튀어나와서 공격을 해와 전부 망해 버렸다니?

방법을 찾아야 한다. 아들도 태어났는데 이렇게 망할 순 없다. 무조건 방법을 찾아야 한다.

📱

"……총군사. 지금 뭐라 하시었소?"

"원소와 원술 이외에 조조가 함께 끼어들 것이라 말씀드렸습니다."

"아니, 조조가 갑자기 왜? 지금껏 그런 이야기는 전혀 없질 않았소? 조조의 병력이 움직이는 것만 하더라도 그렇소. 지금 그 휘하의 대군은 서량과 한중 방면에서 전선을 안정시키는 역할을 하고 있을 터인데?"

진궁의 장원, 그 안채의 마당. 그곳에 있는 자그마한 정자에서 지금껏 자신이 확인해 온, 조조 쪽에 잠입시켜 두었던 수많은 간자들이 보내온 죽간을 펼쳐 보이며 진궁이 말했다.

진궁의 얼굴이 벌겋게 달아올라 있는 게 이 양반도 나 못지 않게 당황한 모습이다.

그 모습을 보고 있노라니 나까지 멘탈이 날아가 버릴 것 같아 몇 차례 심호흡을 하며 머릿속을 차분하게 가라앉혔다.

지금은 침착해야 할 때다. 내가, 진궁이 당황해서 아무것도 못 한다면 우리는 그대로 사이좋게 폭삭 망해 버릴 상황이다.

"일단 진정하십시오."

"그래. 진정해야지. 무슨 일이 있어도 냉철한 이성을 유지해야 하네. 무슨 일이 있어도."

마치 자기 스스로에게 암시를 걸듯, 진궁은 그렇게 말하며 내가 한 것처럼 심호흡을 했다.

그렇게 아주 약간의 시간이 지났을 때, 진궁은 한결 차분해진 얼굴로 죽간을 움켜쥐고 있었다.

"하……."

진궁더러 진정하라고 얘기하긴 했지만, 지금은 내가 진정이 안 된다. 담배가 당긴다. 매우, 격렬하게. 이럴 때 담배 한 대 입에 물고 앉아서 쭉쭉 빨고 있으면 참 좋을 것 같은데.

"어찌해야 하겠소? 아니, 정보의 출처는 어디요? 확실한 것이외까?"

착 가라앉은 목소리로 진궁이 말했다.

출처를 묻긴 했지만 진궁이 정말로 궁금해하는 건 이거다. 내가 이야기한 이 정보의 정확도가 어느 정도나 되는가.

정확한 것이 아니라면 사람을 보내 더욱 자세하게 확인한 뒤에 움직여야 할 일이다. 하지만 확실하다면 지금 당장에 이 정보를 토대로 움직여야 한다. 그래야 우리가 살아남을 가능성이 조금이라도 더 커진다. 승리할 가능성 역시 마찬가지.

"가능성은 백 퍼센트…… 아니, 십 할……."

"백 퍼센트, 그거면 확실하겠군."

내가 말을 정정해 주려는 찰나, 진궁이 충분히 이해했다는 듯 말했다. 나하고 벌써 오 년 가까이 함께 일을 해왔으니까. 뭐, 알아듣는 것도 무리는 아니다.

"후우……."

하지만 지금 중요한 건 그게 아니라 이 상황을 어떻게 해결하느냐는 거다.

도대체 어떻게 해야 하지? 무릉도원에서 본 대로라면 적들의 전력은 아군의 네 배 이상이다. 그만한 전력이 치고 온다는 건데, 이걸 어떻게 막아? 그것도 세 방향에서 제각각 공격해 올 텐데? 떠올라라 아이디어!

내가 그렇게 생각하며 인상을 찌푸리고 있을 때.

끼이이익-!

나무 문 열리는 소리와 함께 부장 하나가 달려 들어왔다.

그가 진궁의 앞에 서더니 내 모습을 발견하고선 마침 잘 됐다는 얼굴로 소리쳤다.

"급보입니다!"

"뭔데?"

"주유의 대군이 서주를 포위하며 예주로 진격해 오고 있다 합니다!"

진궁은 딱딱하게 굳어진 얼굴로 손가락을 움직이며 탁탁 테이블만 두드리고 있다. 그 옆에서 학맹과 성렴, 후성과 위월 등 산양에 남아 있던 장수들은 걱정스러운 표정을 하면서도 내 얼굴만을 쳐다보고 있고.

마치 어미 새가 먹이를 나눠주는 걸 기다리는 새끼들이라도 되는 것 같은 모습들이다.

예전이었더라면 그러는 게 가능했을 것이다. 하지만 지금은 나로서도 답이 없다. 원래부터 예상하고 있던 원소, 원술의 연합에 조조까지 끼어든 상황이다.

어느 정도, 한 번씩 조조가 배신했을 때의 상황을 상정해서 머릿속으로 시뮬레이션을 그려보기는 했지만, 현실성이라곤 전혀 없는 망상이나 마찬가지인 것으로 여겼다. 지금은 조조가 그렇게 해야 할 이유가 없으니까.

하지만 그 일이 벌어져 버렸다. 그것도 꿈에서 깨어날 시간이 거의 다 되고 나서야 발견하게 됐다. 그 일을 해결할 방법을 내가 알고 있을 리가 없을 상황. 멘탈이 터져 버릴 것 같다.

그러나 말도 안 되는 위기가 닥쳐왔기 때문일까? 처음엔 혼란스러우면서도 당황스럽기까지 해서 정신이 흐리기만 했는데 이제는 이게 점점 또렷해진다.

"총군사, 뭔가 방법이 떠오른 것이오?"

눈을 감은 채, 생각에만 집중하던 내가 눈을 떴을 때 진궁의 목소리가 들려왔다. 그가 혹시나 하는 얼굴로 날 쳐다보고 있었다.

"모르겠습니다. 이게 통할지는 모르겠지만, 적어도 지금의 이 상황에서는 승산이 제일 높을 것 같은 방법은 떠올랐습니다."

"그게 무엇이오?"

"말씀해 주십시오, 총군사님!"

진궁이 반문함과 동시에 태수부 외당에 둥그렇게 만들어두었던 회의용 테이블에서, 내 맞은편에 앉아 있던 학맹이 말했다.

지난 사 년 동안, 이리저리 날 피해서 도망 다니기만 하던 녀석이 지금의 이 순간만큼은 눈을 빛내며 주먹을 움켜쥔 채 절박하기 그지없는 얼굴로 날 응시하고 있었다.

"방법은 딱 하나야. 조조와 원소, 원술이 세 방향에서 밀고 오는 중이니 둘은 막는 동안 하나를 격파하는 것. 그렇게 하나씩 적을 제거하는 수밖에."

"그것은…… 현실적으로 우리가 취할 수 있는 유일한 방법이로군. 하나로 합쳐지기 전에 각개격파라는 것인가."

"그게 유일한 방법 아니겠습니까?"

"지난 전쟁에서 방통이 입안했던 원칙을 잊어서는 안 되오. 아군이 힘을 끌어모아 각개격파를 위해 움직인다면 적은 싸움을 피할 것이외다. 다른 방향에서 전과를 세워 우리가 무너질 수밖에 없는 상황이 되길 기다리겠지."

"그러니 상대가 허를 찔릴 수밖에 없는 움직임을 보여야겠죠."

"생각해 둔 바가 있다면 내 경청하리다."

새로운 계책을 떠올리는 것에 집중하겠다는 듯, 지그시 눈을 감은 진궁이 수염을 쓰다듬으며 말했다. 그런 진궁이 계속 이야기해 보라는 듯 손짓했다. 마치 내 이야기를 듣는 게 계책을 떠올리는 일에 도움이 된다는 것처럼.

"하나 적들이 힘을 하나로 합치지 않은 상황이라고 한들, 지금의 상황에서 우리는 셋으로 나눠진 적 중 하나조차 쉬이 상대할 수가 없질 않습니까."

이번엔 위월의 목소리가 들려왔다.

내가 고개를 끄덕였다.

"현재로선 그게 가장 큰 걸림돌이긴 하지. 그 점을 극복하고서 적을 격파할 방법을 찾아야 할 건데……. 지금 당장에 움직일 수 있는 병력이 얼마지? 삼만 명 정도인가?"

"이곳 산양군에 주둔해 있는 병력의 총합이 사만입니다. 방어를 위해 남겨야 할 최소한의 병력을 제외한다면 삼만 명 정도 될 것이고 말입니다."

"그만한 병력으로 적들을 때려잡는 건 말이 안 되지. 지금쯤이면 원소나 조조, 원술 셋 다 이곳 산양을 목표로 레이스를…… 레이스?"

레이스. 그 단어를 입 밖으로 내뱉음과 동시에 머릿속 깊숙한 곳에서 레이스와 관련된 온갖 것들이 떠오르기 시작했다.

그중에서도 가장 선명하게 떠오르던 건 다섯과 다섯, 두 팀으로 나뉘어 서로 상대의 본진을 파괴하는 게임을 하던 때의 그것이었다.

"총군사, 뭔가 떠오르기라도 한 것이오?"

"원소와 원술, 조조까지. 수도 없이 많은 이들이 참여했으며 그보다 배는 더 많은 이들의 이목이 쏠려 있을 싸움입니다. 누군가는 큰 공을 세워 이름을 떨치고자 할 것이고, 누군가는 더 많은 것을 얻고자 할 겁니다."

"누군가 공을 세울 욕심에 조바심을 내 대국을 그르치는 상황을 노리겠다는 것이오?"

"굳이 말하자면 그렇습니다."

승리가 확실해진 상황에서 자기가 더 많은 적을 죽이고, 더 많은 것을 얻고자 무리하게 달려드는 경우는 결코 드물다 할 수 없다. 게임을 하다가 보면 정말 흔히 볼 수 있는 광경이니까.

그렇게 무리하게 나서다가 게임을 던지는 경우도 종종 나오고, 나아가 다 이기던 게임을 지게 만드는 그런 인간들을 똥쟁이라 부르기도 했을 정도.

원소나 원술, 조조 셋이 모였다. 사람이 셋이 모이면 개중 똥쟁이가 하나쯤은 있게 마련. 휘하의 장수, 책사 중에서 역시 마찬가지일 거다.

"조바심을 내도록 하는 상황은 어찌 만들 작정이오? 뭔가 저들이 넘어가지 않고서는 못 배길, 커다란 미끼가 있어야 할 것 같소만."

이게 제일 중요한 부분이다. 미끼.

조조가 됐건, 원소나 원술이 됐건 이야기를 듣고서 몸이 달아오르지 않고선 배길 수 없을 정도로 군침을 질질 흘리게 할 수밖에 없을 매력적인 무언가…….

"방어선을 뒤로 물려야겠습니다."

"얼마나 물려야 하겠소?"

"예주의 절반 정도면 충분할 겁니다. 북쪽에서는 남기주와 북연주를 내주는 것 정도는 해야 할 것 같고요."

"그, 그렇게나…….."

"너무 과한 것이 아닙니까? 남기주는 아직 그곳의 호족들이 완전히 복속된 게 아니어서 언제든 반란이 일어날 위험성이 있으니 충분히 그럴 만합니다. 북연주 역시 백성은 적은데 땅만 넓으니 내어줌에 아쉬움이 없을 것입니다. 그러나 예주는, 그곳은 다르질 않습니까."

후성의 중얼거림에 이어 위월이 정말 황당하다는 듯 말했다.

"위월 장군의 말이 참으로 옳습니다. 예주의 절반을 내놓는다는 것은 정말 얼토당토않은…….."

"총군사의 말엔 틀림이 없소. 그쯤은 내줘야 적을 속일 수 있을 거외다."

뒤이어 조성이 위월을 거들겠다는 듯 말을 꺼냄과 동시에 진궁이 입을 열었다. 조성의, 위월의 눈이 동그랗게 커지고 있었다.

"아, 아무리 그래도 예주의 절반을 적에게 넘긴다는 것은 너무 과한 것이 아닙니까?"

"조성 장군. 지금 우린 망하느냐, 버티느냐의 싸움을 하는 중이외다. 살을 내주고 뼈를 취할 수 있다면 망설임 없이 행해야만 하오. 조성 장군에겐 이보다 좋은 계책이 있소이까?"

조성이 입을 다문다.

진궁이 다시 내 쪽으로 시선을 옮기고 있었다.

"예주의 반절을 내준다고 하면 어디까지를 넘겨야 할 것 같소?"

"첫째로 여강, 수춘에서 물러나야 하고 둘째로 패국과 초현을 넘기며 양국까지 물러나야 할 것입니다. 사실상 예주를 꿰뚫고 산양으로 북상할 길을 열어주는 수준까지는 해야 하겠죠."

"그렇다면 그 길목의 목구멍을 막아야 하겠군. 예를 들자면 이곳, 광락성이라든지."

자리에서 일어나 지도를 살피던 진궁의 손가락이 광락성을 향했다. 산양성에서 남쪽으로 이백 리쯤 떨어진 곳이다.

"삼만 명, 그 정도가 광락성에서 버티고 있으면 주유는 감히 광락성을 지나 북쪽으로 군을 올려 보내지 못할 것이오. 우리가 지금껏 짜두었던 작전 계획에 의거, 서주의 유 장군 역시 포위를 뚫고 나와 적의 후방을 교란할 것이니."

광락성이 버티는 것을 무시하며 북상했다간 보급도 끊길 것이고, 군을 편히 전개할 수도 없다. 무엇을 하건 후방에서의 기습을 상정해야 하니 목구멍에 가시가 걸린 것과 같을 것이고. 결국 주유는 무슨 수를 써서라도 성을 점령하고자 할 거다.

"남쪽에서의 최대 격전지는 광락성이 되겠군요."

"그곳만 지킨다면 승산이 아주 없는 것은 아닐 거요. 총군사의 예상이 맞아떨어진다면 더더욱 그러할 것이고 말이외다."

예상이라.

솔직히 어느 쪽이 똥쟁이가 될지는 예상이 잘 안 된다. 그냥 지금 할 수 있는 건 함정을 파놓고서 적이 거기에 빠지길 기다리는 게 전부일 뿐이다.

내가 그렇게 생각하며 지도를 쳐다보고 있는데 스르륵 의자 밀리는 소리가 들려왔다. 성렴이가 비장하기 그지없는 얼굴로 자리에서 일어나 날 쳐다보고 있었다.

"뭐야. 갑자기 왜 그래?"

"소장을 보내주십시오. 죽기를 각오하고 광락성을 지켜 보이겠습니다."

"소장 역시 함께 가겠습니다."

그런 성렴이에 이어 학맹까지 자리에서 일어나 말했다.

야전에서 싸우는 것이라면 주유의 상대로 저 둘만을 보내는 게 좀 불안하겠지만, 수성전만 하는 거니까…… 괜찮겠지?

"나 역시 함께할 것이오. 주유라면 필시 온갖 기책을 발휘해 가며 성을 점령코자 할 터. 두 분 장군만 있다면 여러모로 곤란한 점이 없지 않게 있을 것이외다."

"너무 위험합니다. 선생께선 산양에 남아 총군사님을 도와주십시오."

정중하기 그지없는 성렴의 그 이야기에 진궁이 고개를 저었다.

"다른 그 어떤 곳보다 광락성이 더 중요하오. 그곳을 지키기 위해서라면 내 이 한목숨 초개와 같이 버릴 수 있소이다. 그러니 허락해 주십시오, 주공."

진궁이 곧장 형님을 향해 읍하며 말했다.

형님이 고개를 끄덕이고 있었다.

to be continued